街道漫步

台灣紀行

司馬遼太郎

李金松 譯

—推薦序—

台日歷史上的金字塔

作家／新井一二三

司馬遼太郎寫的《台灣紀行》，是第二次世界大戰後，日本出版的台灣專書中最重要的一本。

一九九三年，著名作家司馬遼太郎（一九二三～一九九六）在旅日台裔作家陳舜臣的推薦下去台灣，分兩次完成了環島。他從一九七〇年代開始，長期在《週刊朝日》雜誌上連載題為《街道漫步》的系列紀行。《台灣紀行》則從同年七月到第二年三月花九個月刊登出來。然後，九四年五月，司馬跟李登輝總統的對談「生在台灣的悲哀」又分兩次在同一份週刊上發表。十一月出版的單行本亦收錄對談，成為《街道漫步》系列的第四十本。

當時，台灣解嚴、李登輝當上總統後才五年多。廣大日本社會對台灣發生的巨大變化還沒有真正注意到。以博覽強記聞名的歷史小說家司馬遼太郎對台灣現狀的認識都相當有限。他自己在書中就寫道：為《街道漫步》系列採訪，除了日本各地以外，還去了蒙古、中國、葡萄牙、愛爾蘭、荷蘭等地，但是從來沒有請當地日本記者幫忙；《台灣紀行》是唯一的例外，從一開始就由產經新聞駐台北的吉田特派員協助。否則他會心不踏實的。

第一次去台灣回來後，司馬集中閱讀一大堆關於台灣的書，其中包括史明寫的《台灣人四百年史》。之前跟李登輝見面時，他還驕傲地說過：「本人住在日本（世界上屈指可數的書籍文化大國）」所以不會缺少資料。然而，當年日本，就是沒有多少書詳細介紹一九四五年以後，白色恐怖時期的台灣社會到底處於什麼樣的狀態，以及後來如何轉變成民主體制的。本書開頭一直談古早歷史，遲遲不進入紀行的原因就在這兒。

再說，在《台灣紀行》的旅途上，司馬遼太郎接觸到的台灣人，除了一批研究生以外，幾乎清一色是受過日本教育，仍會說日語的台灣本省老一輩以及原住民族。至於說中國話的外省人，在整本《台灣紀行》中，似乎不曾出現。

儘管如此，這本《台灣紀行》後來成為二戰後台日歷史上最重要的一本書，是因為收錄了跟李登輝總統的對談「生在台灣的悲哀」。據李登輝說，這題目是他夫人提出來的。兩位都在日本統治下的台灣出生長大受教育，後來在國民黨治下熬過了漫長的白色恐怖時期，還好能在民主自由的台灣度過晚年，可是回顧自己過來的人生道路，不能不感到生為台灣人的悲哀。

這次大田出版社要重新刊行《台灣紀行》，我相隔約三十年從頭到尾再看一遍，就發現後來在日台之間的互相交流上，經常出現的幾個議題，都在這本書中已經被指出來：灣生、「嘉農」、八田與一、霧社事件。直到《台灣紀行》問世，戰後一代日本人都沒有聽說過這些的。畢竟，日本是在太平洋戰爭中失敗而失去了海外領土的，在戰後的語境裡，殖民統治就是犯罪、是前科，原統治者沒有資格公然提及被奪去的原殖民地台灣。

司馬遼太郎第二次去台灣的時候，在台東訪問了原「嘉農」選手上松耕一（陳耕元）的遺孀和遺子，即後來的台東縣長陳建年。在訪談中，陳夫人用端正的日語問司馬：日本為何放棄了台灣？司馬寫：對方是美女，看似心中有怨忿，叫人無意間心悸。當時七十歲的日本作家不知道該怎麼回答才是，於是保持沉默。陳夫人雙眼盯住他再問：日本為什麼放棄了台灣？對於那一道問題的答案，我們得等到十五年後的二〇〇八年，在魏德聖導演拍的《海角七號》中，日本歌手中孝介飾演的日治時代老師在航往日本的遣返船甲板上寫給台灣女子說：不是放棄的，而是哭著離別的。

《台灣紀行》問世後不到兩年，司馬遼太郎在寫《街道漫步》第四十三部《濃尾參州記》時忽然吐血，因腹部大動脈瘤破裂去世，享年七十二。他在「生在台灣的悲哀」的前言中，把李登輝形容為「全世界最有教養，對名利最淡泊的元首」。日本人俗稱「國民作家」

的司馬遼太郎，給予台灣總統無比高的評價，毫無疑問為二十一世紀的台日關係定下了調子。光因為這一點，《台灣紀行》就有足夠的理由被後人一代一代地看下去吧。

關於新井一二三

生於東京。明治大學理工學院教授。早稻田大學政治經濟學院畢業，留學北京外國語學院、廣州中山大學。任職朝日新聞記者、亞洲週刊（香港）特派員後，躋身為中文專欄作家。中文作品：《心井・新井》《櫻花寓言》《再見平成時代》《臺灣為何教我哭？》《獨立，從一個人旅行開始》《媽媽其實是皇后的毒蘋果》《我們與台灣的距離》《這一年吃些什麼好？》等三十部作品〈皆由大田出版〉。

讓我們一起走向未來文明的備忘錄

作家／沈榮欽

《台灣紀行》是司馬遼太郎《街道漫步》系列第四十集，距離中文版首次在台問世已經二十六年，但出版引發的震撼，至今仍迴盪在東亞諸國。

一九九五年《台灣紀行》初版時，中國人口為台灣的五十六倍，但國民生產總值僅為台灣的二點六倍；中國人均所得不過六百零九美元，僅有台灣人均一萬三千一百一十九美元的百分之四點六。中國經濟已經從八九年天安門事件的陰影中走出，經濟成長率高達百分之十點九，但是台灣也有傲視同等收入國家的百分之六點五，完全並不遜色。全球剛自九〇年代起的下滑經濟中復甦，世人普遍樂觀，即使連年受到經濟衰退影響的東歐與俄羅斯，也開始對未來滿懷期待。九〇年代的不景氣對台灣的影響甚微，仍以年均百分之七以上的速度成長，薪資伴隨經濟成長而高升，市面財經雜誌的預測清一色高度樂觀，台灣人對未來充滿希望。

與經濟榮景相對的，則是兩岸關係的變化與社會的不安。一九九四年商周文化出版新黨作家鄭浪平的《一九九五閏八月》，預言中國人民解放軍將於一九九五年武力進犯台灣，成為當時最暢銷的書籍，儘管內容並不正確，但是卻反映出台灣人民對中國軍事犯台根深蒂固的恐懼，即使是穿鑿附會的謠言，也能夠在社會上引發軒然大波。台灣人在享受經濟繁榮果實的同時，內心仍隱隱對外來威脅感到不安，進而對腳下的土地產生徬徨。

一九九四年在中國浙江省杭州市發生千島湖慘案，載滿台灣旅客的「海瑞號」觀光船遭到三名劫匪搶劫縱火殺人，船上二十四名台灣觀光客與八名中國船員均遭殺害。中國第一時間以「火災」企圖掩蓋的態度引發台灣不滿，由於兩岸對於刑事案件、新聞自由與政治態度的差異，引發了各種衝突。總統李登輝嚴詞批評中共政權「不講道理」，處理行徑猶如「土匪」，既「不負責任也對不起人民」，缺乏「主權在民」的觀念。

千島湖慘案成為兩岸關係的轉捩點，事發之後，根據「政大選舉研究中心」隔年的調查，台灣民眾認同自己為「台灣人」的比例首度超越「中國人」認同，此後兩者差距逐漸擴大，再也無法回復。

一九九五年李登輝總統訪問母校康乃爾大學，並演講「民之所欲，常在我心」，成為首位出訪美國的總統，在國際獲得高度評價，並贏得隨後的總統大選，但也成為一九九六年中國飛彈演習，造成台海危機的原因之一。

明白乎此，便不難理解為何當時司馬遼太郎出版的《台灣紀行》受到如此廣大的矚目。

李登輝在書中與司馬遼太郎對談〈生在台灣的悲哀〉，觸及台灣最敏感的地位問題，這或許是戰後台灣首度有元首完全以台灣視角發言，李登輝不僅以〈出埃及記〉暗喻要帶領台灣人建立新時代，更以國民黨主席身分觸及國民黨是「外來政權」等敏感話題。但是李登輝的視野不止於此，他清楚指出「中國」一詞的曖昧性，以及台灣種族文化的異質和豐富性，為建立新文明國家的基礎。

李登輝波瀾壯闊的發言，對於當時國民黨與新黨的權貴與保守派，無異於晴天霹靂。面對千島湖事件後，台灣人首度超越中國人認同的處境，加上即將舉行的首次民選總統，象徵著從中國來的權貴基礎的「法統」也將隨之而去，這些人產生空前的危機感，趙少康在一九九四年的台北市長選舉中，更是狂熱地販賣「中華民國亡國論」；在這種背景下，《台灣紀行》的發行立刻成為一個重要的社會現象，它是各種力量交會的象徵，新舊時代交替的符號，在生機勃勃的台灣，它暗喻著未來無限的可能。

司馬遼太郎於一九九三與一九九四年來台灣為《台灣紀行》採訪時，正好捕捉到這種時代轉變的氛圍，他追溯日治時代八田與一、乃木希典、兒玉源太郎與後籐新平與台灣的羈畔，也記述沈乃霖、柯旗化與「老台北」等台灣士紳的言行，還論及蔣介石、蔣經國等國民黨人士的統治、荷蘭與西班牙人佔領「無主之地」台灣，以及清朝與明鄭的歷史，甚至連原住民以及台灣的俳句詩人也未曾遺漏。雖然並非專業歷史學家，但是司馬遼太郎透過這些訪問隨筆，從歷史、人文與政治，引領讀者至何謂國家與文明的大哉問。

如今《台灣紀行》也像司馬遼太郎筆下的人物一樣，本身就成為台灣歷史的一部分。不過二十六年之後，斗轉星移，無論是李登輝先生或是作者司馬遼太郎均已仙逝，今日再版《台灣紀行》的意義為何？

一九九五年《台灣紀行》出版時，關稅暨貿易總協定（General Agreement on Tariffs and Trade, GATT）改為世界貿易組織（World Trade Organization, WTO）正式成立。昔日允許李登輝總統訪美，並於台海飛彈危機時，派遣「獨立號」與「尼米茲號」兩艘航空母艦戰鬥群赴台海遏止中國犯台野心的美國總統柯林頓，於二〇〇一年允許中國加入世界貿易組織，台灣也於次年加入。

藉由世界貿易組織所享有的優惠，與世界市場的開放，中國經濟快速崛起，一九九五年國民生產總值僅為台灣二點六倍的中國，到了二〇二〇年已達台灣的二十三點三倍。二〇〇八年歐美發生全球金融風暴，中國卻因北京奧運的成功以及遏止金融風暴的發生，而自信爆棚。台灣的經濟卻開始陷入低成長時期，停滯的薪資、高漲的房價加上媒體的唱衰，台灣人對經濟未來轉趨悲觀。

但是再一次的，台灣人的經濟信心與政治信心背道而馳。相較於經濟低迷，陳水扁於二〇〇〇年接替李登輝成為中華民國第十任總統，完成罕見的威權國家政權和平移轉；並延續李登輝的濫觴，完成軍隊國家化。台灣的政治不再狂熱激越，民主制度日趨成熟。同時教科書也不再倡導虛幻的舊中國認同，改以台灣文化為主體，客家電視台於二〇〇三年成立，原住民族電台則於二〇〇五年成立；台灣越來越接近司馬遼太郎於《台灣紀行》中所期許的文明國家。

自一九九五年台灣人認同的比例首度以百分之二十五超過中國人認同的百分之二十點七之後，到了二〇二〇年，台灣人認同比例已經增加到百分之六十四點三，遠遠超越中國人認同的百分之三點二。無論在主體性與制度自信上，台灣都較一九九五年時有長足的進步。

二〇一二年習近平上任後，從「一帶一路」、「中國製造二〇二五」、軍機擾台到南海軍事化，中國對內的高壓統治與對外的軍事經濟擴張，引發亞洲鄰國的不安。拒絕執行加入世界貿易組織的承諾、無視國際法庭判決與片面撕毀《中英聯合聲明》，對以規則為基礎的國際秩序，形成一大挑戰。二〇一八年美國總統川普對中國發動貿易戰，最後演變為雙方在經貿、科技、金融與軍事上的全面對抗。

台灣固然在軍事與外交上，承受中國更大的壓力，邦交國不斷被中國挖角，認知戰無日不有，但是卻弔詭地在民主國家的國際潮流之中，取得更為有利的國際地位。台灣不僅在半導體的發展，成為新興國家的典範；在防疫的表現上，更成為民主國家的標竿。

準此而言，此刻重新出版《台灣紀行》，不光是歷史經典的復刻，更提醒台灣國人，我們接下來要做的，不限於政治清明與經濟發展，更要建立台灣人的歷史觀與文化，全面打造新文明國家。因此《台灣紀行》不僅是回首來時路的提醒，更是走向未來的感召。

【鍾愛推薦】

早已知曉，但依然讓人震動……

讀完《台灣紀行》心情久久難以平復！雖然早已知曉書中述及的一部分事物，但是司馬遼太郎就是能以獨特視角與說故事的方式讓人震動！司馬遼太郎是梭遊歷史、參透人心、以文字汲取人性高貴品質的重量級作家。

作家　藍麗娟

只要有記憶，就不會消散

當田中準造先生走出戰後完全改觀的新營車站，蹲在地上淚流不止時，雖然車站已不復他記憶中「像國鐵奈良車站那樣，加上了東方建築的風味，屋頂蓋了青釉瓦」，但人與土地和場所的情感連結，只要還有記憶傳承，就不會輕易消散。

建築文資工作者　凌宗魁

理解的視野

我島台灣，是怎樣變成現在這個台灣的？若讓一位飽學、好奇、眼光銳利的日本作家，在我島告別威權統治、走向民主的關鍵時刻造訪台灣，回顧五十年的日本統治，深入探討戰爭與政權更迭帶來的鉅變，並且，從販夫走卒到總統本人都和他掏心掏肺，他該怎麼寫這個故事？

對一個台灣讀者來說，這本隨筆的知識含量和思想挑戰，即使不至於從頭重塑個人的世界觀，也足以開展理解這座島嶼的另一種視野。

廣播人，作家　馬世芳

目錄 CONTENTS

目錄 CONTENTS

流民與榮光

國家到底是什麼？

與其說要探討這個話題，倒不如說我是一邊想它的起源論，一邊思考台灣的種種。我認為沒有比台灣這種典型更富魅力的了。

江戶時代的日本，稱這個島為「高砂國」。

各種書本裡，不乏這方面的記述。

據說是「無主」之地。

長崎的作家西川如見，在享保五年（一七二〇）刊行的《長崎夜話草》中有如下的記載：

塔伽沙谷位於唐土東南海中，乃一島國，本無主，農民廣種甘蔗，用以製糖。山中住民若年少者，如猿猴然，晨昏持矛獵捕麋鹿，食其肉，持其皮赴市，易酒食，養育妻小並以此爲產業。

據說台灣山地的住民具有高貴的心靈，當然不是「像猴子一樣」。總之，台灣古時候是無主之地。

筑前地方福岡藩（黑田家）的儒學家，也是藩醫的貝原益軒（一六三〇～一七一四），即對「高砂國」關心過，以下是摘錄自他所寫的《扶桑記勝》。

……位於中華之南。與中華相隔約七十餘日里。

日本的「里」約等於四公里，所以中國大陸與台灣之海相隔七十餘里（二百數十公里）的說法，和實際相差不遠。

……其首都稱台灣城。（中略）通漢字，暖國也。稻作一年二熟。此地往昔原屬無國王之島，未悉始自何時，荷蘭人趁航海前往日本之便，侵佔此島，築城而居，由此地渡海前往日本及各國……

敘述正確得令人折服。

正如益軒所說，荷蘭的東印度公司，是在關原之戰（一六〇〇）後不久的一六〇九年，設置洋行於日本的平戶。

這時荷蘭已經以印尼的海港巴達維亞（今雅加達）為根據地，他們認為在朝向日本的北航途中，若有個停靠港會較為方便。

這也導致荷蘭於明末的一六二四年，佔領台灣南部的一個港口作為據點。

這期間，西班牙人也活躍起來，有個時期佔據了台灣北部的雞籠（今基隆）。不過，也有書上記載，日本人在豐臣秀吉時代以前，就曾以雞籠為根據地。

而這些只是短暫的，荷蘭時代則持續了三十幾年。由於台灣深具吸引力，渡海而來的漢人逐漸增加。到了荷蘭時代末期，已有漢人五萬人移入的資料。

這段期間，中國大陸的東北有非漢族的女真族興起，國號「清」，準備推翻明朝。

另一方面，在海上，有海商——被稱為海獠——的不法勢力。

他們之所以為非法的存在，乃因明朝是海禁的國家。那法令清楚地規定：「寸板不得下海」。明末海盜的代表性人物是鄭芝龍（一六〇四～六一）。

他的兒子，就是被尊稱為「國姓爺」的鄭成功（一六二四～六二）。母親是平戶武士田川氏之女，他才學與武勇兼備，長大之後為了復興明朝，立下勇猛的戰功。在日本也以近松門左衛門的《國姓爺合戰》一劇而為人知。

鄭成功末期，為了據守台灣，率兵二萬五千驅逐了荷蘭人。卻於次年遽逝。

鄭氏佔據台灣是一六六一年。以日本的年號來說是寛文元年，正好是第四代幕府將軍德川家綱的世代。

貝原益軒如此述說：

日本寛文元年之際，國姓爺擁立大明王子，立志反清復明……

有關這個豪爽的人物，不論是在日本、中國大陸或台灣，時至今日仍然受到英雄般的尊崇。

然而令人遺憾的是，鄭氏佔領台灣僅持續了三代二十二年。

當時，這個島只不過是鄭氏的軍事據點罷了，他並沒有想要在此建立新國家。

很令人遺憾地，鄭家為了要維持大軍，竟把在台灣開拓的漢人農民當作奴隸。

或者，也可以說，鄭氏只是把過去三十八年間，荷蘭人統治這個島時的奴隸農民接收過來而已。

依照史明先生所著《台灣人四百年史》（新泉社出版）的說法。荷蘭統治末期的台灣（台灣海峽側之南部為主）拓墾民數，約達二萬五千戶、十萬人之譜。

不過，鄭家的台灣時代，全軍都成為屯田兵，開闢了農地。那種農地稱之為「營」。如今台灣地名當中仍保留著這些痕跡，譬如台南縣的平原就有個叫「新營」的小城鎮。在它南邊有「林鳳營」，林鳳營之西也有個叫「下營」的村落，可以說都是鄭氏時代的遺蹟。

鄭家因其後裔歸降清朝而消滅（一六八三）之後，台灣劃入清朝的版圖，但是在另一方面，清朝卻將台灣視為「化外之地」。

清朝沿襲了明朝的海禁，在法律上，台灣是民眾不得渡海前去的島。已經漂洋過海來到台灣的漢人，也被禁止從大陸攜眷渡台。

就這一點而言，台灣雖被看待為化外之地，但是翻閱《台灣大年表》（台灣經世新報社，大正十四年〔一九二五〕年刊）所查得的資料，清朝在一些地方設置了公署，至少西海岸的平原地帶可算是清朝的領土。然而，台灣並非國家的一部分。

日本史上，幕末、幕府之間，有關與日本締結了日本最早的總括性通商條約（日美修好通商條約，一八五八年六月）的唐賢德・哈里斯（Townsend Harris，一八〇四～七八）的種種，在本叢書的《紐約散步》（第三十九卷）裡已經提過。

哈里斯原本是商人，也曾擔任過市教育局的公職。終生獨身，抱持能對世間有所貢獻的宿願。

四十五歲的時候，拋棄所有，遊遍東洋各地。

他旅居澳門（中國廣東省南部的葡萄牙屬地）期間，對台灣做了調查。其結果知道屬於清國的僅是島的西半部而已，於是寫了「合眾國應該收購台灣的東半部」為主旨的建議書，於一八五四年送呈國防部長，雖未蒙採納，但十九世紀中葉台灣的法律地位由此可明確瞭解。

本篇開頭，我曾談及有關國家起源的問題。

我記得在各派學說中，有一種論調認為，所謂的國家，就是偷偷摸摸地溜進原本已有住民的地方，然後撒網把它網住。

而台灣的情形，既為荷蘭進佔過，又有鄭氏轟轟烈烈地駐紮過。

在那之後，台灣的漢人，憑一把鋤頭耕而耘之，到了十九世紀中葉，社會結構已見成熟，闢出美麗的田園風貌。

如果哈里斯的意見被採用的話，台灣東部的原住民就會像其後不久夏威夷諸島的玻里尼西亞人一樣，在不知不覺之中被收編為美利堅合眾國的國民了。

這些原住民本來是隨著黑潮漂流過來的。這種將他們漂送過來的黑潮，發自菲律賓東方的海面，有時以流速五節之速度，北上台灣、日本。而菲律賓就像鄰島一樣。

一八六八年亞洲發生一場巨變。日本推行明治維新，搖身一變成為近代國家。因為周邊的中國、朝鮮仍然維持所謂儒家傳統的超古代體制，所以這對它們造成了很大的衝擊。

至於近代國家之所以為近代國家，乃是將國家的領土，從亞洲式「版圖」概念脫離開來，改以西洋式的領土定義，予以明確定位。但是有關國際法等的法學知識，明治初期政權，則是借重於聘雇的外國人。

比如說琉球，是兩屬（清的版圖與日本的版圖）之地。

碰巧明治四年（一八七一），琉球國的六十六名島民漂流到台灣的東南海岸，其中五十四人被原住民殺了。據說原住民以為是西海岸的漢人。

日本採取了十分乾淨俐落的措施，首先在翌年的明治五年九月，將琉球王國收編為琉球藩，作為國內的一藩。清朝悶不吭聲的，對這件事竟沒提出抗議。

被殺的琉球島民變成了日本人。基於這個理由，日本派專使赴北京，向清朝抗議。

清朝這邊因而以口頭答辯說：「台灣之蕃民乃化外之民，大清政教未及於彼」。此後日本一貫以此口實為由，解釋台灣東半部係無主之地。

之後，清朝改變了態度，於是，兩國之間爭議不休。

這個時候，曾是明治維新主要勢力的舊薩摩藩（鹿兒島縣），因對新政府不滿，維持著半獨立狀態，與其他府縣裡的不滿士族同仇敵愾，衝突之勢一觸即發。

日本政府完全基於內政的考慮，為了排除充滿於國內的不穩氣氛，出兵台灣東部，時值明治七年（一八七四）。

清朝卻仍若無其事。

不久，清朝竟然還支付了這些討伐軍費給日本。清朝並以此作為台灣東部是本國領土的證據。

清朝更進一步為了明確表示台灣是本國領土，於明治十八年（一八八五），將台灣升格為台灣省，也就是說成為「國內」。這樣的「國內」持續了十年。

明治二十七、八年（一八九四～五），爆發甲午戰爭，馬關條約的簽訂，使台灣省成了日本領土。

日本直到太平洋戰爭戰敗，前後共統治台灣五十年。我是日本人或許難免偏袒日本，可是，當時沒有多餘財力的日本——儘管我不認同殖民地的存在——曾經盡全力去經營，這點當可予以肯定。台灣和日本國內同樣設立帝國大學、設置教育機構、興築水利工程，也創設鐵路與郵政制度。

戰後，台灣變成中華民國領土。

在大陸戰敗的「中華民國」，於一九四九年把整個「國家」帶進台灣。而台灣島至今仍舊是「台灣省」的老樣子。

台灣在這種不合理的政治中，人民勤奮工作，外匯存底與日本並駕齊驅，號稱世界之最，發展成高水準的經濟社會。

像台灣這樣，能從「流民之國」發展到今日社會這樣的例子，除了美國之外，是世界史上絕無僅有的吧！

葉盛吉傳

葉盛吉，已故。一九二三年生於台灣，當了二十二年的日本人。

他在第二次世界大戰期間，東渡日本（本州），經由仙台的舊制第二高等學校，考進東京帝大醫學院❶，日本戰敗後回到台灣，自然而然地成為中華民國國民。

台灣大學醫學院畢業後，服務於瘧疾研究所，一九五〇年被處槍決，年僅二十七歲。

在飛往台灣的飛機上，我讀了他的傳記，而今這令我不得不思考所謂的「國家」究竟是什麼？

譬如：國家，開創文明並加以維持。

這一點，可以說是國家所具有的壓倒性好處。

自來水、下水道、電器、醫療、社會福利、安全等等，對國民而言，這些事項的總和可稱之為國家。

文明又是什麼呢？

就是大大小小的各種便利之總和。我們每天早上喝牛奶，但是我們並沒有自己養乳牛、擠牛乳。（有關牧歌式的無政府主義理想，此處暫且不提。）

送牛乳的人，開著小貨車把牛奶送來，這小貨車也不是他自己打造的，而是從汽車製造、販賣的廠商那裡買來的。一路上，他也不用擔心會被游擊隊員殺害。

小貨車需要汽油。這石油也不是送牛乳的人自己去沙漠開採的，而是從石油業相關機構的加油站買的。在那幾公升的汽油裡頭，含蓋了全球性的政治、經濟、技術等各種機構的文明在內。

然而，國家有時也會發生瘋狂的情況。

這種情況下的國家，毋須贅述，乃是法國革命所帶來的所謂「國民國家」。

那以前的人們，對共同體之愛，頂多局限於自己生長的村落或地域，但是「國民國家」卻使人們的歸屬意識擴展成地理性的範疇。

能對國家有愛，畢竟是件可喜的事。

---

❶當年日本舊學制是中學五年，高等學校三年，大學三年，醫學院四年。

但是，如果變質為狂熱的排外思想，則那種情感是病態的。

這狂熱的行徑，也是法國革命的副產物。拿破崙的軍中，有個叫尼古拉斯・沙文（Nicolas Chauvin）的士兵。意氣昂揚地發飆，顯示出那種典型的症狀。「極端的愛國情操」（Chauvinism沙文主義）這個詞，便是源自這名士兵之名而來。在那之前，人類似乎還沒有這種病狀。

這名葉姓優秀青年，在「二高」時期，即稍稍患上了沙文主義症候。

我在飛機上讀過的他的傳記，是他二高時代的朋友楊威理所寫的《一個台灣知識分子的悲劇——葉盛吉傳》（岩波書店，同時代叢書）。❷

葉先生和我同齡。只是，我出生在日本本地，因而凡事可以不用像他那樣地思考。此君則出生在曾是殖民地的台灣。

但是，由於當時的台灣實施比內地更純化的日本教育，因此或許應該說，葉先生可能是比我還要典型的一名日本人。

葉先生是個「雙重生活者」。他是道道地地的漢人，所以在家裡說的是一般稱為「台灣話」的福建話。出了家門，就講標準的日本話。

他在台南縣新營長大成人。

「新營」，前文裡已提到，是十七世紀鄭成功時代由屯田兵所開墾的。這一趟台灣之旅，我也到過這個市鎮。

在候車室內，靠近天花板的牆壁上，寫著「新營站空襲時期旅客疏散標示圖」的字樣。不由令人想起現今台灣所處的政治環境。也就是說，他們擔心中國大陸——我相信不至於——說不定會攻打過來。

日治時代的台灣，因製糖而繁榮。

在新營，就有個「鹽水港製糖會社」的大糖廠。葉氏的養父葉聰先生是該廠職員，「在人事課服務到六十五歲，還升到課長」，書中是這麼說的。

葉君在糖廠宿舍長大。在他的手記裡，曾這樣寫道：「……每當嗅到淺綠色榻榻米的芳香時，過年就快到了。」這種生活氣氛與我們內地人並沒有兩樣。

就連他在新營公學校時代，所愛讀的《幼年俱樂部》和《少年俱樂部》等雜誌，也和我們一樣。

他進台南一中之後，就以考取內地的舊制高等學校為目標。他之所以能夠有那樣的志

---

❷此書已由人間出版社翻譯出版，中文版書名為《雙鄉記》（已絕版）。

向，無疑是拜養父的豐厚薪俸之賜。

重考了兩年，他終於考上仙台的舊制第二高等學校理科乙類。[3]

在他未出版的自傳中，曾談到：「我是來到日本之後，才產生強烈的民族意識的。」自修期間，他在高圓寺過著寄宿生活。當時，受到一名中國留學生的影響，向他灌輸民族意識。

在葉先生的自述或手記裡，就常以「雙重生活」來表達他既是漢族又是日本國民的矛盾。

雙重生活是痛苦的……我必須忍受苦楚，使雙方的生活並行。為了這個，忍耐是最要緊的。

大體而言，葉君內心的矛盾，正是戰前整個日本的矛盾。

戰前的日本，跟美利堅合眾國一樣，是個多民族國家。

舉例而言，包括庫頁島的吉利亞克（俄語Gilyak）族，北海道或千島的愛奴（Ainu）人，及第一次大戰後原屬德國領地而受委託統治的南洋廳管轄下的柯納卡（Kanaka）人，查莫洛（Chamorro）人等，再加上日系、朝鮮系、台灣原住民、漢族等多種民族。

只是，戰前的日本，將這些族群視為日裔的從屬，而這就犯了國家政策上的錯誤。

昭和十六年（一九四一），相信同化的葉姓少年，登記為日本式的姓名。那是依據前一年公布的姓名應儘量日本化的法令。據說全台灣更改姓名的人數，推計有十餘萬人。葉君從此成了葉山達雄。

那時，二高的德語教授當中，有一位教授非常熱衷地鼓吹納粹的反猶太論，許多學生對此心存懷疑，而葉君卻傾向這種論調。

那位教授說：整個世界，操縱在猶太人的陰謀裡頭。孫文（一八六六～一九二五）的革命是如此，中日戰爭亦因此陰謀而起，俄國的革命也是猶太人策謀的結果，甚至連美國的建國都不例外。

他還說：希特勒驅逐了猶太人，因此比耶穌基督更偉大。

只須將各種事物予以符號化，把邏輯如同模擬數學般地運用，那麼任何邪說異論均可成立。那位教授的論調便是其中之一。

二高那位教授的思想，在那種猶太陰謀論裡加上平田篤胤的神道論，形成極端的右翼思想。那教授稱之為「護國學」。

---

❸日本全國僅有八所高等學校，頂尖成績才能上榜。

葉君之所以有一段時期醉心於那種論調，我想是源自前述的「雙重生活」之苦悶，使他想藉此麻痺自己的潛意識作用吧。

在這之前，曾有所謂「學徒出陣」（昭和十八年，一九四三），文科系的學生，踏出校門出征去了。

葉君所敬愛的，高他一年級的角田秀雄也是其中一位。

在他手記裡記述說：「角田秀雄兄告訴我：要經常保持微笑，好好幹！」

在那個時期，我也從大阪的學校入伍去了。

於戰爭中存活下來的角田氏，之後進入朝日新聞社出版局服務，我在寫這個《街道漫步》連載中的一段時期，他還曾擔任過圖書編輯室長。讀到這本傳記裡的這個部分，我越覺得對葉君有一份親切感。

日美戰爭在第四年陷入不可收拾之局面。在那之前，已打了八年之久的中日戰爭，也陷入泥沼。

在大陸的日軍，一方面要和中國政權的蔣介石所領導的「中華民國」的「國府軍」（國民黨政府軍）作戰，同時也要跟中國共產黨軍戰鬥。

說來，這真是愚蠢的事！依蔣介石的想法，可能希望早日跟日軍談和，而全力去對付共軍吧。

蔣介石的國民黨政府軍獲有美英——甚至包括蘇聯——的支援，卻因到處肆行劫掠，而失去了民眾的支持。相對的，共軍光靠紀律嚴明這一點，便獲得民眾之擁護。

日本投降了。

聯合國太平洋區統帥麥克阿瑟，命令中國大陸與台灣的日軍，向中國戰區最高司令官蔣介石投降。

當時，蔣介石在重慶。

他派遣陳儀（一八八二～一九五〇）率先遣部隊來台灣。

陳儀任福建省主席的時代，曾把整個省搞成貪官汙吏的世界，是惡名昭彰的亞洲型政客。他在任的兩年期間，將台灣私有化，盡其所能地榨取，中飽私囊。

陳儀部下的一兵一卒宛如小陳儀，與中國過去的王朝軍一樣，只知私利私慾，還以「征服軍」的姿態屠殺了無數的台灣人。

後來，陳儀因通敵的罪嫌，於一九五〇年遭槍決。然而，在陳儀之後，台灣依舊處在被征服的狀態。

日本戰敗之際，葉君就讀於東大醫學院，其後回到陳儀時代的台灣。陳儀率領軍隊登陸台灣時，台灣人民以為重投祖國懷抱，無不歡欣鼓舞。

然而，現實可不是那回事。

「日本時代，憲兵雖然佩帶手槍，可是五十年間，從來沒有開過槍，做官的也沒有過貪汙瀆職的」，這一類懷念日本時代的聲音時有所聞。

葉君也因為自己由一個「雙重生活者」，變成一個國民，而雀躍不已。然而，他幻滅了。征服者與被征服者的社會結構仍然繼續著。

比起現實的狀況，葉君好像有偏愛德意志式真空內邏輯的傾向。他在真空中思索，認為只要加入大陸的中國共產黨，就可以從「雙重生活者」轉變成一個「真正的自我」。因此，他藉由入黨，在真空內化解了他的苦惱。

一九四九年，他從台灣大學醫學院畢業後，很快就結婚了。新娘是台南一中時代同班同學的妹妹邱淑姿小姐，岳父是基督教長老教會的長老。不久，失去大陸政權的中華民國政府，撤退到台灣。

葉先生因黨籍曝光而被逮捕。

他在獄中得知兒子誕生。

正當他覺悟到必死無疑，便從監獄裡寫信給岳父說：「我要將我的一切奉獻給耶穌，感謝神給我的愛。」他臨死前才成了基督徒。

一九五〇年十一月二十九日，他和很多台灣人一同被草草地殺害。

作者楊威理先生本身，也是過了離奇半生充滿戲劇性的人物，不過在此不擬多提。

這位仁兄，為了寫葉先生傳記，曾經四處尋訪葉先生的遺族。一九九〇年，知道了他的遺孤葉光毅先生還健在，是成功大學的教授。

據云楊威理先生在電話打通的當兒，這個出生後就未曾見過親父一面的「嬰兒」——葉光毅先生，竟然在電話聽筒的那端，朗聲高唱其亡父的母校——二高的校歌。

這真是不可思議的情景！

似乎唯有悲情，才能夠超越時間，將人間的傳承傳遞下去。

長老

我得回到台灣紀行了。

我一直想著非寫第三回不行，可是卻又無法擱下正在閱讀的《史記》裡的〈李將軍列傳〉。

這與台灣雖然沒有任何關係，但〈李將軍列傳〉可真是不折不扣的佳構。中國史是個倒三角形，有時讓我感覺到越是紀元前便越是近代，而這部紀元前作品裡的人生觀，竟是如此鮮明。

祖父李廣和孫子李陵，這兩位將軍是文中主角。孫子李陵與司馬遷是同時代的人物。那時候漢朝和北方的游牧民族匈奴，長年在作殊死戰。

李陵遠在大戈壁北方的戰場上遭匈奴大軍包圍，力戰後被俘。

李陵的戰敗使漢武帝（前一五六～前八七）勃然大怒，想將李氏一族抄家滅族。

這時，只不過是宮廷中一介文官的司馬遷，竟仗義執言表示反對。

這件事招惹武帝的憤怒，司馬遷終於被處宮刑。往後司馬遷乃將其餘生寄託於《史記》之編述，這是家喻戶曉的故事。

李家代代為武官世家。祖孫同以拚戰匈奴為家業，兩人不僅得到麾下士卒們的仰慕，而且他們的勇武與人格也為敵人的匈奴所敬重。例如李陵在被拘禁期間備受禮遇，久居匈奴之地達二十幾年而病逝。

他們祖孫二人同樣過了「數奇」的人生。兩人都擁有萬人公認的功勛與忠誠，然而世事總是很難預料。順便一提，綜觀一個人一生際遇的措辭之一，便是數奇。

數奇本來是漢語，而日語也是從那兒借來的。

這個詞被用在文章裡，最早是在司馬遷的〈李將軍列傳〉中出現。

根據辭典的注解，數奇的奇，意指單獨一個人的意思。

與「奇」相對的，有「耦」這個字。古代中國用耒耕作田地是兩人來做的。那兩人的樣子，用一字來表達就是「耦」。更進一步擴展其意，便成「偶數」（「耦數」）。

「奇」本來是指一個人在耕種，「不成耦」的意思。假如「耦」是平常的話，「奇」就是不平常，因此說是「數奇」。這裡的「數」有命運的涵義，二字合起來就變成「不尋常的命運」。

祖父李廣是將岩石誤以為老虎，而成為「射箭穿石」典故的著名人物，老了仍馳騁戰場。

有一次，前線危急，李廣不用說又自願當先鋒赴戰。然而，上將軍放心不下。儘管李廣是身經百戰武藝高強的人物，畢竟是「老而數奇」。讓他到最前線去衝鋒陷陣，那命運未免過於坎坷了。「數奇」一詞或許是司馬遷的造詞。而司馬遷是善於對個人及其整個人生加以評述的高手。「數奇」可說就是衡量人生所得出的數值吧！〈李將軍列傳〉中，確是以此為主題。

李廣被部署為中軍後，他一氣之下，也不向上將軍報備就擅自開拔了，途中因迷路未能趕抵戰場。

其間，上將軍和先鋒軍與匈奴開戰，雖然漢軍獲勝，但武帝的至上命令，同時也是此戰主要目的——欲將單于俘虜的任務卻沒有達成，作戰算是失敗了。

李廣恥於被裁處定罪，在陣中自刎身亡。據說，全軍將士都為李廣哀傷哭泣。

前往台灣之前，我思考過有關李登輝先生的事情。

他是現任的總統。

李登輝先生和李廣、李陵雖屬同姓，但不用說當然是什麼關係也沒有。就像「張三李四」這種說法，漢人的姓氏當中，李姓是極常見的。

台灣的開拓史是由三、四百年前，從對岸的大陸遷徙過來的、被視為流民的人們開啟序幕的。

李登輝先生的祖先來台後，定居於台北縣的淡水附近。

他的尊翁，聽說在農村是少有的讀書人。由於熱心教育，將李登輝先生送進當時算是稀罕的舊制中學。然而考取國立的舊制台北高等學校文科，這當然是日本統治時代的事情。

當太平洋戰爭戰況轉趨激烈時，他考進京都大學農學院的農業經濟系。

他是大正十二年（一九二三）出生的，和我同年。只是他出生較早，所以學齡是高我一屆的前輩。

若用漢文式的詞，可用「身材魁梧」來形容李登輝先生。他身高約一八〇公分左右，個性耿直。與他同時代和京大有關係的人，想必在校園內的某個角落，見過這名下巴非常發達，大個子的敦厚學生。

昭和十八年（一九四三），日本實施所謂「學徒出陣」的措施。時至今日，我們偶爾仍可以從電視中看到身著學生服、荷槍佩劍的七萬名首都圈的學生（準備入伍者）正在神宮外苑列隊前進，呈現昭和史一景的古老影片。

當時雖有學生緩徵規定，奈何因前線的兵員不足，尤其消耗特別嚴重的低階軍官短缺，於是文科系學生的緩徵被取消了。

農學院雖屬理科，唯獨其中農業經濟系卻歸文科系，因此李登輝先生也屬於這種情形。那一陣子，我只記掛著自己入伍的事，對台灣出身的學生也被徵召當兵並不知情。以為按照常規，只有日本籍的人才有當兵的義務。

然而，料想不到的是，李登輝先生竟然也在那時代的行列之中。

我所就讀的大阪外國語學校（今大阪外語大學）中，也有專攻中國語的楊克智先生，和其他很多的同學們同時被徵召。

楊先生是台南市人，那時候在台灣，有一項要求改成日式姓名的法令公布出來，結果全島總共有十幾萬人改了姓名。這件事在〈葉盛吉傳〉的部分已經談過。我還記得在學期間的楊兄，在我記憶中的名字是柳井智雄。

軍方好像不習慣於台灣出身的徵兵，因此把與陸軍相關的新兵都送到台灣去實施教育。

話說回來，當我在準備《台灣紀行》的寫作當口，有了機會和昭和十八年（一九四三），當時為研究中國語而留在學校的前輩伊地智善繼先生（後來任校長）見面，他回憶起當時的種種：

「還記得當時在今里（大阪市東部）的圓環，有個小花園吧！那一天我路過那裡，剛好有陸軍的新兵們也行軍來到，為了稍微休息，於是大家一起在小花圃的邊緣坐下來。不料其中的一位突然站起來，向一介市民的我敬禮。一看，原來是楊君。」

楊克智兄一本正經的形貌，躍然展現眼前。

這一小隊新兵是台灣出身的學生，所以高個子的李登輝先生諒必也置身其中。

作家陳舜臣先生，也在此時代的這小情景當中。

此君在前述的學校攻讀印度語，後來當上了第二外國語的波斯語助教而留在校內。

陳家的父祖之地位於台北近郊的板橋。而陳舜臣本人則是在神戶出生的。他的祖父和父親都是頗富漢學修養的人。

陳舜臣先生由於是在適齡之外，所以未被徵召。

但是，他跟楊先生是好友，所以當他們這些台灣出身的新兵們被送回台灣時，聽說陳舜臣曾在神戶的碼頭為他們送行。

這些話我並不是直接從陳舜臣本人聽來的，而是間接由NHK導播秦正純先生那兒得知。我在間接聽到時，便自己擅自想像，由於印象過於強烈，所以就沒特意向陳先生求證。學生時代的陳先生有張稚氣未脫的娃娃臉，連那模樣都一併浮現在我腦際。

「陳先生的話裡還提到一位姓楊的仁兄。」

這是秦先生的說法。那位仁兄，原來就是柳井智雄亦即楊克智其人，這一點，我是在日後才明白過來。

那艘船終於從神戶港啟航。

在北九州的門司港，新兵們被命令下船，改搭另一艘船。

可是換乘的船沒來，他們在門司港逗留了好幾天。

一天，他們有了一段自由行動的時間。

「楊先生喜歡音樂……」秦先生說。

楊先生獨自在門司的街上閒逛，走進一家音樂茶館。

他點了孟德爾頌的唱片，還好有那首曲子，就一個人聽起來了。據說此曲要聽完，需要兩個小時以上。

就在這當兒，船沒有事先通知就來了。

運輸指揮官到處搜尋兵員，結果就只有單獨行動中的楊克智先生沒辦法聯絡上。這也難怪，他正在欣賞這首長曲呢！

運輸指揮官只好放棄那艘船，船開走了。

這艘船好像在五島列島近海遭遇美軍潛艇的魚雷攻擊，被擊沉了。戰爭總是造成無數的數奇人生。

「借用春秋筆法的說法，由於楊先生的愛好音樂，救了全體伙伴的命。」

秦先生故意語帶古風的說。

後來我在台北和楊克智先生會面，詢問了前述的間接傳聞，證實這全部都是真的。

當我在準備《台灣紀行》的時候，偶然在一個聚會裡和陳舜臣先生碰面，前面提過的伊地智善繼先生也在座。

我向伊地智先生請教楊克智先生的事，他說楊先生成了一個十分成功的實業家。

可是坐在不遠處的陳舜臣先生，卻面露不滿之色。

此君討厭人們將漢人與生意連在一起評價，尤其不喜歡以事業是否成功來衡量一個人。於是乎他當場用另一種說法來形容楊先生的人格。

「楊君本來就是一位長老嘛！」

傷腦筋的是，陳舜臣這個人，說話總是這麼言簡意賅。究竟是什麼樣的長老呢？我簡直摸不著頭腦。

直到後來才弄清楚是基督復臨安息日會（Seventh-day Adventist Church）的長老。

在台灣，基督教的傳教的確很早。

根據戰前出版的伊能嘉矩的鉅著《台灣文化志》記載，英國蘇格蘭的長老教會傳教士——威廉・坎貝爾（William Campbell）是日本明治三年，一八七〇年來到台灣。翌年，加拿大的長老教會，也以李登輝先生的故鄉淡水附近為中心開始傳教。

長老教會的編制有牧師。

由信徒所選舉出來的長老來經營運作，乃是它的特色。英語的長老 presbyter 與聖職人員（神父、牧師）priest 同源，所以長老是研究神學、有時也從事傳教的人。

基督復臨安息日會的長老似乎也是那種性質的。

在台北與楊克智先生見面，我主動地向他談起李登輝先生的事。其後，他們這對同船伙伴一直沒機會見過面，大約過了四十年，才在教會的聚會場合中重逢。

「他的記憶力真好哩！一看到我馬上就以古老的日本發音叫道：柳井兄・楊克智先生。」

李登輝先生為人如何，由此也可見一斑了。

這篇稿不覺間從〈李將軍列傳〉開始寫起。

雖然用了「數奇」這個詞，卻也並不是有什麼意圖。

遭逢戰爭的人生，都是「數奇」的。

在此需聲明的是，漢語的「數奇」，雖然語感上帶有不幸的意思，但是就李登輝先生而言，不幸的含意倒完全沒有。

不過他的奇異命運，則是毫無二致的。

他也是長老教會的虔誠信徒。也著有證道文集（《愛與信仰》早稻田出版）。其中有謂：

「我希望到了六十歲時能夠當一名牧師，到山地去傳福音。」

話是這麼說，但是他已經過完了六十歲年代。在這十年間，他那正面意義的「數奇」命運，委實超過了他自己的願望與想像。

產出生這樣一位總統的台灣島本身，其實就是「數奇」的。

高低不平的騎樓

我已經來到台北。

台北街頭的繁華，不是大阪所可比擬的。

或許是因為沒有地下鐵，路上塞滿了車子，大部分的民眾在通勤或商務來往時，都依賴機車。他們像特技表演般地穿梭於汽車長龍之間，而遵守交通號誌的習慣只能說是極其寬鬆的。

對行人來說，交通號誌只不過是一種參考而已。可別信任燈號，面對危險應自己負責，這樣的認知，只消逗留一天，就可以充分體會到。

晚上，我走在商店街的騎樓（亭仔腳）。

在此所說的騎樓，是指商店前並排的屋簷下路面，唯有這種地方，車子才不會衝過來。

可是這亭仔腳，對步行的人也不一定安全。

「這裡高了一層喔！」

《產經新聞》台北支局長吉田信行先生，當我們前導，一面走一面提醒我們。

「啊！這回低一階了。」

我們就像在走山路一樣。特別是對近視又有老花眼，難以掌握腳下距離的內人來說，如此親切周到，真令人衷心感謝。

不用說，騎樓是屬於公共的設施。

然而，在台北的商店，私心卻總是優先的。為了自己的方便，有的把店頭的騎樓地面加高，也有保留原狀的。

「戰前的台北，這是不可能的事。」

有一名老台北這麼讚揚（？）日本時代。

「是蔣介石先生來後，把這種人人只顧自己的惡習帶進來的。」

這種騎樓，讓我想起孫文（一八六六～一九二五）的種種事蹟。

在談孫文之前，必須先談談台灣的戰後史。

佔台灣多數派的，當然是土生土長的本島人（本省人）。他們雖然說是多數派，卻是被統治的階層，長期以來發言權極其有限。不僅如此，甚至還被鎮壓或被屠殺。

相對的，戰後四十多年來，成為這個島的統治階級的，是來自大陸的「外省人」。他們在大陸內戰失敗後亡命至此島，統治本島人。

自然的，本島人是討厭大陸人的。所以用英語談話的場合，總是喜歡說自己是台灣人（Taiwanese）。這兩者之間連文化也有所不同。不過如果提起「孫文」這個近代史上的人名，倒是兩邊的人都不會懷有壞印象。

孫文好像是個身材短小、凜然紳士模樣的人，也是天生的樂觀主義者。

他的書法並不高明，不過如果想到書法必須從臨摹開始，那麼這一點對孫文來講無疑是一項榮耀。

孫文能夠如此爽快磊落的原因之一，就是缺乏中國古典的素養。也正因為如此，他可以不受過於沉重的古典文明拘束而能自由奔放。

加上天生淡薄名利，一心只為中國的近代化而付出熱情。他是藉由武裝起義的手段而推翻滿清的。

他的故鄉是廣東省香山縣翠亨村，砂地多，村子是貧窮的。

他哥哥在夏威夷已有成就，因此他前去投靠，就讀於檀香山的英國教會附屬學校，直到十七歲為止。雖然僅留學三年，但後來卻能用英語閱讀而得以對整個世界有所瞭解。

回國後，為了必須自立乃立志做個醫生，於是就讀廣州以及香港的醫學校，勉勉強強地修完了西洋醫學課程。

以一位革命家來講，孫文是個飽嘗失敗的角色。

一次又一次起義，卻又一次一次失敗而流亡他國，但他的表情倒始終是明朗的。正因為他的爽朗，所以能吸引住人心。

「孫大炮」，其所以能贏得這麼一個綽號，多半由於他言論不拘泥於因襲，始終堅信明白有成，並且談吐豪邁的關係吧！

日本不止一次地成為他活動的舞台。他首次東渡日本是明治二十八年（一八九五），於大正十三年（一九二四）在神戶最後一場演講後，翌年逝世。

在日本與他深交的有宮崎滔天、平山周、犬養毅等人，其中尤以宮崎滔天那少年般之熱情與古代武士般的信義，讓孫文發現到日本人本來的真面目。

有名的《三民主義》一書，倒不是他執筆寫下的著作，而是演講速記。下面引用中央公論社出版的《世界名著》中「孫文」的一段。

外國觀察者認為中國人是一盤散沙。

該書的註：「一片的散沙」，意指握了也無法結成塊之意。

孫文說，不能結成塊的原因，是因為中國人沒有像其他國家基於國家意識之民族主義所致。他斷言中國人只有家族主義與宗族主義而已。

宗族的概念，日本人是不容易瞭解的。這是指同一個祖先或同姓的血親集團之謂，亦即和自己同在一個同心圓內的人們。

關於此一看法，十九世紀的改革派志士康有為及梁啟超等人，也提過「一盤之散沙」這種說法。

孫文說：「在中國僅有家族主義和宗族主義，而從無國族主義。」

國族主義一語，係孫文所創造的新詞，意指超脫家族的私念層次，也可說是「公」。

國族主義亦可改稱為愛國，但是照孫文的感覺來講，還是稍有不同。在中國，愛國的人非常多，至今仍然不少。

總歸一句，可說成因公而忘私的立場。

每有人請孫文揮毫，他總是一再地寫「天下為公」四個字，正是這個意思。

無疑地，他是把國族主義的期盼寄託在這四個字上面。

順便一提，在儒教中偶爾也談及公的思想。五經之一的《禮記》，即出現過天下為公四字。

但是在中國的古代思想中，致力於闡明公之精義的，並非儒家而是法家。至於法家的《韓非子》一書中，特意地以訓誡孩童般的平易講法來闡釋：「公者，相對於私之名也」。❶不過，法家思想在古代的秦朝採行招致失敗以後，便未能在中國扎根。

相對的，儒家則更近乎「私」的體系。他們一再地強調「仁」。仁乃是私人身分的為政者之最高德目，它以人格顯現出來，這就是德。

中國自漢武帝以來，定儒教為國教，成為教條而持續了兩千年之久。可謂人治主義一以貫之。

直截了當地講，中國歷代的皇帝是「私」的，未曾有過「公」的。他們的心腹官僚也是「私」的。例如地方官的場合，不顧一切地索取賄賂，便成了自然的營私。因此，近代化當然就難以萌芽。

來到台灣的蔣介石政權，當然也是「私」的。而另一方面，勝利者毛澤東（一八九三～一九七六）之權力，也絕大部分是「私」的。

如果說毛澤東的權力不是一己之私，便不可能掀起像無產階級文化大革命那樣自私的歇

❶「自環者謂之私，背私謂之公。公私之相背也」。

斯底里。

再從庶民的立場來考查。

既然歷朝的私權對人民而言，一直猶如餓虎，則人民亦不能不以私心來採取自衛的態度。如此情況，國族主義又從何談起。

為了防止王朝的毒害，唯有宗族團結之外別無他途。因此之故，若從國家的觀點來看，人民只好被迫成為「一盤散沙」。

可是在台灣卻發生了不可思議的現象。在敘述這個「奇蹟」之前，必須先談其來龍去脈。

先說蔣介石吧。他在孫文死後成為國民黨（右派）的領袖，接著又逐漸變成中華民國的獨裁統治者。

同時也被認定為浙江財閥「四大家族」集團的代言人。

他的一生波濤起伏。外有日本的侵略，內有中國共產黨崛起。蔣介石時而對共產黨作戰，其間卻又國共合作指揮對日戰爭。日本戰敗後又以共產黨為敵而作殊死戰。

不久一敗塗地，於是他帶著百萬（一說六十萬）軍隊，漂洋過海轉進台灣。那是一九四九年年尾的事。

在大陸成立的中華人民共和國，當然是把台灣視為領土。而另一方面，在台灣的蔣介石卻又不肯放棄中華民國國號，既然要以全中國為版圖，就不得不將台灣劃為一個省分來定位。

如此一來，對土生土長的本島人而言，真是情何以堪。

從大陸流亡過來的「中華民國」，騎壓在這小小島上，靠軍隊、警察與祕密警察等，讓台灣人遭受如同敵人般的待遇。

對台灣而言，唯一值得慶幸的是，所帶來的國家體系乃是孫文所說的理想法治國家。

然而，幾乎所有的國家機構，都由闖進這個島上的大陸人所掌控。加上又是與共產國家無分軒輊的一黨獨裁體制，且又頒布了戒嚴令，於是法治國家只是虛有其表而始終未予實行。

蔣經國是蔣介石的長子。

一九一〇年出生，和他父親敗退來台時，已經三十九歲。

一九二五年他到剛完成革命的蘇聯去留學，在蘇聯十二年半之後回到中國。時值一九三七年三月，正是中日全面戰爭的前夕。

關於他的人品或思想，我一無所知。

不過，僅僅以批判性的角度撰寫他的傳記就被暗殺這件事來說，儘管這是當時的台灣情報局幕後唆使的，但除了說一聲「悽慘」之外，再無其他說法。那位作者筆名江南（本名劉宜良），是華裔美國人。

該書出版後不久的一九八四年十月，江南在舊金山郊外的自宅，被來自台灣的刺客所殺。日文版是川上奈穗所翻譯的《蔣經國傳》（同成社出版）。

台灣時代的蔣經國是在他父親麾下承擔祕密警察的任務，這簡直就是維護他父親私物的差使。

一九七五年四月，蔣介石結束了他八十八歲的人生旅途後，蔣經國逐漸有了改變，並在若干波折之後，於一九七八年繼任總統職位。

這期間，本島人致力於經濟發展，漸漸地，台灣的經濟力提升了。

然而，內外的環境使蔣政權的處境越顯嚴峻。

蔣經國對於將大權當作私用的命數，似乎十分了悟，所以從就任總統以前，便開始拔擢台灣人的精英，這可以說是開始為台灣奇蹟做準備了。

一九七二年以後，美、日及西方的主要國家，相繼與中國締結邦交，因而使台灣深陷於孤立的陰影下。

尤有甚者，國內台灣人的不滿情緒也使得內壓高漲。

蔣經國於一九八五年十二月，公開宣示了令人意想不到的談話：「蔣家的人不會再繼承權力。」意即放棄私佔的延續。過了兩年，更進而發言說：「台灣即將成為本島人的台灣。」想藉此以緩和國內的壓力。

同年七月他解除長達四十年以上的戒嚴令，同月甚至公開聲明「我也是台灣人」。翌年的一九八八年一月去世。

蔣經國在他死前四年選定了後繼者。

中選的後繼者正是道地的台灣人，穩健的學者李登輝先生。蔣經國提拔他就任副總統。依憲法之規定，副總統於總統死亡之同時成為新總統。

八八年一月「李登輝總統」誕生。

台灣人們的表情，一舉趨於平靜。到如今已過了五年。

某夜，陳舜臣先生給我來了電話。

「《街道漫步》還沒台灣篇喔！」

他還是老樣子，短短的三言兩語，我也沒再反問。不管如何，我今年正月的休假，打算到台北跑一趟了。

假如心情愉快，我打算很快地就再去訪問，並決定環島一周。後來，都照原定計畫實行了。

歷史的回聲

言歸正題。

搭上由大阪飛往台北的飛機，是一九九三年正月初二那天。雖然天氣晴朗，但是遠處的冬樹在一片濃濃的煙霧中顯得朦朦朧朧的。

飛機升空之際，忽覺一抹感慨湧上心頭。

（四十八年了）

在那之前，我們和台灣的人民同屬一個國家的。一九四五年由於日本戰敗，這個島因而被中華民國以軍事佔領。

戰後七年的一九五二年，日本與盤踞在台灣的中華民國（蔣介石政權）之間，締結了「中日和平條約」，日本在「兩個中國」之間選擇了中華民國，並與之恢復了邦交。

而這樣的邦交持續了二十年。

另一方面，在現實的中國大陸上，中華人民共和國業已成長，以致在日本有諸多在野黨從很早以前，就主張日本更應該與中國大陸之間締結和平條約，甚至連吉田茂首相也在答辯中稱：「台北政權只不過是地方政權而已」。

末了，日本還是選擇了大陸的中國。一九七二年，在發表日中（中共）共同聲明之際，當時的外相大平正芳就公開聲明：「中日和平條約已經結束」。自此以後，日本與台灣的邦交就斷絕了。

因此，譬如「日本航空」就不再飛航台北。改由因權宜之計而設立的「日本亞細亞航空」取而代之。我們現在就是在日亞航的飛機上。它的航徽是圓的，但是這圓卻缺了一角，伸出兩枚花瓣似的圖樣。

「兩片舌頭——（日語中與撒謊同義的雙關語）」在台北結識的「老台北」指著標誌說，我則故意不作聲。話可不是這麼講的，針對國際法上的這個難題，「日本亞細亞航空」的飛航的確提供了一個絕佳的答案。

容我再重複一下，戰後四十八年之間，台灣就像一座在高度的照明技術下變幻的舞台。一九七五年，蔣介石這位巨人以高齡離開了世間。他在世時，不斷高喊著「反攻大陸」的口號，給人的印象恍如身在臨戰狀態之中。不過或多或少也有過實際的景象。例如台灣外島的金門島是距離大陸福建省最近的小島，而此地被要塞化了。

然而，他從大陸帶來的士兵們隨著歲月而衰老，再加上本島人本來就沒有反攻大陸的心情，因此所謂的「反攻大陸」，多半只是充滿著宣傳色彩、虛張聲勢的假象而已。

如今蔣介石去世已經將近二十年了。在台北市內有五十萬輛的車子在散播著廢氣和喇叭聲，但是「反攻大陸」的聲音卻哪裡也聽不到了。

政治是貧困的時候，才被喊得震天價響，然而現今好像只是經濟的時代。

台灣業已超越日本成為世界上頂尖級的美金持有國，外匯存底高達近九百億美元。

在班機上翻開機內提供的日本週刊雜誌一看，裡面有台灣方面的報導，是有關新竹難民收容中心的事。

從中國大陸逃出來的難民，困惑著世界各國。特別是福建人，自古以來就不懼海洋。他們雇船大舉奔向他國，包括日本、美國還有台灣。

台灣政府當然是不容許這些偷渡客入境的。然而在新竹的難民收容中心，他們對那群人的照顧真是無微不至。到底是基於對中國大陸之政治考量呢？或者對本是同根民族的憐惜，還是發自更高境界的人類愛呢？

聽說那裡目前收容了九百二十五人。收容中心內是鐵條門窗與蠶棚式的牀位，但是讓他們享有防寒用具。根據看守的說法好像「並不是視他們為罪犯，而是當作大陸來的客人看待」。據稱伙食為每餐四菜，每個人都比剛來時要胖。

看看刊印的照片，難民裡有老人也有嬰兒，特別是嬰幼兒，竟然還有保母在照顧著。

但是，在這個島的和平與繁榮之下，卻潛藏著不安的因素。

這裡說的不安因素，亦即大陸可能會以武力侵犯台灣。從另一角度來看，台灣寬待來自大陸的偷渡客，說不定也期望著大陸對台灣有善意的回應。

在飛機上，我想了各種各樣的事情。

比如說，大陸不應該嫉妒台灣的繁榮。

國家的繁榮這種問題，與它的國土、人口的規模是否恰當息息相關。大陸太大，台灣則小，或許正因為小而得到幸運。

——但是如果說小就好，那麼海南島又如何？

一定會出現這樣的爭議吧。海南島位於中國大陸南部的對岸，大小與台灣相近，從氣候、土質、資源等來看，也與台灣沒什麼太大差別，但其經濟則直到最近還是很差。

有關此一課題，邱永漢先生曾說：「台灣假如沒有日本時代的五十年，可能現在依然是像海南島的水準吧！」當然這話也有幾分道理在。

但是，我們只能說，那是因為海南島是大陸的一部分，除此之外，別無其他說法。

像中國那樣幅員過於廣大的國家，僅僅在統治上就要耗費非常大的力氣。歐洲與中國同樣是大陸地形。只是歐洲托蔭於自古以來使用著表音文字，因此各國得以分居共存。無論是拉丁語系或日耳曼語系，都以各種方言為主，成立適當大小的諸多國家，彼此相互影響而發展。因為國家小，所以統治上只須付出些微的力氣就可以了。

可是中國由於表意的漢字普及的結果，培養了所謂同一文化、同一民族之意識。

這種情形固然有利於統一，然而在大陸悠久的歷史當中，統一的歷史還是很新的，秦始皇統一中國（紀元前二二一年）算是頭一遭。其後，統一與分裂反反覆覆，究竟何者才是常態，實在令人難以理解。

直到漢武帝時，他才想到乾脆把所有的價值觀統歸一宗。他採納董仲舒的獻策，定儒教為國教。

其後兩千年，這唯一的教義支配了整個大陸。此處所謂的教義，就是將「我思故我在」的「思維」予以絕對化的教理。

舊蘇聯還強盛的時期，歷史學家孔拉德（一八九一～一九七〇，蘇聯東洋學者）與湯恩比

（Arnold Joseph Toynbee，一八八九～一九七五，英國歷史學家）在對談裡曾經暗中批判蘇聯體制說：「依賴教義的統治終使文明衰退。」（《東洋與西洋》理論社刊行）就連蘇聯這樣的國家，憑教義來掌控國民，也只不過七十餘年便告崩潰。

再說延續至二十世紀的中國最後王朝清代，其國家的體質有著古代的氣息，已經老化得在世界史上其例稀有。

至少在秦漢統一帝國以前的春秋戰國時代（紀元前七七〇～前二二一）的社會，反而具有「近代」的風貌。

像古希臘的市民，其能有「士階層」的自由人們存在，就不難令人想像到各國經濟的盛況。

毋庸贅述，戰國時代的社會結構中「士」並非指身分而言，可說是胸懷大志的知識分子。

當時出現了各式各樣的思想與人物。

魯國有孔子的出現，也出了墨子。

墨子與孔子正好相反，他是階級制的否定者。

他主張人是生而平等的，任何人都是天（聖人）之臣子。更進而闡釋天之本質是愛，凡生為人者，皆應向天學習公平無私、愛及萬人。當然，這是離基督出生很久很久以前的年代。

此外，墨子既是技術者，同時也是發明家。

還有在韓出現了韓非，主張法治主義。

又有楚國的老子。他那積極的虛無主義，由宋的莊子把它發揚光大。

這段思想澎湃的多樣性時代，後世稱之為「諸子百家」。

但是對於一心要維持統一的漢武帝來說，這些思想是他所無法接受的。

現代中國的統一者毛澤東，也與漢武帝同樣，想由單一思想來維持統一。

他的晚年有一段時期，全中國的人民每逢集會，便人手一冊《毛澤東語錄》，大家一起有節奏地搖晃著。已故的貝塚茂樹博士當時便批評說：

「難怪了，因為他們是兩千年來都讀著孔子語錄（《論語》）過來的人。」

他帶著無奈的微笑說出這些話，讓我印象深刻。

不過毛澤東與漢武帝時的做法有所不同，他的手段非常慘烈。不順從他的教條的人，不是被屠殺就是被囚禁。這種做法，只能說比清朝還更「古代」。

想到這些時，飛機準備要降落了。已經是夜晚時分。

在台北的中正國際機場（現今桃園國際機場），吉田信行和他的夫人文代前來迎接。

我年輕時曾經在報社服務了十三年。

在我辭職前後以新進人員入社的就是吉田先生，他如今已屆鬍鬚黑白相間之年歲。他在報社內累積了十分可觀的歷練之後，志願去當漢城支局長，接著又轉任台北支局長。聽說理由是為了要把新聞記者生涯作個總結。他夢想著當台北的任期屆滿後，如果各種機緣容許，希望能擔任「東京特派員」。不用說，那樣瀟灑的職位，沒有一家報社有吧。

我以往不管到什麼地方旅行，都保持著不給報社支局添加麻煩的習慣，只是這回的台灣旅遊破了例，從成行前就承吉田先生諸多關照。我本來對治安、飯店餐宿、氣候等瑣碎的事有點不放心，但入境之後，完全感受不到異國的氣氛。

順便一提，日本任何報社都沒有在台北設支局，唯獨吉田先生所屬的《產經新聞》例外。

中小型旅行車行駛在已經昏暗的高速公路上，開向台北。關於素昧平生的台北，吉田先生向我說道：

「整個街路就像歌舞伎町（東京都新宿區）那樣。」

由謹慎剛直的這個人口中說出這樣的比喻，頓時使我覺得有如漸漸鼓起的氣球，令人禁不住莞爾。

台灣人口密度之高，與孟加拉等國都是世界上屈指可數的國家。這與戰後跟隨蔣介石由大陸湧來的大量人口不無關係。

吉田先生邀了政府（行政院）新聞局的人員同行。

是一個名叫麥健興，四十歲左右，看似老實忠厚的先生，聽說他是客家人。

在車子裡，我們的話題扯到了外省人。所謂外省人，亦即與蔣介石一起從大陸過來的人們，在台灣大家如此稱呼他們。

外省人在戰後大舉遷移過來，有一段時期，儼然以征服者自居，霸佔了所有政府機關的要職。然而時過境遷，目前雖然還未達到情勢逆轉的地步，但是本省人（本島人）也總算精神稍許振奮起來了。因為五年前的一九八八年，本島人的李登輝先生就任總統，終於進入台灣前此所無法想像的時代。

大概是因為本島人一直只專心致力於經濟發展，結果，使得一向由外省人支配的結構，似乎趨於無力。

蔣家政權的繼承者前總統蔣經國先生，在他去世前一年的一九八七年說：

「我也是台灣人。」

這項發言，確實產生將過去一筆勾消的清算效果。

與蔣介石同時從大陸來的士兵們都已垂垂老矣。

前述的蔣經國發表談話那年，開放了以大陸探親為目的的大陸訪問，而後六年之間，累計三百萬人次以上的人，到大陸去探親過了。

「他們全數回到台灣來。」

吉田信行先生在旅行車上聊著。

在這解禁令裡頭也包含一項規定，凡是當年把妻子留在老家，被抓去當兵的人，就可以把妻子接來台灣同住。

以基隆的李先生為例，就令人感覺很滑稽。他回去故鄉，帶回來的卻是一個新婚太太。

這個人在八八年回大陸「探親」時已經六十五歲了，可是在家鄉娶的新娘竟然是二十二歲的少女。

「李先生那麼有錢嗎？」

「不，相當清苦。那位小姐好像一心嚮往台灣吧。」

吉田先生到基隆採訪時，那個太太顯得很滿足的樣子，而且也有了一個小女孩。

我回國之後為了慎重起見，查閱了二月十五日的《產經新聞》。

據那則報導說：在台灣正流行著到大陸去找新娘的風氣。

——咱們到大陸去找溫柔的小姐去。

聽說用類似這種賣點的廣告詞句，將旅遊商品化的旅行社，也都紛紛出籠了。這不禁令人覺得他們有些得意忘形。

對岸的大陸，曾經有過一段某個人物只要高喊一聲，便有十億人群起唱和的政治季節；而在海峽的這邊，也恰巧有一個老人大聲喊著要打回大陸去的口號。然而不論是哪一邊，如今這一切都成了人們對貧窮時日的遙遠記憶。

台灣和大陸，是少有的典型例子。它們讓大家清楚地看到，經濟是如何地在推動歷史。

兩艘船

戰敗不僅改變了日本人的命運，同時也大幅改變了台灣系日本人的人生。

拿作家陳舜臣先生來做例子，雖然有點不好意思，但是為了拉近讀者和台灣的關係，只好請他本人多包涵了。

他誕生於神戶的貿易商家庭。

因此他的故鄉就是神戶。

「文化」是由族群所擁有的語言、日常行為、走路姿態及倫理觀等所形成。假定擁有共同文化的人群便是「民族」，那麼他也是典型的日本人。

他在戰時完成學業後，留校擔任母校的研究所助教。照理將來應該會成為波斯語教授的，但是戰敗的厄運好像連他的未來也剝奪了。由於戰敗，他變成了外國人，所以不得不辭去職務。

我並不是由他本人聽到當時的情況，而是在後來，有一名當年在研究所當事務員的女性，以充滿溫情的口吻告訴我：「當時的陳先生有一張可愛的娃娃臉孔。」

「戰敗後的某一天，他帶著已整理好的包裹走出辦公室，那背影，我至今仍記憶猶新。」

於戰時就就讀日本本土各學校的台灣學生們，終於要陸續回台灣去了。

當時跑外洋的船幾乎因戰爭而損毀殆盡。

日本政府借用美軍的「自由輪」❶，來遣送台灣系學生。

據說這些船不知是何緣故，都從伊豆半島前端的下田港開航。

這些往事是聽何既明先生說的。

他當時就讀於東京醫大，戰敗後轉學至台灣大學醫學院，後來當了外科醫師。但是名片上只印著：「淡水高爾夫俱樂部會長」

醫師、醫學博士的名銜都沒有寫上。從前聽過台灣人說，台灣人的名片，時興把所有的頭銜都印上去，可是這張名片真的清淡極了。

「醫生不幹嘍！眼睛老花了……」

他這麼說著。他的身材並不高大，不過穿著淺咖啡色上衣的肩膀，卻像柔道家那麼結實。談話中他好像一時想不出來下田這個地名。

---

❶Liberty ship，第二次世界大戰中緊急建造的貨船。

「……那個……就是《唐人阿吉》❷裡的……」

「下田嗎？」

「對！是下田。就是從那個港口開船的。」

他低聲自言自語般地說著，表情偶爾顯露出少年般的害羞，他是位非常有魅力的紳士。

我在台北逗留期間，偶然參加了一個十四、五人的餐會。席上何先生也在座。我向身旁的陳先生打聽何先生到底是個什麼樣的人。

順便一提，我和陳舜臣先生交談時，彼此用的是小時候說的神戶、大阪腔。這是非常簡略的語言。這裡再順便提另一件，我和他在雜誌社對談一類的場合，雙方都會改用標準語。一旦換上標準語，就能夠聊得淋漓盡致。現在，當然是用大阪腔啦。

「是遠親——」

就只有這簡短一句。或許是親戚的關係，所以難免有點尷尬吧。

在那以後，有關何先生的點點滴滴，倒是從其他幾個人的口中聽到了一些。他的家庭，是台北屈指可數的米糧批發商，所以聽說他家有很多倉庫。有個說法是何先生將那些倉庫一座一座賣掉，已經剩下沒幾間了。他之所以出售倉庫，完全是由於他的義氣使然。至於他那豪俠氣概的內容，我就不太清楚了。

前面談過，當時大部分的「內地留學生」，戰敗後都被台灣大學吸收了。譬如在京大農學院就讀的現任總統李登輝先生進農學院，楊克智先生則進入文學院。這情形與將在後面提的事情有所關聯。

楊克智先生將再度登場。

前面已經提過，楊先生跟我們日本人同樣的，亦因學徒出陣進入當時的陸軍，與李登輝先生他們一起，為了要在台灣接受訓練，而搭上由神戶港啟航的那艘船。

可是我好像總是把楊先生的船與何先生的船混在一起。

我想既然他們是同一艘船，照理彼此應該會有交情，所以我深信即使一起招待他倆應無問題，於是邀請他們來飯店地下樓的日本料理店相聚。然而，兩人在席上似乎都一副坐立不安的神情。

「兩位是第一次見面嗎？」

我吃了一驚。心中暗想：台灣也真夠大啊！

---

❷人類與新新人類除外，在日本提起「唐人阿吉」，可說是家喻戶曉的人物。她是江戶幕府後期，伊豆（靜岡縣）下田地方造船木匠的女兒，本名齊藤きち，於一八五七年為國盡忠，犧牲小我，嫁美國駐日總領事哈里斯為妾。以其故事寫書的作者有牧野信一、吉田常吉、中山あいこ等人。又，十一谷義三郎於昭和三年（一九二八）十一、十二月號《中央公論》連載中篇小說。廣及歌曲、戲劇、電影均有「唐人阿吉」之作品問世。話題及此，即令人聯想「下田」之地名故也。

首先，第一艘船在昭和十八年（一九四三），從神戶港開航。

「那艘船才是我搭的。」

基督復臨安息日會的長老楊克智先生說。

「是陳舜臣先生到碼頭送行的那嘍囉！」

「對。」

「中途在門司下過船？」

為了求證自己所認定的事是否正確，我開口問道。

他們滯留在門司期間，有一天有了自由時間。那時候，楊姓青年想聽聽音樂，就走進音樂茶室裡。就在那短暫的時間內，新到的另一艘船來了，使得指揮官狼狽不堪。指揮官立即發出緊急集合的命令，但是卻聯絡不到楊姓青年，只有眼睜睜看那艘船開走。不料這一艘船遭受敵人魚雷攻擊而沉沒。他們改搭後來的船平安回到台灣……就是這樣的經過。

「正是這樣。」

總歸一句，就是由於楊姓青年的喜愛音樂而帶來幸運，讓李登輝先生一群人都撿回了一條命。

何既明先生的船是第二艘船，也就是從下田港開走的那一艘。兩船之間先後隔了兩年的歲月。

在這中間，穿插著形形色色的經緯。

楊克智先生編入台灣的步兵部隊，不久被任命為陸軍少尉。這時候他罹患了瘧疾。

李登輝先生所進去的，是高射炮部隊。經過新兵教育之後，被送回內地（日本本土）去接受預備軍官教育，成為實習軍官，再晉升少尉。由於戰敗而回復原來的學生身分。

而第二艘船由下田港開出去了。在這船上，醫學院的學生何先生結識了農學院的學生李登輝先生。

船繞過九州北岸。

在開進唐津港之前，船裡面發現了病人。

因為臉部與全身都冒出水疱性的疹，所以只有讓病人在唐津下船。

船雖然平安抵達目的地台灣北部的基隆港，但唐津檢疫所已經發電報給基隆港灣部稱：患者的病症是天花。

那時雖然是戰敗後的混亂期，然而唐津的港灣機構仍能以高效率的機能運作，真令人驚嘆佩服。

天花是法定傳染病中的第一級疾病。

因此，船員乘客在一定期間內被禁止下船。台灣的峰巒疊翠就在眼前，卻又須將光陰虛度在船上，過那牢獄般的生活。那種日子持續了二十天之久。

船上糧食漸趨缺乏了。

搭乘這艘船的，主要是內地留學生。但是另外尚有一批被徵調去神奈川厚木海軍軍需工廠的台灣人，也同乘這艘船。

在船上，可說自然地形成了兩派。

工人們氣力好，他們引發暴動，佔領廚房。這種情節，恰似古代中國之亂世。因饑荒而產生大量流民的時候，被稱為英雄的人們便出來統御他們，並佔領住糧食豐富的地方。

學生們只好挨餓了。

很多學生鬧了起來，其中只有一個大個子的學生沒有參加騷動，始終正襟危坐讀他的書。據說，這人就是李登輝先生。

即使是現在的何先生，看起來仍然還有那份捨我其誰的氣概。當時的何先生認定像自己這樣的人，正是為李先生張羅飯食而存在的。這似乎讓人聯想到為菩提樹下的釋迦牟尼送牛奶的村姑之故事。

「那糧食，是從哪裡弄來的？」

我問了一聲。依我的想像，何先生看上去像是運動神經相當發達的人，所以可能是深夜裡溜下船，偷跑到街上去弄到手的吧。可是事實並不是這樣。

「……要應付那些傢伙，我倒是相當有把握的……」

那些傢伙指的是暴動組的那一班人。說起來，何先生的確像是很受草莽型那一類人所喜歡。

加上在工人們看來，何先生可能並不像用素描蠟筆描出來的那種輪廓分明的秀才臉，而像是把線條這裡擦擦、那裡塗塗，把輪廓弄得模糊不清的樣子，所以或許老早就贏得那群傢伙們的好感也說不定。

何先生施展中國史上戰國時代縱橫家合縱連橫的才華，抓住他們對他的微妙好感，多拿一人份的糧食，供應給李登輝先生。

這是何先生二十一、二歲時的事，而李登輝先生則比他大一歲。

吸納了他們這群內地留學生的國立台灣大學，就是當年的台北帝國大學。

帝國大學直到明治三十年代在京都增設一校以前，就只有東京的一所而已。而自明治末年至昭和初年之間，才依次在仙台、福岡、札幌、京城（今首爾）、台北各地分別設立。

在台北的這所帝國大學，設立時間比大阪（今阪大）及名古屋（今名大）還要早，於昭和三年（一九二八）年創校。

中華民國自大陸敗退過來了。

當初，台灣絕大多數的人都發出歡聲稱之為光復（回歸祖國），青年們談論孫文的「三民主義」，競相學習國語（北京官話）。

然而，不久後大家便失望了。

過來接收的陳儀及其以下的軍人、官吏等，一如闖入寶山的強盜般競相掠奪，極盡貪汙腐敗之能事。於是到處流行一種罵詈惡言：

「跑掉狗（日本人）卻又來了豬。狗雖然囉唆煩人，但還會看門。豬只會吃了睡覺。」

這裡的狗和豬，指的便是外來的「國家」。

一九四七年二月二十八日發生的彈壓民眾事件，構成台灣戰後史的起點，時至今日，這個「二二八事件」仍然持續地被談論著。事件是由細故引起的。

警備隊的士兵竟然開槍對付這場自然引發的民眾抗議示威遊行。於是為了反抗這種暴行，民眾的暴動就擴大了。這些人佔據廣播電台，向全島呼籲奮起抵抗。

當時似乎有了「台灣應由台灣人作主」的氣勢，然而僅僅七天即告終了。陳儀獲悉大陸將調派大軍前來支援，所以在事發後，利用種種手段拖延時間，一再與「本地人」妥協，等援軍一登陸便一舉實施悽慘的報復。

在這之前，轉學到台灣大學的舊留學生們，已經組成了學生會。楊克智先生被推舉為副會長。

「七日天下」期間，由於大陸系的警官全部逃之夭夭，所以學生會乃應住民之請負起維持台北治安的任務。此即「台灣七日民主」。

當陳儀開始反撲時，不用說那些學生警察的成員，自然成為被瞄準的目標。

這其間，楊先生因軍隊時代的瘧疾復發而返回故鄉台南療病。楊先生不在的期間，擔任代理副會長的溥少敦，是曾經官拜日本陸軍少尉的學生，在「七日天下」期間擔任台北警察局長。

後來，他遭到大陸系人們的嚴刑拷打，並且被投進海裡。還好他命不該絕，獲得九死一生的機會，為了逃亡巴西而搭上船，當船抵達橫濱的時候他就下船了。

「溥先生在橫濱經營食堂，他因一身俠骨氣節而頗孚眾望。」

溥君享年六十餘，據聞當時報紙橫濱版的死亡欄還報導了他過世的消息。

這林林總總的動亂，使身為基督徒的楊先生加深了信仰。

有一本書叫做：《台灣監獄島》（柯旗化著，東方出版刊行）。

光看書名就能若有所悟，所有的本島人全都成了具有犯罪傾向的涉嫌者。

「睡覺時聽到敲門聲，想看個究竟而由窗戶窺探，就已經太遲了。得馬上從屋頂逃，才是上策。」

老台北這麼追憶當時的情景。很多的學生與知識分子被屠殺了。一說五千人，也有人說是兩萬人。

當時還是學生的李登輝先生也被祕密警察盯上了。根本沒什麼理由，好像是因為他那溫厚而又深思的神情叫人看了不順眼吧。

何先生好像比他更早察覺到事態危急。

他把依然不明就裡的李登輝先生藏匿在自家的米倉裡，並持續送飯直到祕密警察大驚小怪的騷擾趨於平靜為止。

那樣的李登輝先生，在四十多年後竟然當上了總統，這一點縱使是天性具有危機預知能力的何先生，恐怕也想像不到。

此後，何先生為了不讓總統周遭受到雜菌之輩的無謂困擾，像在管理手術室般地費盡心思過著日子。即使有些人因牽扯到特權而前來關說，他總是不假辭色地予以回絕。

李登輝先生也喜愛打高爾夫。

至於球伴，我所聽到的，經常只有何先生一個人。據說高爾夫就像一間密室，只要和其他人一起，馬上就可能有利益輸送的謠言揚開。如果是和何先生的話，社會上就不會有人懷疑了。

不管怎麼樣，我覺得這三個人的青春年代，都有一種凜然氣概，而台灣的整個氣氛深處，似乎也蘊藏著這樣令人生畏的氣勢。

李登輝先生

台北的夜晚，霓虹燈似乎在嘶喊般地閃爍著。這麼適合繁華這個詞的都市，實在罕見。

一九九三年一月五日，我在用過晚餐後走到街路上。車子擠得水洩不通，每一部計程車都好像要衝散其他車子似的狂奔著，而機車又穿梭其間，就像駕駛戰鬥機般地飛馳著。對於沒有地下鐵的台北來講，機車是通勤的利器，絕不是虛榮或拉風的工具。

正如老台北所說：

「在台灣是汽車優先。」

即令是紅燈，只要看到沒有人穿越，開車的人就會肆無忌憚地闖過去。駕駛人依一己的判斷來進退，倒不至於發生太多的交通事故。

這一點，可以說漢民族是機靈的。

若將機靈一詞反過來說——或者從另一個角度來看的話——也許亦可解釋為與其信賴法令或政府，還不如依靠自己的判斷能力吧。戰後，本島人大多不願正面面對政治，這種生存的方式就像台北夜街的車子一樣。

秦始皇是以法統治。對庶民而言，法是繁瑣的、束縛的、令人窒息的。為了結束那樣的社會，而率領叛軍的劉邦，於紀元前二〇六年初，破武關，入秦都咸陽時，第一件事就是召集地方父老們宣布說：

「與父老約，法三章耳；殺人者死，傷人及盜抵罪。」

對劉邦這樣的「約法三章」，民眾歡天喜地。不過稍後成立的漢朝，倒不見得只有三章約法。

「法匪」這個詞，於一九三〇年代出現在中國一隅。匪就是壞人，諸如匪賊之類。一九三二年，由於日本某些參謀將校之謀略，而在中國東北地方建立了「滿洲帝國」。於是急就章的法律體系也制定出來。當地的人們討厭那些法條，因而暗地裡稱日本人為「法匪」。也許這是當時創造的新詞。

不用說，台灣是完整的三權分立之法治國家，法律體系也算齊備。然而，在運用方面卻因頒布過戒嚴令，以致長期以來鏽蝕腐化（最近幾年來，民主化逐漸進展，正在清除鏽垢當中）。最大的鏽垢，首推國會議員。直到前年（一九九一）為止，大陸系（即蔣介石系）國會議員，只顧貪圖著豐厚的年薪，前後長達四十二年之久從未改選。

李登輝先生乃指示以一九九一年十二月三十一日為最後期限，好不容易令這些像化石一樣的國會議員們全部退休。

李登輝先生是第一個本島人總統，這一點已如前述。依照年譜方式來講，於一九八八年隨著蔣介石的長子蔣經國總統死亡之同時，依憲法之規定，副總統的李氏升格為總統。第三年的一九九〇年，經由國民大會選舉成為第八任總統，從此他的地位就順理成章地成為正統。

這位總統在兩年後的一九九二年元旦賀詞演說中宣布：

「最優先之課題，就是要改革憲政。」

換一種說法，亦即「以法治理國家」。或許他希望像世界各先進國家那樣，在法律之下有國王或總統，再加上國民，台灣也要朝這個方向走吧。

本島人李登輝先生之就任總統，舉例來說就像十九世紀的印度，英國人的高爾夫俱樂部理事長的寶座，由印度人的球僮來坐一樣。

在台灣，不論政府、議會、司法機關以及軍方，佔著重要職位的幾乎清一色都是大陸過來的人。他們彼此之間，緊緊地相互聯繫，勾結在一起。

李登輝先生究竟是如何說服了他們呢？這位總統並不像是擁有談判技巧的謀略家之流。他有的是充溢的情感與知性，然而諒必是靠對國家之愛以及同情對方之立場，才說服了他們。

在這之前，閣揆（行政院長）對此是一副事不關己的模樣。這位閣揆是大陸系的郝柏村，原是一臉嚴肅的軍人。李登輝先生就任第八任總統兩年後的一九九二年五月二十二日的《產經新聞》有一則報導，題為：「郝柏村史無前例的祝詞」。

身為總統部下的首揆，竟然在事經兩年之後，才勉勉強強道出賀詞。這種報導，居然登載於外國的報紙上。而當時的台灣就是那樣的情勢。

「總統就任已經過兩年，我們要向總統表示敬意與賀意。」

意思是做部下的人說：「總統先生，您及格了」。這祝詞在電視播放出來，使得全島這才鬆了一口氣。

大陸系在兩千萬的島上人口中，雖然只不過佔百分之十幾，然而他們卻是統治階層。尤其這群人，頒布了全島性的戒嚴令。這麼長期實施的戒嚴令，在世界史稱得上極其稀罕。戒嚴令之解除，是在數年前的一九八七年。

戒嚴令，通常是發生重大災害時頒布，期間也極短暫。

這只是一時性的由軍隊管制該地區，平時的行政權、司法權則被暫停。其目的是為了要保護人民。

在日本近代史中，大正十二年（一九二三）關東大地震的混亂時期，曾採取過這樣的措施。但是適用的區域也僅限於東京與鄰接的縣境。

還有就是昭和十一年（一九三六），被稱為「皇道派」的一部分陸軍青年將校，襲擊了「現狀維持派」的幾名政要並加以殺害，即所謂的「二・二六事件」，這時日本政府也採取同樣處置，但地區只有東京而已。

至於台灣，這項非常措施，竟然一成不變地實施了數十年之久。直到蔣經國政權末期，戒嚴令好不容易才解除。蔣經國雖然是蔣家的人，不過他漸漸領悟到國家並非私物，從此推行台灣化政策。戒嚴令之解除，亦屬其中措施之一。

如此一來，法才得以甦醒。

以上是我在夜晚搭乘計程車，走訪市區時的感想。

這天晚上，我接受李登輝先生的邀請。

途中，路經蔣介石的巨大銅像前。

在銅像的底座有「天下為公」的題字，讓人覺得彷彿是在開什麼玩笑。

前面已述及，中國的王權，從未有過「公」，即如毛澤東、蔣介石等人，權力對他們來說就是私物。

途中，我先到陳舜臣夫婦住宿的飯店。他是今晚的嚮導。

我到時，他們已經站在飯店的正門了。

「啊！」

陳先生展顏一笑就搭上前導車了。

沿途，繁華的霓虹燈漸漸稀少，不久便進入官邸。我們也沒接受什麼檢查，就在官邸的玄關下了計程車。

會客室雖然寬敞，卻是樸實無華。

何既明夫婦已經先到了。其他沒有任何一名政府官員在場。

我和李登輝先生當然是初次見面。

會晤之前令人興起無限懷念之感的原因之一，就是他和我都曾經同屬於舊日本陸軍預備役軍官教育第十一期生。

本島人身材小的居多，但這位先生可說是例外。他身高一八一公分而且沒有贅肉，容貌特徵是下顎特別發達，宛如用剛從山上砍伐下來的大樹，粗略地雕刻了眼鼻似的，每當他笑起來的時候，便彷彿有股樹香撲面而來。

他一向有「到了六十歲就……」的心願，看他的風貌，也給人想當然耳的觀感。這裡說的就是他希望能當牧師到山上去傳播福音的宿願。

可是他卻當上了總統。在他六十一歲那年，由於蔣經國晚年的「台灣化政策」而被提名擔任副總統，從農業經濟的學問世界，被引進政治圈。這並非他原本的願望。

那時候有一段軼聞。有一次，農民正把示威遊行的矛頭指向台北政府。

據說在台北的辦公室聽到這個消息的他，幾乎潸然淚下。想起自己的父親過去也是農民，還有少年時期接觸過的農民們的種種表情，那樣沉默的人們，為何會演變成為示威抗議的群眾呢？想到這種種，一時竟讓他忘了自己在職位上必須面對這些農人的事實。

這樣的李登輝先生，竟然成為國家元首。

理所當然地，他掌握了強大的權力，同時也是陸海空三軍的最高統帥。

「權力」究竟是什麼呢？

雖然科學早已解析清楚大部分的事物，而且今後的科學也會朝此方向進展。但是唯獨人類現象中的權力與性，卻似乎是永遠無法闡明的。

小自股長也有他的權力，還有對公司員工來講，光是「社長之意向」這種含糊的說法，有時也成為一種力量。而這種力量，在大學的理學院或工學院，多半不會成為研究的對象。

在台灣，戰後從大陸搬遷過來的國家（中華民國），其權力君臨此地，對本島人而言，猶如斷頭台的刀刃般令人恐懼。現今上了年紀的人們，沒有一個人不是時時刻刻抱持著，說不定某一天那刀刃會落在自己脖子上的不安。

舉個例子來說，具有美國籍的三十歲天才數學家，於一九八一年八月三日的凌晨，被人發現陳屍於台灣大學校園內。街頭巷議說是因為他提倡「台灣獨立」所致。

當時，台北的警備當局卻發表說（依據若林正丈著《東亞之國家與社會②台灣》東京大學出版會出版）：「他是畏罪自殺。」

無庸置疑的，台灣獨立的想法，無論是在台灣的中華民國或大陸的中華人民共和國，都被認為是最危險的思想。連想想為什麼，都是大可不必。

只能說掌權者不喜歡，如是而已。中國大陸那邊，只要認為台灣有獨立的跡象，馬上會毫不猶豫地攻打過來。

在台灣直至最近幾年，告密還是受到獎勵的。會被檢舉的對象，是具有危險思想（具體言之即共產主義）的人物。當時的台灣當局稱這類人為「匪」。

在這種情形下，假如知道何處有匪，卻又不檢舉，也同樣有罪。聽說這叫做「知匪不報、與匪同罪」。舉一個實例來談，一九七五年，某個在野的名士，也因為這種「罪」而被逮捕。

所有這一切，都是戒嚴時期的事，今天這些多已化為烏有。

不僅如此，連在野黨之存在亦被承認，去年（一九九二）十二月的選舉，在野黨第一大黨的民進黨獲得大幅躍進。民進黨現今雖然頗為自制，但是當初似乎也曾經急躁地高呼過「台灣獨立」。現在雖然有了言論自由，然而萬一北京心中鬧起鬼來，向台灣猛撲，則主義也罷、生命也罷，連同繁榮，一切都將化為灰燼。所謂權力，實在比任何猛獸都可怕。

當今世界上，有著多樣多種的國家權力。

李登輝先生雖亦擁有國家權力，卻經常笑容可掬。

「真不簡單，您登上了這個寶座啊！」

我又是欽佩又是驚詫地道出了感想，以替代詢問。

而李登輝先生對此做了立即的反應。

「——我並沒有想要獨攬權力。」

他以略顯靦腆的微笑說：

「況且更無意讓自己成為權力本身。我是這麼想的，就把權力放在這裡（指桌上），加以客觀化……換一種說法，我採取的是實際主義，而我只要從權力之中，擷取有用的東西就好了。」

他好像是多年來就對這件事深思熟慮過了，所以一口氣說出來的這番話，彷彿句句都帶著他的體溫。

而且他說來又是那麼純真的樣子，活像一個年輕研究者，面對著實驗裝置，在闡述他做學問的主題一般。實則他已上了年紀，年屆古稀了呢！

續・李登輝先生

通常稱為「禾字旁」的禾字，據云是由穀穗結實下垂的樣子而來的。

下面談談有關「私」這個字，先有個「禾字旁」，右邊的「厶」，古時候是「口」，亦即包圍之意。因此「私」也就是將自己應取的穀物包圍起來的意思。

總之，「私」者，是古代的佃農把收穫的繳給地主之後，將自己所應得的部分貯藏起來的意思。

「這部分是屬於我的。」

這就是「私」。沒有任何說明比這個解釋更能明確地表示「私」的涵義。由此亦可明瞭今日法律上的「私」或交易上的「私」的真義。

相對於意思清楚的「私」字，「公」這個字的意義就顯得曖昧。紀元前的《韓非子》中，說「公」是「私」的相反詞，顯然太過簡略。

最早可能只是籠統地將從「私」收取租稅的一方，含混的說成是「公」亦未可知。

《禮記》裡「公」的注釋中有謂；「公者共也」，則約略與現代的解釋相近，似乎意指伙伴、社會、共存者等等之謂。

總而言之，隨著進入現代社會，「公」的內容也越趨豐富。義勇奉公的公，指的是國家。公園、公共廁所的公乃是指公共設施。至於公害的公，其內容則涵蓋對人類乃至一般生物所造成的危害。

一言以蔽之，公位於私之上，亦即凡經由「私」的群體所商定之事，或者「私」必須一體來效勞服務的，乃至有時為了萬人之幸福而犧牲「私」，這就是「公」。

不過如果對公之偏差角度過深，則成為法西斯主義或共產主義。

儒教之根基是孝，孝可說是最輝煌的私，但並不是公。

包括孝的觀念，傳統的漢民族，不管是皇帝或官僚，或者是對這些人抱持著「潛在性敵對關係」的人民，都是「私」。這一點前文已談及。

資本主義是從「私」出發的。

市場經濟是漢民族一貫擅長的領域。從紀元前起，可稱為前期資本主義的經濟即存在於中國大陸。漢代初期，以製鐵為中心，發展出的市場，其規模甚至大到王朝必須加以抑制的程度。

然而近代資本主義，於一九三〇年代在上海幾乎萌芽，卻因戰爭而凋萎。

此項主義獲致正面展開，是在台灣。

資本主義的力量是龐大的，並且還以追求利潤之競爭為目的。

為此，就像比賽須訂規則，「公」的思想也隨之成立。這種情形在西洋而言，可說與新教教義之興起有密切的關係。

看看台北的大繁榮，人人都可以成為思想家。不論是氾濫的霓虹燈、壅塞的車輛，或者是人潮洶湧的人行道，看了這些，就可以感覺到台灣的資本主義，正如同少年般地充溢著活力。是否應當趁現階段，在台灣創造出最早的漢民族式資本主義的良好典範？

私與公的關係，真是一樁艱難的事。

「立國私也，非公也。」

這是福澤諭吉於明治二十四年（一八九一）在他的〈硬著頭皮說〉的開頭所寫的，可說揭示了資本主義的本質。如果用現代的說法，便是：「國家是民間為追求私而興起，不是政府創造了國家。」。換一種說法就是，個人創辦了企業，而其總和即成為國家。

不過福澤在同一篇論文中也寫道：「立國之要素，在於硬著頭皮幹的士風」。進而在〈丁丑公論〉中又說：立國之根本在於道德品行。其立意無疑是「私」若非高雅，則「國」

無以成立。

福澤諭吉的說法，當然是針對明治年代的日本人而發的。當時的日本，天下國家或者天皇這種「公」的意識，盛極一時。

他們更進而深信「私」是應該迴避的、是卑賤的，有時甚至還是不義的。福澤諭吉特意提出「私」的理念，來激勵有那種觀念的日本人。

但是，假如福澤是生長在漢民族的環境中，他一定會鼓勵大家對「公」付出感情。

我在不知不覺中，向李登輝先生談了這些話題。

我的意思是，在台灣發展成更高度的資本主義之前，如果沒有儘速激起「公」的精神，那麼為數可觀的力量是否會相互抵消，以致招來不可收拾的後果？對別國說出這種話，我覺得自己未免太不客氣了。

可是李登輝先生的回答，大大地出乎我意料之外。

「司馬先生，我到二十二歲為止也是日本人呀！」

他露出清澈的笑容說。

或許我的發問有點詞不達意也說不定。但是在我來講，說這話時，我的腦子裡在想著馬克斯．韋柏（Max Weber，一八六四～一九二〇）的《基督新教倫理與資本主義精神》，所以並未把日本人（此處指的是戰前的日本人）放在心上。

李登輝先生說了前面的話之後，更道出奇妙而又發人深省的話。

「對於殖民地，宗主國總是希望炫耀本國的優越處。英國過去對新加坡如此，日本對台灣也一樣。」

經他這麼一說，以前的日本，確實曾經與自己的國力極不相稱地，將台北的上下水道等整治完備。這無疑也是為了妝點門面吧！

當然，李登輝先生的弦外之音，好像不僅僅指物質面而已。

「我本身呢，」李登輝先生說道。「自從接受初級教育以來，一直聽老師們說，日本人有著多麼高雅、善良的心——這一點想必是指奉公的精神吧。當然，等我長大成人後到了日本，才知道日本也有各種各樣的人。」

「但是，直到二十二歲以前我所接受的教育，到現在都還在這裡——」他舉起右手指著自己的喉嚨，這麼說道。

經他這麼一講，讓我感到李登輝先生的確是很接近理想型的日本人。

我完全沒有預料到話題會朝這樣的方向發展，感到有些狼狽。

然而，就李登輝先生這邊來說，不論我的問題究竟如何，上面的一番話，或許是李登輝先生為了讓我理解他這個人才說的。

李登輝先生在這番突如其來的談話之後，又表示在台灣的資本主義社會，「公」的精神是必需的，並說希望從傳統的儒教之中將其抽取出來。

我回國後，從朝日新聞社出版局的櫻井孝子女士那邊，要到一本李登輝先生的著作《愛與信仰》❶。關於這本書，前文已略微提過。

書中有一章，題名為：

「愛是什麼？」❷

這是他以前任台灣省主席時，在東海大學（與日本的東海大學無關）演講的內容。

我是個基督徒。就我個人的體驗，聖經裡最偉大的一個字，我以爲是「愛」。哥林多前書第十三章裡，對愛的解釋最爲詳細，其中有謂：「愛是恆久忍耐……愛是不自誇，不張狂，不做害羞的事，不求自己的益處……愛是永不止息……」

❶中文版書名為《愛心與信心》，宇宙光出版社出版（已絕版）。
❷中文版題名為：「以愛心待人，不做害羞的事」。

李登輝先生以前就任台北市長（官派）後，在會見記者們時，他就曾提出以「誠、公、廉、能」四個字作為他做人處事的基本態度。容我在此繼續引用原文：

其實，人如能做到哥林多前書所說的「不自誇，不張狂」，就是「誠」，「不求自己的益處」就是「公」，「不做害羞的事」就是「廉」，「恆久忍耐，永不止息」就是「能」。

在右邊的這一段談話裡，他已經就「公」有所闡釋。

李登輝先生在與我談話之間，偶爾會想不出日語的詞彙。

「那是……怎麼說的呢？何先生！」

他向一旁的何先生問道。每當這樣的時候，寡言的何先生便像忽然醒來般，嘀嘀咕咕地向李登輝先生嘟嚷著。李登輝先生這才拍手叫好似的朗聲說：「啊！對，對！」然後繼續談下去。

不管怎麼樣，我是拜李登輝先生的日語能力之賜，與他談話。

戰後台灣的語言情況，曾經有過北京話的傳入。由於政府將整個國家從大陸搬遷過來，以致對本島人而言，如果不諳北京話，既無法在大學聽課，更不可能有就職的機會。

「真是吃盡了苦頭！」

日後在新營見面的開業醫師沈乃霖先生說道。在此順便一提，沈姓是新營地方的望族，他於昭和初期負笈東京，在東大醫學院獲得學位。

當時在家裡用的是台灣話，但是在外面就說日本話。

他戰後捨棄日本話改學北京話，診病時的會話、出席學會等的發表，也都變成北京話。

「雖然當時我才三十多歲，是研究心旺盛的時期，可是為了學習北京話，耗費了不少的時間與精力。或許整個台灣的學術也因此停滯不前了。」

李登輝先生，應當也嘗到同樣的辛勞況味。

他（李登輝）的台語、英語、日語，都比所謂國語（北京話）流利……

這是彭懷真在前述的書末所寫的。❸

誠然，李登輝先生的日本話是模範的。

只是在交談當中，或許是感到敬語太過麻煩，也可能是對我有了親切感，於是就變成舊

---

❸「關於李總統的為人」。

制台北高校時代的學生語言了。

儘管如此，但是我總不能使用朋友間的言詞用語。畢竟對方貴為一國的總統。

「李登輝先生，假如中國大陸……說出乾脆由你們來扶養我們吧？這時候您怎麼辦？」

我問道。

不用說，這種假定只是天方夜譚。

可是他卻連忙說：

「啊、啊、啊！」

而且舉起雙手在他的笑臉前急忙地左右揮擺。他明明知道這是假設的話，卻率直地流露出為難的神色。

他的答覆就只有這些而已。

大陸的人口號稱十一億，但也有人推算是十三億。

只要這人口之中的一成，像泥石滾流般地瀉進台灣，那麼不管是「公」或「私」，乃至現今的繁榮，頃刻之間就會崩潰。

這種和平的假定——而且是熱情擁抱的和平——可能比兩岸之間發生戰爭的假定要來得可怕也說不定。

像中國那樣過分巨大的大陸國家，凡人類所思考過的任何近代國家之原理或營運方法，也都難以適用。關於這一點，最近總算好不容易地讓人逐漸明白過來，而且可能中國境內一部分有識之士，也暗自持著這樣的想法亦未可知。

不管怎樣，直到十九世紀末葉還是流民、棄民的「化外之地」——台灣，如今這麼繁榮，而中國大陸則諸事未能順利，其中原因之一，說不定就是在於規模大小的問題吧。

預定的兩個鐘頭已經過去了。

我連忙起身，卻被李登輝先生挽留住。

然而，熬夜對他的健康並不相宜。我乃把視線轉向總統夫人，她竟對我報以微笑。

「我還會再來台灣的。」我說。

這並不是客套話。我還說幾個月後，譬如四月初旬，打算再來訪問。

「三月下旬的話，我可能會比較有空也說不定。」

李登輝先生這麼說。他的意思，當時我還不十分明白。

「下次準備到哪裡？」

這位「舊制高校生」又問。

我說：說實話，我下一趟打算到東海岸的山地去走走，想看看那邊的原住民。

「那就由我來當嚮導吧！」

這可真是開玩笑了，我暗想。若承蒙這樣的大人物來當嚮導，那我還能有什麼「街道漫步」呢！

「李登輝先生，您是總統啊！」

我比了用棉被撲小火般的手勢，勸住他。

「說是要到山地去，你又不瞭解那邊的歷史，不是嗎？」

我實在不便說「我瞭解」，只好不知所措地告辭了這充滿善意的巨人之宅第。

四月初我再度訪問了台灣。

使我大吃一驚的是，台灣政界已發生了變化。

最大的變化是大陸系政客的行政院長（首相）郝柏村，於一月底表明了辭意。進入二月，本島人（母親是大陸出身）的連戰先生（五十六歲）成為首相。這在一向是大陸系天下的台灣政界，真是驚天動地的變化。

有關連戰這位有著奇異姓名的人，根據二月十一日的「產經新聞」，吉田信行先生的描述如下：

「能讓人感受到他的存在，有著不易樹敵的溫厚人品。」

他是學者出身。芝加哥大學的政治學博士，年輕時即成為台灣大學教授。據云，他是在

蔣經國時代受延攬擔任政府職務。❹

看樣子，李登輝先生在一、二月間必定是為了這件事而忙不過來的。

儘管如此，前閣揆郝柏村是大陸系的政界重鎮。從照片來看，他的相貌確是一副剛愎自用的模樣。

對那樣的人物，這位「舊制高校生」出身，像個「牧師」般的李登輝先生，究竟是如何說服他、讓他辭退的，簡直令人難以想像。

或許他是訴之於對方的愛國心也說不定。

更進一步想像的話，說不定他是用——今後不管是大陸系或本島人，都必須真誠地認同台灣島為祖國；為此，讓本島人就任首相，比費百萬言的唇舌更能觸動國民的心弦，也更能振奮國民的士氣——這樣的意思，以赤裸裸的誠實態度去說動對方的吧。

果若如此，那麼能接受這樣勸言的郝柏村先生，也真是了不起的人物。「公」的涵義亦即如此。根據研究中國音韻學的已故藤堂明保博士的說法，「公」這個字，來自就像未裝有任何異物的竹筒所發出的聲音——「ㄎㄨㄥ——」以日語來形容，就是爽快清脆的擬聲語，這就是它的語源。

---

❹出任薩爾瓦多大使。

南方的俳句詩人們

台灣當然是採太陽曆（新曆）的國家。

但是民間的慣例、慶典活動則使用太陰曆（陰曆）。

我們是新曆的正月來到台北，不過街頭上卻是舊曆臘月的氣氛。

「各地方的料理店，漸漸地開始在舉行忘年會了。」

計程車司機告訴我說。

「今天是尾牙。」

老台北這樣告訴我時，是正月八日，舊曆正好是十二月十六日。

關於尾牙，我查閱了上下二卷的《台灣語大辭典》（戰前總督府編），但沒有收錄這個詞語。

又查「尾」項，尾字、北京音是Wei（第三聲），但台灣話音是Be（揚韻），與日語之漢音「ビ」接近。

而「牙」字似乎有民間某種祭祀之意。

「啊！是尾牙。」

陳舜臣先生很快就反應過來。他說：是店裡工作的人員，接受老闆夫婦招待，好好享受豐餐的節日。

所謂的「牙」字，就是舊曆的每月初二與十六兩天，主要是商家祭拜土地公的日子。而尾牙就是一年當中，最後的一個牙日，指舊曆十二月十六日這一天。

「你們神戶的陳府也做過尾牙嗎？」

「做過。」

言詞仍然是簡短的。但似乎是想起少年往事，而顯露出悠然自得的神情。

尾牙，如今好像已演變成單純的忘年會之意義了。

在台灣有寫日本俳句的人，佳句亦滿多的。

「又是尾牙日；大半輩子爲人賺錢爲人活。」

如此的詩句，讓人感受到人生之情趣。在台灣，既有和歌詩社，也有俳句詩社。右列的一首刊載於《台北俳句集》第二十集。作者是台北市敦化北路的陳錫恭。這位作者還有這樣的句子：

「平凡伙計，一年復一年；尾牙又來到。」

令人情不自禁地想像出作者篤實的生活方式。

如今台灣的資本主義規模龐大，也有包下飯店辦尾牙的。古時候，老闆夫婦是在店裡款待伙計們。據說，假如老闆想辭掉其中某一個伙計，那麼就把雞盤的雞頭對準他。被對準的人，不須等到過年，就會默默地捲鋪蓋走路。這話是老台北說給我聽的。

先體會這些古來的風俗之後，再來欣賞右列的兩首俳句，則不由得嗅到人世間的辛酸況味。

台灣的俳句詩人們，已經趨向高齡化了。

前述的詩集之中，有一首表達一個家庭裡，祖父母是用日語，兒子這一代是發音不靈光的北京話，而孫子這一代則是流利北京話的這種語言情況：

「一家三代兩國語，光復節。」——賴天河

此作不僅僅巧妙地濃縮著台灣現代史，並且以數字來取代意識上的節奏。因為光復節是在十月，所以再加上「十」，意識上的跳石便並排了四個。跳到最後就是光復節的十月之「十」。

順便談談，光復節是指由於日本戰敗，使台灣得以回復榮光之意。

韓國的光復節是日本戰敗日的八月十五日，不過台灣則稍晚，而以蔣介石所指派的陳儀來到台灣的翌日為準，亦即一九四五年十月二十五日。這一天，陳儀接受了日本軍的司令官以降將身分所舉行的受降儀式。這一天便成了紀念日。

以光復節作為分界線，台灣的所謂國語就是由日本話變為北京話。之後已經過了四十八年。

舉凡好的俳句之中，大多數以矛盾為主題。而於成句之際，一些原先被視為焦點之處，到了最後反而變得輕描淡寫。

下列的句子也是同一作者的作品：

「大正出生的人有幸和不幸，光復節。」

作者將自己的蒼老心境，藉「大正」這個漸被遺忘的年號，來寓意抒懷。大正年代的人都遭遇數奇的命運，前已談及。

再舉一首好像同樣是「大正出生」的一位女性俳句詩人的作品：

「學徒兵，終究未曾回來；光復節。」

作者是彰化市華山路的廖玉霜女士。當這本詩集發行時，她已作古了。詩中所指的「學徒兵」可能就是作者附近的學生吧。那個人始終都沒有回來過，好像「每逢光復節」，作者就「思起故人來」。

關於《台北俳句集》我一無所知。集中，有「贊助出詠」一欄，一位日本大阪府豐中市叫做羽田岳水的俳句詩人亦列名其中。

另外，在該書後記中，黃靈芝寫下有關台灣季節方面的句子。黃氏的這一首是滿幽默的。

「望之岸然的老奸，尾牙酒醉展笑顏。」

平日面目可憎的老伙計，喝了尾牙酒陶然而醉，露出了一副油膩的笑臉。接下來的一首，是否也在描寫同一人物呢？

「酩酊大醉還說教，蒜頭臭味陣陣來。」

人一上了年紀，就會懷念起年輕時的伙伴。

「只爲企盼能相見，扮裝趕赴尾牙宴。」

這位女性在青年時代可能是教員也說不定。她以前服務過的學校要舉行忘年會，邀請她參加。雖然年紀大了不愛外出，但想起出席者當中有當年的老友，因此換裝打扮的動作也就敏捷有勁起來。

我請老台北先生帶路去龍山寺，這座廟宇就像東京的淺草寺。寺內分隔成內殿、外殿，在狹窄的院內，擠滿了參拜的人潮鬧熱滾滾。鼎盛的香火煙霧繚繞，將本堂前方燻染出一片乳白色的彩霞。而在這種情境中，不知是何道理，擴音器竟然傳出喊叫聲。

「那是怎麼回事呢？」

我問道，但我們的老台北卻一副若無其事的樣子。震耳欲聾的聲響，講的當然是中國話，單調地持續喊著「台灣必須獨立」。

「台灣的赤尾敏。」

老台北一語帶過，什麼也沒說明。這一點或許可說是台灣式的功力非凡的幽默吧！赤尾敏，就是早年曾經在東京街頭，十年如一日繼續不斷地做反共演說的知名人物。

台灣正處於政治的矛盾之中。

蔣介石把龐大的中華民國塞進這個島上，但是如今人人都知道，它已成為虛構的圖騰，而實體就僅有台灣島而已。

儘管如此，他們卻仍死抱著清朝崩潰時架空似的大版圖。

然而在現實上，國民黨存在著，而且有其政府。也正因為其黨與政府曾經有過「中華民國」的國名，才得以君臨台灣島，並依據國際法來接受日本國的投降。之後，這個國家就蟠踞於此島。其所憑恃的，正是「中華民國」。

然而，「中華民國」的版圖並不存在。

這真是複雜的問題。

國家確有其實體——就是國民黨。國民黨長期把持其一黨獨裁，不僅擁有政府，亦具有法律體系。在其支配下之島民計有二千萬之眾。

不過，現今獨裁已告結束，國民黨只是個多數黨。

雖然是多數黨，但是這個黨從大陸帶過來的大陸系人群，只不過是全國人口的百分之十幾而已，且隨著時間，快要變成「少數民族」了。這個島就如此承擔了層層的矛盾。

仔細地加以思考的話，不論是這宇宙、這世界，以及個人之生命，無一不是存在於矛盾之中。一切都在變化。矛盾經統合之後，又帶來新的矛盾，接著又邁向統合。這種朝向統合之脈動，永遠有如嫩芽般的微弱。

或許也可以說，這正在萌發的微弱嫩芽，亦即李登輝先生。他儘管是吃過冷飯的本島人，卻成為外來國家（中華民國）的元首，又兼國民黨的主席。並且他不是靠權力競爭而登上其位，這一點似乎象徵著萬物事理都是自然形成的。

擴音器也許是在高喊著一舉解決所有的矛盾，但「食緊摒破碗」，大過急切也可能失去一切。

談到矛盾感受，還是俳句的表現更貼切、可喜。

「被依賴著，卻自己都難以依賴，秋扇。」

這一首真是深具風情。這首是新竹縣峨眉鄉李秀惠女士的作品。詩句中的老妻雖然是被老伴依賴著，但是自己的身體並非硬朗到足可被依賴的程度，只能無精打采的揮著秋扇。

台灣的言論自由業已達到相當的水準。台北松山區的林文祥先生，寫了如下的一首：

「年年歲歲唱民主，歲歲年年見進步。」

「歲歲年年」「年年歲歲」，這樣的用語頗見古雅之趣，但古趣中卻又突兀地用了「民主」這個社會科學用語，這種表現頗富台灣風情的俳句韻味。

龍山寺雖然是佛教的廟宇，但參拜的男女老幼，可說大多帶有道教傾向。

寺內有一名高䠷的美人，低俯著白嫩的臉頰，手持一把籤支祈禱著。她那長長的臉龐配上一對分明的眉毛，一副敢愛敢恨的模樣，看起來給人幾分畏懼感。

龍山寺面向道路，前面並無山門，卻豎立著一座有屋頂的牌坊。旁側則是一塊刻有「沿革記略」的石碑。

依此碑文所述，這座廟建於清乾隆三十年（一七六五）。

當時，從對岸大陸的福建省渡海來到這個「化外」之島的人很多。想必是這些人當中有令人欽佩的人士，捐財建立了這一座寺廟。

寺內的正尊是觀音菩薩。

觀音的信仰具有濃厚的現世報色彩，在勸說「四大皆空」的佛教當中，算是非常少見的。

在中國，佛教於宋朝之後，除了禪宗之外，便衰落了。然而唯有觀音信仰則持續活絡。此種信仰，並不像淨土信仰那麼抽象，而是具體的。舉例言之，只須口中常唸觀世音菩薩的聖名，就可從七難之中得到解脫。七難中排行首位的是火難，第二則是水難。

宋朝以後，中國沿海航海者漸增，相傳由日本的遣唐僧所闢建的浙江省舟山群島普陀山，被當作觀音的靈地而凝聚了航海者的信仰。渡海來台灣的人們，在搭船的時候向觀音祈願，所以最後會在台北蓋了這座龍山寺，奉祀觀音菩薩，也應該是理所當然的。

「台灣是由觀音菩薩和媽祖在保佑著。」

連喜愛俏皮的老台北，居然也以穩重的表情這麼說。道教之神的媽祖，也是航海的守護神。

古早古早，福建省莆田地方有一個叫林愿的人。傳說他的六女兒在紡織當中，靈魂出竅跑到海上去解救險遭海難的父親。這時，在父親身邊的哥哥也瀕臨溺斃邊緣。

當她正要去救哥哥的時候，她母親察覺她神情有異將她喚醒，於是遊魂又回附她的身上，她的哥哥也就因此而溺死。不久後她得道昇天，這就是媽祖的由來。

龍山寺的院內，年輕人居多。像我平素對小姐們的時尚所知無多，可是站在龍山寺境內，就好像能領悟到目前流行的服裝趨勢。

龍山寺的建築是純粹的中國式廟宇建築，「沿革記略」裡亦有「飛碧流丹」之句。多用原色，屋頂翹起，石柱上刻滿了龍形的石雕，真個是不留一絲一毫的空隙。

龍山寺的建築物過去曾遭受好幾次的災禍。諸如地震（一八一五年），風災水災（一八六七年）等。

民國三十四年（一九四五），還因為空襲而毀損。

碑文記載為遭受「盟機」的空襲。

的確，若站在中華民國的立場，當時中華民國與美國聯合和日本交戰，所以「盟機」的說法是正確的。但是說成同盟國的飛機來空襲，理論上不免有所矛盾。

此一矛盾是因為當時台灣是日本領土，所以台灣也跟美國作戰，而碑文卻無視於這項史實所致。倒不如光用「美國飛機」來表達還好些。

然而，以政府機關的立場，當然是不便如此表達。這篇文章，是以中華民國台北市的立場來撰寫，因此當然是作為中華民國史之一環來看台北空襲。所以才會變成台北遭受了同盟國空襲的說法。

這項矛盾，也就是台灣的矛盾。假定大家索性捨棄中華民國而獨立，以解決矛盾，則如前面所述，中國大陸說不定會攻打過來，而且絕大部分在台灣的大陸系人們，可能要為感情的調適而大傷腦筋。

由於這樣的矛盾，使得包括此「詩集」中的作者們在內的台灣高齡層人們，戰後，想必是一直在痛苦中熬過來的。

詩集中的人們，或許是因為年紀大了，懶得再去深刻地思考，因而在文化上便回歸到自己的青春時期，儼然以日本人自居。就我們日本人的觀點而言，這真是非常值得感謝的事。

台灣的電視，可以接收到NHK的衛星節目。當然是免費的。

大相撲（日本國技）熱潮甚至風行至台灣。

「日本相撲春季會，電視終日可陶醉。」

這是嘉義市光彩街張秀桃女士的詩句。

另外有一首台北市文山區俳號叫「醉生」的王尊傑先生的俳句。

「看電視，教相撲，阿公老了當然輸。」

這可說是台灣式的幽默吧。

日本皇室的新聞好像也很受關心。台北市羅斯福路四段的董昭輝先生作了如下一首：

「夏日炎炎，平成皇后，也消瘦。」

有關光復節的，還有一首：

「光復節，仍是滿口日語的白髮族。」

這是台北市羅斯福路三段傅彩澄先生的詩句。

如此看來，不管是在文化層面或是教養層面，這一世代的人們都堪稱是堂堂的「少數民族」吧。

老台北

在這本紀行裡，「老台北」這位人物屢次登場。這是仿「老北京」的語意——只有在本紀行中——所杜撰出的名字。

本來「老北京」這個字眼，是指在毛澤東統治中國以前，就一直世居北京，具有中國上流文化素養的知識分子而言，但是我們的「老台北」，卻不是在台北出生的。若就這一點來講，這個名號就有些牽強了。

不過這個人既通曉日本殖民時代的日本文化，而且以台灣漢民族的文化為榮，一直居住在台北，目前就住在松山區。雖然國內航線的松山機場是在他住家的附近，但是老台北為了讓我們容易領會，於是說：

「在松山機場旁邊。」

我覺得他真不愧是一個「老台北」。不過若相較於「老北京」這個古老的形象，就不免給人一種處事稍感過分機靈的印象。

我在前往台灣之前，希望能事先與熟悉當地情況的人取得交誼，乃和《產經新聞》台北支局長吉田信行先生商量。

我原本以為大學研究所學生的年齡較為合適，但在聽了吉田先生的話之後，又覺得像蔡焜燦先生這樣的人物更具魅力。這一位也就是「老台北」先生。只不過這位先生飽經世故，已是六十開外的年紀。

說來還真讓我感到有些擔心而不自在，他是十個以上公司的負責人，另外在被稱為「台灣矽谷」的地方，好像還擁有一家電子公司（偉詮電子），總歸一句：太有成就了。

但是老台北先生似乎早已察覺到我的困惑。

他的劍道已有段位以上的功力，據說劍道講求的要訣是：「制敵機先之先」。

記得初見面時，一經吉田信行先生介紹完，他迅即靠攏鞋跟，突然舉手向我敬禮。

這使我難以辨認他是在開玩笑或是認真的。

他到十八歲為止是日本人，並且還志願當了陸軍少年飛行兵。

當時，在奈良的高畑，有個岐阜陸軍整備學校奈良教育隊，他在該隊接受教育。他那時候的教官和我是兵役同期的陸軍少尉，所以「老台北」將我視同教官敬待。以上的一切因緣關係，都由他用敬禮的滑稽動作表現出來。同時也把我的介意推到九霄雲外。

他的詼諧還具有持續力，那次之後，每次見面都是舉手為禮。我當然也不能不答禮。路過的人會是個什麼想法呢？

這種幽默，與前面介紹的《台北俳句集》中的幾首詩句有著異曲同工之妙。只能說，他的幽默足以讓人笑得前仰後翻，這已超越了笑話的範圍，令人不得不說一聲「仁在其中矣」。

蔡焜燦先生是在台中附近的清水鎮出生的。

「故鄉在清水，那裡也有觀音廟。」

如此語帶雙關的，便和京都清水寺的觀音菩薩扯上關係了。

戰後回到台灣，在故鄉的小學當體育老師。

讓這位有才幹的人困擾的是，一回到故鄉，所謂「國語」已經由日本話變成北京話了。好在因為是體育老師，只須做做示範動作，或喊一些號令，也就可以授課了。他說就在這期間，他一邊聽兒童們講話一邊把北京話學會的。小孩子們必定以為他是一位沉默寡言的老師。

僅僅聽蔡先生的履歷，就能夠學習到台灣的戰後經濟史。

辭掉教職後，他把腳踏車用的磨電燈堆放在用腳踏車牽引的兩輪拖車上，爬山越野，到處兜售。

不久之後，位於北方的日本列島經濟開始起飛，當日本大眾消費形態形成的時候，日本全國各地的食堂，以及公路餐廳等，都已備有可以隨時應付顧客需要的鰻魚飯、炸蝦快餐之類的食品了。

為此，在日本國內，鰻魚與蝦子的生產一時供不應求，於是台灣便承攬起把蝦、鰻養殖至某一階段，再供給日本市場的生意。而這類行業開始了台灣資本的累積，成為台灣經濟起飛前的助跑。

蔡先生也經營過鰻魚與蝦子的出口貿易。

他也做過航空貨物的運輸工作，現今仍擁有該行業的公司。

最後是投資於新竹矽谷工業園區的電子產業。

「接下來還打算做什麼行業？」

有人問起。

蔡先生豎起手指，指向天花板。

「天花板？」

「更高的。」

似乎是指要上天堂的意思。

我造訪了據說是政府規劃的新竹矽谷工業區。

地點是在丘陵地。

工業區內保留著若干起伏的地形，遍植草坪，也有像是人工池的池塘，池邊有漂亮的建築物，充作這區域內各企業、研究所工作人員的俱樂部。我們在該處進餐。

相較於台北的吵雜擁擠，我們簡直像來到另外一個天地。在台北，人人都不戴安全帽就騎著機車，但在這裡，大家都規規矩矩戴著安全帽，也沒有人違規停車。或許，只要環境變好，人們就會自然而然地遵守規則吧，這裡就是個好例證。

有一個晚上，我和老台北一起用餐。

我說：

「台灣人喜歡從事製造業，這一點真是了不起！」

沒料到老台北卻以近乎令人生畏的穩重表情——猶如老僧入定之神情——傾聽著。

香港與東南亞的華僑不喜歡工業，而是喜歡能快速賺錢的金融業或不動產業、股市、期貨等投機生意。

而台灣人竟然那麼樸拙地喜歡製造業——照邱永漢先生的說法是受了日本人的影響——可說是相當顯著的特徵。

另外又有一次晚餐，還在台北的陳舜臣夫婦也同席。

在這唯有親友的空間裡，盡是「老台北」滔滔不絕的聲音，陳先生不愛說話卻始終笑咪咪的。

席上，我提起外匯存底的話題。我還說，這個小小的島國，竟能成為世界屈指可數的美金持有國，對亞洲來說確實是比什麼都值得驕傲的。

可是我們這位擁有深奧姓名的蔡焜燦老台北先生，不管對什麼事情，總是有他的獨特見地。他說：

「實際的外匯存底，可能比公布的數據更多也說不定喔！」

「怎麼說？」

「因為台灣的實業家都是逃稅高手。」

這時候，或許只是我的錯覺吧，正在俯首喝湯的陳舜臣先生，臉色好像一瞬間變白了。只不過是逃稅這樣的事而已。

陳舜臣的文學，對於各種各樣的人類特質，具有多彩而巨大的解說力及包容性。

不過在生活上，他愛的卻是猶如金屬響聲般單純剛勁的道德律。只聽到一句逃稅，就顯得不愉快的模樣。

話雖如此，我們的蔡焜燦先生絕不可能有逃稅的勾當才是。這一點，陳舜臣先生應該是了然於心，可是對在場的人來說，它並非愉快的玩笑話。

蔡焜燦先生是個善於自我表現的人。

對事業亦復如此。他經營事業不是當作賺錢的手段，而是事業本身就是他的目的，因此為了表現自己而極度忙碌。一如畫家熱衷於創作一樣。

這樣的心志，亦能從後來蔡夫人面帶笑容說出的話而感受得到。我說：「蔡先生忙得不得了啊！」

「但是他可經常地都在叫窮呀！」

因為她這一句話就像保母笑著閒話幼稚園小朋友身邊瑣事一般，所以彼此都大笑起來。

大約在這一段時期，《中央公論》雜誌正在短期連載邱永漢先生的「中國人與日本人」的文章。邱先生不用我多介紹，大家都知道他是台灣出身的作家。這篇文章中有如下一段：

我從來沒有看過像中國人那樣對金錢這麼敏感的民族。不僅有錢人如此，就連貧窮人家也是完全同樣，他們對金錢的反應敏銳。地不分南北，中國人的金錢感覺都是共通的。不論是在中國大陸，或者香港、台灣，還是舊金山、紐約，中國人都顯示相同的反應。首先是徹頭徹尾的節儉。無謂的浪費一切免談。若問何以致此，因為他們刻骨銘心地體會到：國家是靠不住的，並且人民一直都是在戰亂或饑荒當中四處逃難，因此除了金錢之外，什麼都不可靠。

邱先生把中國人這點，就如同擦亮的玻璃容器般，說得透明清澈。的確如此，假如在中國大陸能夠實施較目前更進一步的市場經濟的話，那一定會呈現出驚人的景況。

但是邱先生應當也會同意漢民族當中，亦有許多例外。自古以來，就是這樣的人們創造並延續著中國人的思想與文化。

問題是邱先生所使用的「中國人」這個稱呼。那麼複雜的大民族，為何在「中國」國名之下，僅僅加上一個「人」，就可代替泛稱而一直使用過來呢？

英國的國名是「聯合王國」。但是，誰也不會說：

「莎士比亞是聯合王國人。」

「英國人」這個泛稱，真是方便無比，難道中國人就沒有那樣的泛稱嗎？

下面要談的也是在台灣旅遊期間的事。同行的編輯部同仁村井重俊先生，和當地人交談時，無意中說出「像A先生那樣的中國人」這個民族稱呼，卻換來對方不愉快的表情。

當然啦，台灣人既然是中華民國的國民，當然就是中國人。這一點，與大陸的中華人民共和國國民之稱為中國人，並無所差別。

可是，談話對象的台灣本島人，一旦被稱為「中國人」，立即會聯想到在戰後跟陳儀和蔣介石同時闖進這島上來的大陸系人們（外省人），因而引起他們對過去這些人們的暴行、掠奪、收賄、血腥彈壓，進而形成佔領軍一般的統治階層等等的慘痛記憶。

最近，有些人為了不使別人弄得混淆不清，央求對方說：

「請稱呼我台灣人。」

用英語的時候，似乎有些人希望被稱為「Taiwanese」。

舉例來說，荷蘭人也是廣義的日耳曼人，可是十六世紀末以來，荷蘭人都有著自己是一個獨立國家的民族自覺，全世界對他們也都是如此認定。而德國史並不具有荷蘭史那樣的海洋國家經驗，亦未擁有十七世紀的輝煌繪畫時代。

難道在東方就不能如此嗎？

老台北說：

「戰後我住過台南。有一天，赤足走在街上。不，好像也不是光著腳，至少穿著一雙鞋子吧！」

那一天在街上，老台北遇見了一位上了年紀的婦人。當這位婦人拿出香菸銜在唇上的時候，蔡先生就取出火柴為她點火，舉手投足之間，禮貌周到，使得婦人對他讚賞有加。這是蔡先生教師時代的故事。

那位婦人說：

「我有個女兒呢！」

這「女兒」亦即是後來成為蔡夫人的李明霞小姐。

蔡夫人明霞女士是一位清秀高雅的女性，就像孫悟空的信用是由觀世音菩薩背書的情形一樣，對蔡先生來說，她就像是那樣的存在。

在台灣，明霞女士所出生的台南市，聽說是有所不同的城市。

台南是台灣最古老的首府，十七世紀，荷蘭人在此地構築了面海的西洋式城郭，接著鄭政權也在此地設置了承天府，清朝時，台南也還是繼續保有首府的地位。

此地也是基督教最早傳入台灣的地方。

如前所提及，蘇格蘭的長老教會，於明治三年（一八七〇）就派遣傳教士威廉・坎貝爾來到台灣。這長老教會在台南也辦了一所女校。

這所學校就是李明霞小姐當年就讀的長榮高等女子學校。

那個年代，校長是日籍牧師。他是一位名叫番匠鐵雄的金澤人士，戰後回到故鄉金澤。今年雖已是九十五高齡，但是據說仍然受到台灣的弟子們絡繹不絕的慰問而引以為樂。

明霞小姐是才女，這可從她畢業後就考進台南師範的求學過程獲得印證。後來任教於台南的安平公學校。她可能在十幾歲時就取得委任官的資格吧。

戰後她開始專攻音樂，目前也因為對這方面的愛好，而加入台北的一個合唱團。

我們抵達台北的第二天是元月三日，恰巧有個婚禮邀請蔡氏夫婦參加。蔡先生臉上展露微笑向我勸誘說：想不想去參觀一下台灣式的結婚典禮？

就這樣，我成了不速之客，就座於圓桌之一。蔡夫人明霞女士像是要為我背書似的，和我同桌。

會場在「環亞大飯店」的宴會廳裡，整個場地以大紅色裝飾著。

禮堂的背後懸掛著八幅朱紅色綢緞喜幛，好多的圓桌桌巾也是紅的，就連餐巾都是紅色的。一切的一切都那麼地喜氣洋洋。

聽說，新郎新娘是在美國留學時相識結緣的。

媒人是曾任巴拉圭大使的退役軍人，看來很有威嚴。

「蔡先生跟新人是什麼關係呢？」

「新娘的母親是我的學生。」

戰後，蔡先生在清水街的小學任體育老師時，從兒童們學習北京話的情形，前文已述及。而此刻在禮堂前女方家長席位上的人，也就是當年的小學生。

會場上，有五、六個當年的學生，一個接一個來到蔡老師的身旁鄭重地問好。

「在台灣，有結拜的風俗。」

聽說是指男性朋友之間結成拜把兄弟的意思。

我查閱了天理大學出版、村上嘉英編寫的《現代閩南語辭典》，裡面果然有這個詞。結拜，發音是Kiat-Pài，和日本漢音接近。

「新娘的媽媽，和小學同班的女同學六人結拜，這樣的女性算是非常了不起的。」

或許這和新娘母親的小學時代，在台灣現代史上，正是被稱為「監獄島」的彈壓時代不無關係吧。

過了一陣子，蔡先生被邀請致詞。

禮堂下有麥克風。

「希望新郎新娘大展雄風，飛往世界各地。」

說到此，他抬頭望望禮堂上，又說：

「但是，也別忘了台灣心。」

他的這番話誠然是充滿愛國情操的，可是另一面，又像是地球代表在為太空人送行的祝詞。

馬的寓言

在我的書架上，有台灣的謝新發先生所寫的三本書。其中，記述土木工程師八田與一（一八八六～一九四二）一生事蹟的《不能忘的人》，給了我不少的啟發。

謝先生在戰前度過了少年期，戰後苦讀考進淡江大學就讀，專攻日本文學。

他也曾經蒞臨寒舍訪問，那已是六年前的事了。

當時，他已是五十過半的年紀，彷彿是從無人島回到有人煙的地方，有如爆竹般的說個不停。當然，沒意義的話，他是一句也不說的。

當我看到這位熱情的人，把他從車站販賣店買來的糕餅類禮品，捧在雙手，準備交給內人的那幅光景，眼淚幾乎都要掉下來。我讀了他其中一本著作，得知他好像也擔任導遊一類的工作，書中提到當時前往台灣的日本觀光團旅客的惡劣行徑，大致與實際情形相符。

謝先生內心是痛苦的。

他愛日本文化，同時也喜歡日本人，但現實上，來台灣的日本人卻令他失望。結果他好像是要靠研究八田與一，來撫慰自己的心境似的，一談起有關八田與一的事蹟，他就情不自禁悲從中來，激動得連聲音也高亢起來。

話說從頭：我想這次要到台灣，至少必須事先向謝先生盡個江湖上的道義吧，於是我找出那些泛黃的信函。

我按照信上的號碼打了電話，卻沒有人接。到達台北之後再撥，也還是無人接聽。

有關謝新發先生所寫的八田與一工程師，後來古川勝三先生也寫過。書名是《愛台灣的日本人：嘉南大圳之父八田與一的生涯》（青葉圖書）。看了卷末的作者簡歷，才知道原來他有一段時期，曾經在台灣擔任過日本人學校的老師。

關於八田與一之事蹟，容後再敘。

走在台北街頭，腦子裡不斷地浮現出曾與這塊土地有過關聯的明治時代日本人的名字。乃木希典（一八四九～一九一二）便是其中之一。

這位具有代表性的明治時代軍人，最初是以野戰指揮官的身分來到台灣。

時值台灣剛剛成為日本領土的明治二十八年（一八九五）。當時乃木才四十六歲，剛升任中將不久，那是個可以指揮一個師團（一萬餘人）的職位。

乃木是在明治二十七、八年（一八九四～九五）甲午戰爭時，以旅團長職務踏上征途。戰爭於極短期間即告結束。

清朝代表李鴻章來到下關（馬關）進行媾和交涉，決定了包括割讓台灣在內的幾個條件。李鴻章說台灣是「化外之地」，也進一步說是：「難治之地」。

意思是說那裡是難以治理的地方，大小的叛亂反覆不斷。李鴻章向伊藤博文所表達的是「三年一小反，五年一大反」。這句話好像是俚諺。

台灣將成為日本領土的消息傳達到台灣時，叛亂就發生了。其中也有倡議獨立的。作為台灣人，這該是當然的情感反應。

日本這方面，不得不對此施以鎮壓。他們首先派兵至島的北部，投入這次鎮壓的兵力累計達五萬之眾。

當時駐屯在滿洲的乃木師團，也收到出兵的命令。據云他們在九月八日自大連灣出航，到了十月二十二日才入台南港，真是漫長的航程。

此役前後花了四個月始告平定。日本軍的傷亡相當慘重，五萬人之中五千人死亡，一萬五千人罹患瘧疾與赤痢，這使他們喪失了戰鬥力，損傷等同於一場大戰。

乃木與他的第二師團（仙台）在台灣之期間，只不過六個月左右而已。

這段期間，他給既是親戚又兼詩友的吉田庫三至少寫過兩封信。這些信件揭載於渡部求所著的《台灣與乃木大將》（昭和十五年〔一九四〇〕由台灣實業界社發行的小冊子）一書裡。

戍守高砂島，身感秋意亦來到，

思及楢櫟林，諒必早已皚雪飄。

信函中添附了乃木自賦的「新古今調」和歌。「楢櫟林」乃「新古今調」在表現森林時常用的一種語詞，意指水楢樹與櫟樹之類的樹林。的確，整座山的楢櫟林變黃之際，實在美妙至極。

身在軍旅中的乃木，似有過不少與當地人接觸的機會。

「日本。」

光這麼說，當地的人們是不很瞭解的。

因此，他為了向當地人說明這個「日本」，便給前述的吉田庫三去了一函，請求寄來五、六十張各色不一的錦繪[1]。就此看來，乃木實具有教育家風範。

錦繪圖很快就寄到了。乃木在他的致謝函中說：

---

[1] 浮世繪彩色版畫。浮世繪即日本江戶時代流行的風俗畫。

「台灣施政，充滿痛苦，人民謀反，誠理之所當然也。」

他如此激烈地批判執政當局。身為討伐軍師團長竟認為造反有理，還對「敵方」寄予強烈同情。想必在乃木的情感上，他並不願做這種強據他人土地為殖民地的蠻橫差事吧！

乃木繼續寫下：

「有如乞食獲得贈馬，既無法飼養，亦無以乘騎。」

「乞食」這個字眼，在現今的社會中已無實際存在，且幾近死語，甚至變成輕蔑語了。《廣辭苑》辭典中之解釋是：「藉求取食物或金錢之施捨而生活者」。他對當時日本的貧困以及近代技術之缺乏，作了如此的比喻。這種表達方式好像是江戶時代即有的說法，是為了譬喻與身分極不相襯的情況時的慣用句。

乃木接著又說：

「長此以往，終將被咬被踢，若懷激怒，復成爲世間笑柄，思及此，實汗顏至極也。」

翻譯成白話就是：像這樣演變下去的話，總有一天，會被馬咬到或被踢到，萬一為此而發怒，那就更成為世人的笑柄，實在是令人感到羞恥。

吉田庫三這個人，是近乎名不見經傳的人物。

大正六年（一九一七）刊行的《現代防長人物史》❷這部古老的人名錄中有記載他的名字。

他曾任神奈川縣立橫須賀中學校長。

正因為他與政界、官界無緣，所以乃木才能無所顧忌地一吐胸中塊磊。

庫三係吉田松陰（一八三〇～五九）死後的繼承人，亦即死後養子。伊藤博文與山縣有朋等明治時代的長州藩大官們，一致崇仰為聖者的吉田松陰，而他的養子竟然不求榮達，實在令人讚佩。

欲明庫三之身世，必須從吉田松陰談起。松陰原為長州藩下級武士杉家次男，自幼過繼為親戚吉田家的子嗣。

後為幕府所忌，以二十九歲之英年被判刑身亡。

生前，他在萩城外的生父老家辦類似私塾的松下村塾，從事教育工作，影響眾多門生，因而聞名於世。

以下試著較詳細地敘述。

松陰，通稱寅次郎，他所接受的初級教育，來自父親杉百合之助。

到了中級階段時，他拜亦屬親戚而且住在附近的玉木文之進為師。兩者都是在田園之間

❷地名。防長即周防與長門之略稱，今山口縣。

受教。

像杉家與玉木家這般的低階武士，都是將住屋周邊的土地開墾作為耕地，過著與農夫同樣的生活。

寅次郎總是坐在田間小徑上，打開書本來朗誦。父親百合之助也好，或者叔父文之進也好，都是每耕耘了一畦，就過來問問有沒有不明瞭的地方。

如果寅次郎有疑問他們就加以講解，然後又去耕另一畦。

叔父玉木文之進教學極為嚴格。

有一次，寅次郎於朗讀當中抓了抓頭皮。

玉木文之進震怒起來，痛打寅次郎之後，竟然把他推落到田圃下面的崖坡下。

不論是杉家、玉木家或者吉田家，再怎麼出人頭地，頂多也只能升到郡的政務長官而已。

實際上，玉木文之進後來亦任職郡行政長官。

江戶時代的幕府藩屬體制，不喜歡有地主、佃農的存在，而儘量保護自耕農。長州藩尤其如此，藩直接從自耕農徵收稅賦。郡行政長官，可視作身兼稅務署長的職務。

為官者務須具有廉潔之氣節。

會讓寅次郎感覺到臉頰發癢的，那就是「私」。正在讀聖賢書之際，竟還去搔癢，這就是私心自用，此種想法就是玉木文之進的邏輯。務必摒除私心，並以身體記憶之，這似乎就是他的教學法。

乃木希典的家，是屬於長州藩支藩的長府藩（今下關市）出身，而與本藩出身的玉木家是宗家與分戶的關係。

乃木在元治元年（一八六四）十五歲的時候，自動遠赴萩城東郊的玉木家師事於文之進，時在松陰被處死後五年。

「因為我身體羸弱，所以想靠學問來立身。」

對他這樣的說法，文之進就命他先從鍛鍊身體開始，於是讓他做農事，以長工的身分工作了十個月。

然後，好不容易才獲得文之進為他講授日本國學與漢學。

乃木希典和吉田庫三之所以結識，好像是由於同屬玉木文之進的門下之故。

吉田庫三是松陰的外甥。松陰的妹妹嫁給兒玉祐之，庫三即為兒玉家次男，他從小即承祧松陰過世後的吉田姓。

前面提到的《現代防長人物史》中，有關庫三的記述如後：

頑固而嚴直，不屑賣弄阿諛巧辭，專心一意作育英才，爲德高望重、至誠一貫之人也……漢學之素養深厚，富文才，能詩……夫人名茂子，無子嗣，現居神奈川縣橫須賀佐野三四二番地，家庭高尚嚴格也。

如此的描寫，令人覺得很像乃木。

而乃木於明治二十九年（一八九六）四月，凱旋回到第二師團的故鄉仙台不久，陸軍省派來了使者，要他上京。當時，陸軍次官是長州同鄉兒玉源太郎。

「你去當台灣總督吧。」

兒玉就這樣告訴來到東京的乃木。

兒玉率直地說明原委。首任的台灣總督是海軍上將樺山資紀（一八三七～一九二二，薩摩出身），他嘗盡了台灣住民叛亂的苦頭，好不容易才捱完一年多的任期。他對統治毫無理想與熱情，因此必然是對於日復一日面對叛亂與討伐的這個職務感到厭倦，乃自動提出辭呈。接任的總督是陸軍中將桂太郎（一八四八～一九一三，長州出身），他不到半年就辭職了。桂本人對於立足在中央政界之雄心旺盛，人在台北心向東京，似乎終日只關注東京的政局發展。

於是兒玉說：

「如此一來，那麼剩下的就只有我了。」

可是，對陸軍而言，兒玉是唯一的人才，這樣的存在，乃木也是心知肚明的。

這種狀況下才承諾接任台灣總督的乃木，也只任職一年多就提出辭呈。

他辭職的理由是：

「近來突感記憶力衰退……」

無疑地，他也是有了倦怠感。當時的台灣總督府官箴不振，綱紀鬆弛，官員與來自日本內地的攫金族或當地商人勾結，貪贓枉法視為平常。

乃木的老師玉木文之進經常以「百術，不如一清」作為座右銘，還把「不如一清」四個字刻成印章於揮毫時使用。

乃木亦不用百術而秉持一清的教誨。但是，儘管總督一人保持一清的原則，身在滿堂腐臭之中，恐怕只會成為眾人嘲笑的話柄吧。

實際對台灣的統治，是從乃木之後繼任的第四任總督兒玉源太郎開始的。

兒玉就任之初所做的大決定，就是將一千零八十個官吏大量免職，由此亦能體會到，前任的乃木曾經遭受折磨，深感痛苦的因由何在。

兒玉任台灣總督之職務，前後達八年（一八九八～一九〇六）之久。

在這期間，發生日俄戰爭（一九〇四～〇五），兒玉以「滿洲軍總參謀長」之職出征。

他一方面要在炮煙之中，總攬指揮全野戰軍的作戰，另一方面又無法擱下台灣總督的文官官銜，由此即可想像得到當時的台灣統治是如何的困難。後來，兒玉是發掘到一位醫生出身的雋才後藤新平（一八五七～一九二九），這才把總督的印信交付給後藤，再遠赴戰場的。

他好像說過這樣的話：

「如果粗心大意的人當台灣總督，那台灣又會變成原來的台灣。」

兒玉、後藤、新渡戶

兒玉源太郎和後藤新平兩人，可以說奠定了日治時代五十年間的台灣行政之基礎。本來將外國當作自國領土來經營，在基本上就是愚昧之舉。基於這樣的觀點來講，如今要重新檢討兒玉、後藤在台灣的事蹟，就如同細數夭折兒子的歲數那樣。

不過，因為這兩個人，為人處事非常有趣，值得一談。或許經由談論這兩人，能夠讓我們窺視到明治年代社會風貌之一端亦未可知。

若以軼聞方式來敘述，兒玉之所以能夠活躍於明治之世，實乃因他誕生於創造了明治維新的薩摩、長州兩藩中的長州藩之緣故（相反的，後藤則出世於戊辰戰爭時的「賊軍」一方）。兒玉家隸屬於長州藩的支藩德山藩四萬石的藩士，俸祿一百石。以如此的小藩而言，這樣的俸祿算是中上門第。不過兒玉的少年時期並不能說是幸福的。

當時德山藩分為佐幕派與勤王派而掀起政爭，他父親屬於後者，在軟禁中憤恨而死。連繼承家嗣的姐夫，亦被佐幕派所殺。

俸祿幾乎全被沒收，幾經周折才勉強獲准支領一人半分之扶持米❶。兒玉在窮困中生長，他卻未因此而陰沉消極，可說是天性使然。

兒玉是在培理來航事件❷的前一年（一八五二）出生的。

他在胎中八個月就誕生，大概是因為這樣吧，身材特別短小。但是他精神快活暢旺，笑聲接連不斷，渾身有勁，從來不知厭倦為何物。

戊辰戰爭（一八六八年）❸時，他以十六之齡加入長州藩的一隊（獻功隊）從軍，轉戰東北，最後還參加五稜郭攻擊戰。

他正是所謂少年士兵出身。因此之故，他除了七歲時入藩校「興讓館」就讀之外，未再接受過其他的教育。毋寧說，他是因為接受的教育較少，反而使他的思考更能自由奔放。

兒玉僅於明治二年（一八六九），在京都的教導隊與大阪的兵學寮，接受不到一年的法國式下士官教育。這可以說是兒玉唯一的學歷。

修完這段教育後，他成為六等士官。

不過陸軍方面已經發覺到這名下士官的特殊才華。

從明治四年（一八七一）、十九歲時開始，他急速晉升。明治四年四月升准少尉，同年八月少尉，次月又進級中尉，翌年的明治五年，他還只有二十歲就升上尉。

明治七年（一八七四），二十二歲，他於佐賀之亂時，隨軍出征而負傷，同年晉升少校而任熊本鎮台的參謀。

隔兩年（一八七六），在熊本舊城下，被稱為「神風連」的保存國粹組織，發動士族之亂，鎮台司令官與縣令被殺。那消息傳抵東京的陸軍省時，據說長州出身的山田顯義（一八四四～九二）少將就吩咐部屬說：

「打電報去照會，看兒玉是否平安。」

雖然只有二十四歲，但其分量由此亦可見一斑。

兒玉二十五歲時，西南戰爭❹爆發，熊本城被圍，他在谷干城（一八三七～一九一一）少將

---

❶給予武士的俸祿，一人份月給一斗半糙米。

❷培理Matthew Calbraith Perry（一七九四～一八五八），美國海軍提督。他於一八五三年以東印度艦隊司令官之職，率艦隊前來日本浦賀港（位於神奈川縣橫須賀市東部三浦半島之東端）向幕府遞交美國總統親筆函，要求日本開放門戶。次年再度來日，兩國締結日美親善和約，約定開放下田、箱館（今函館）二港。培理並著有《日本遠征記》一書。

❸日慶應四年（一八六八）發生於戊辰年之討幕派與舊幕府軍之戰爭。包括鳥羽伏見之戰，討幕軍與彰義隊之上野戰爭，會津藩之總攻擊，箱館五稜郭戰役均屬之。

❹亦稱西南之役，是以西鄉隆盛為中心的鹿兒島士族之叛亂。一八七三年主張「征韓論」失敗後，西鄉隆盛辭去一切官職，返鄉興學教育子弟。後因學生們反對政府之開明政策與士族解體政策，於是在明治十年（一八七七）二月，擁西鄉而舉兵，圍攻熊本駐軍，政府立即派兵鎮壓。同年九月二十四日，西鄉等領導人自殺而告平定。

麾下，靈活地指揮了堅守城池的防守戰。

明治陸軍，初期採取的是法國式，後來轉換為德國式，同時又創設了陸軍大學以培養參謀人才。

明治十八年（一八八五），被公認為普魯士陸軍參謀本部的第一俊才K・W・J・麥開爾少校❺以聘雇教師名義，前來日本任教，在職三年。

當時，陸軍大學剛遷校至和田倉門不久。

陸軍上校兒玉源太郎，被任命為事務局長。

學校是從士官學校畢業的中尉、上尉之中選拔出來的。日後，他們升到少將級時，正好承擔了日俄戰爭❻的作戰任務。

兒玉雖非學生，但始終聽講課程，麥開爾認為他是一名出類拔萃的人物而讚賞備至。

多年後，兒玉在日俄戰爭中，擔任全野戰軍總參謀長。已退隱的麥開爾聽到這個消息時，甚至還說道：

「只要兒玉在，日本必定會獲勝吧！」

兒玉這個人，似乎在他心目中留下無比深刻的印象。

兒玉未曾學過外國語。

但是他似乎具有一種只能謂為「特別悟性」的天賦，因而對麥開爾所講的德語，好像都能夠理解其重點。

還有一樁類似的軼聞。

成為兒玉在台灣之左右手的後藤新平，每每發掘到人才，就立即派來台灣。新渡戶稻造（一八六二～一九三三），也是其中的一位。新渡戶的肖像，現今可在五千圓日幣紙鈔上看到。

新渡戶是戊辰戰爭時，被劃歸為「賊軍」這一方的南部藩出身的。他就讀於札幌農校，在學時加入「札幌樂團」，同時成為熱心的基督徒。在美國與德國研習農業經濟和統計學之後，返回學校任副教授。後來應後藤之請來到台灣，擔任殖產局長兼製糖局長，確立了依賴製糖來統治的經濟基礎。

他的夫人是美國人，本名是瑪莉（Mary），結婚後改名為萬里子。

---

❺Klemens Wilhelm Jacob Meckel（一八四二～一九〇六），為德意志軍人、軍事評論家。一八八五年應日本陸軍大學之聘來該校任教，對日本陸軍現代化之編制頗有貢獻。

❻一九〇四～〇五年，日、俄兩國為爭奪滿洲、朝鮮之支配權而引發之戰爭。日本在攻擊旅順、奉天會戰及日本海海戰均獲勝利，但日本之戰爭執行能力已達極限，俄羅斯亦因相繼敗退與國內爆發革命等因素，希望終結戰爭，一九〇五年九月，由美國總統羅斯福斡旋而媾和，兩國締結朴資茅斯（Portsmouth）條約。

新渡戶於美國留學期間，在費城的教友派（亦稱貴格會Quaker）教會演講時，瑪莉正好在聽眾群中，兩人從此互識。

她被新渡戶的整個人格感動，於是拜訪了當時被稱為「日本留學生之慈母」的莫里斯夫人（Mdm. Morris）請求介紹，可以說她是行動派的女性。

後來新渡戶到德國，在波昂（Bonn）接到瑪莉寄來的求愛信，乃決意和她結婚。

萬里子終其一生都是無可挑剔的賢妻。

根據鶴見祐輔的《後藤新平》（勁草書房）第二卷所述，新渡戶萬里子旅居台灣時代，據說有一次因故到總督府拜訪兒玉。

當時她不會說日語。

而總督辦公室又只有兒玉一人。

總督（兒玉）一看到我立即起身走了過來，問道：「您是新渡戶先生的夫人吧！」

他向萬里子做了自我介紹後，就用日語開始說了種種話題。

萬里子不得已只能用英語回答，然後提出要談的事情。以兒玉的悟性，似乎很能領會她的意思。

「他確實是非常能夠應和的，使我幾乎忘了自己正在和語言不通的人交談。」

萬里子於兒玉過世後，如此追憶著。她還說：

我一生當中所遇見的頭腦最敏銳的人，就是兒玉上將與喜德莫亞（Sidmore）小姐。

關於喜德莫亞小姐的事蹟，我一無所知。

新渡戶稻造亦曾談到比較兒玉源太郎和後藤新平兩者之感想（前述書中，「兒玉之頭腦與後藤之頭腦」一節）：

談及腦力之優秀，我認爲兒玉要好得很多。例如技術性的事務，還有有關港灣修築的工程，或者是由我管理的殖產業務、台灣的製糖業，以及有關藍靛之栽培，諸如這一類技術性的事，假使同兒玉先生談，只須十分鐘他即可瞭解，而後藤先生則可能要費時大約二十分鐘左右。當然，那類問題若換我來聽，我想恐怕需要花兩個小時才行。

就這一點來說，兒玉確實是了不起的。就像電光一般地閃爍發亮，整個身體猶如一把火炬，光芒四射……那種井然有序，簡直令人嘆爲觀止。

下面，談談關於後藤新平之事蹟：

日後被譽為「憲政之神」的咢堂．尾崎行雄（一八五八～一九五四）有一篇「人物回顧錄」（《尾崎咢堂全集》），其中述及後藤之事蹟。

尾崎行雄於明治三十六年（一九〇三）就任東京市長。這段故事發生在尾崎的市長任內，是桂太郎第二次組閣（一九〇八）不久後的事情。

尾崎前去拜見桂首相，造訪官邸時，首相說：「因有情非得已之緊急事件，所以請稍候五分鐘左右。」

探聽原委，原來是後藤新平郵政大臣也正好來訪。

不久，後藤郵政大臣告辭，改由尾崎進入首相的會客室。可是不到十分鐘，傳達人又來報告說：

「後藤郵政大臣說要晉見。」

桂太郎笑著：「請他到那邊吧！」

尾崎感到莫名其妙說：「後藤先生不是剛剛才回去的嗎？」

桂首相表示，後藤告辭後，總是會忽然間又想到什麼。

「所以有時一天當中會來三、四次，而且每次都會帶來新的見解。其中，總會有一、兩項是非常好的意見。因此，我都盡可能接見他。」

後藤新平出生於奧州水澤藩士的家庭。

水澤藩是仙台藩伊達家的支藩，支領一萬六千石的俸祿。通常支藩的武士總是必須仰本藩的鼻息，而在本藩武士的眼中，總把支藩家士看作低一階的身分，日子並不好過。兒玉也是長州藩的支藩出身，因此，兩人之間似乎有某種一脈相同之處。

加上後藤的水澤藩，與宗主藩的仙台藩，在戊辰戰爭時都加入佐幕派，以致在明治維新後，連士族享有的禮遇都被取消。

明治維新[7]之後，政府在水澤藩領地內設置膽澤縣，自臨時縣令以下的官吏，都由中央派遣而來。

奇怪的是在那陣容中，竟連一個薩摩、長州人也沒有，都是來自支持薩、長系的諸藩出身者，以佔領者姿態君臨。臨時知事是伊予宇和島藩士，大參事與小參事是肥後熊本藩士。那些人與本地人連語言都不通，經常要靠筆談。舊藩士並未被採用為縣的官員。

[7]明治維新：在十九世紀後半之日本，江戶幕藩體制崩潰，推行轉變為近代統一國家之明治新政權，促成一連串政治、社會改革之過程。由德川幕府將政權奉還朝廷。自封建制演變成資本制，是日本史上難得一見之激變期。

維新時後藤新平十一歲，已經是相當懂事的年紀。事有湊巧，他以少年之身，體驗到了台灣人面對日本人時的那種處境。

當時與後藤同屬於舊水澤藩士子弟的齋藤實回顧說：「新政府的那些官員們，就連小工友都帶來了。」齋藤後來歷任海軍上將、朝鮮總督、內閣總理等要職，於二二六事件❽時被所謂的青年將校所殺害。

不久之後，「佔領者」從舊藩士的子弟中選拔優秀人才，以工友的名義任用，後藤和齋藤都被選中。

後藤獲得官員們之喜愛，受賞識而被派遣去東京。在東京寄宿於龍之口（今和田倉門與吳服橋之間）肥後細川家宅之內的莊村省三家。

明治四年的某一個夏日，當後藤與莊村走向坂下門途中，他們看到迎面來了一名身穿背後開衩的外褂、並搭配短褲裙、腳穿木屐裝扮的大漢。莊村向他彎腰敬禮，那大漢便點個頭應了一聲：

「真熱呀！」

莊村在稍後說：「那個人就是西鄉吉之助（後更名為隆盛）。」

後來，後藤獲知在福島縣沿阿武隈川有個叫須賀川的小鎮，創設了須賀川醫學校，乃於明治七年入該校進修。他最喜歡數學與測量學，而當他學習了物理和化學時，真正感到視野為之大開。

後藤畢業後服務於名古屋愛知醫院，而後成為醫院院長兼醫學校校長。

在那之後，進入內務省任衛生局長，甲午戰爭時，轉任陸軍檢疫部事務官長。

兒玉源太郎比後藤新平年長五歲。

當兒玉出任台灣總督時，選中後藤新平擔任輔佐職務的民政局長（後改稱民政長官），社會各界似乎都驚訝不已。

「那簡直是王哥柳哥的輕鬆旅行嘛！」

據云，哈哈大笑這麼說著的人，就是當時（明治三十一年，一八九八）的郵政大臣末松謙澄（一八五五～一九二〇）。末松是頗富時譽的雋才，他或許是把獨創家這一類型的人物，看作喜劇性的存在亦未可知。

明治三十一年三月，後藤自神戶、兒玉從下關搭乘大阪商船台中輪前往台灣。這該可稱

---

❽昭和十一年（一九三六）二月二十六日清早，企圖依恃武力進行國內改革之皇道派青年將校所發起之事件。他們襲擊首相官邸、警視廳等處，殺死內大臣齋藤實、大藏大臣高橋是清、教育總監渡邊錠太郎等人，侍從長鈴木貫太郎重傷，他們雖佔據永田町一帶，但於翌日後發布戒嚴令，三天後即被鎮壓。事件後，強化了統制派軍部之政治發言力，而進入軍部獨裁之態勢。

之為勞萊與哈台的海外之旅吧。

兒玉剛剛到任，就下令後藤起草施政方針的演說稿，這是歷任總督就任時的慣例。

「那種老套，還是免了比較好吧！」

後藤付之一笑，接著又說：「如果有人問起為什麼不來這一套，請回答他：我要照生物學的原則來做。」

兒玉以長州腔調問：

「生物學又是啥名堂呀？」

「生物都是活在習慣當中的。所謂生物學原則，簡言之就是尊重習慣的意思。這樣的東西，施政演說是無法談的。」

後藤知道日本式的法律萬能作風，在當地並沒有得到好評。不管多年後台灣是否成為法治國家之一，但他認為當前仍以「科學性（生物學性）做法」為宜，還說「以無方針為方針」。

兒玉聽後便答：

「明白了。」

日後，後藤新平在追思兒玉時說的那些話，被記載於鶴見祐輔所著《後藤新平》第二卷之中。

「兒玉先生確實是偉大的人物。因為他對我的『新總督之統治，以無方針為方針』的意見，當場就理解，並且始終一貫執行到底。」

兒玉只活到五十四歲。日俄戰爭時，據云他每完成一項作戰案，就好像如履薄冰，每日清晨都在膜拜朝陽。戰爭結束次年（明治三十九年，一九〇六），他恰似元氣耗盡般地與世長辭。

吃潛水艇的故事

英語稱台灣，有時候叫：「福爾摩沙」（Formosa）。

十六世紀時，通過台灣海峽的葡萄牙人，遠望到這個島嶼，情不自禁地高喊：「Ilha Formosa!」（Ilha是島，Formosa是秀麗的）

據悉此即其出典。譯成漢字，就是華麗島或美麗島。

北原白秋（一八八五～一九四二）依照這個詞寫了一篇文章〈華麗島第一印象〉，發表於昭和九年（一九三四）的《改造》雜誌上。

白秋於昭和九年六月二十九日，搭乘神戶啟航的蓬萊輪，於七月二日抵達基隆港。他在〈華麗島第一印象〉這篇文章的起頭，做了如後的描述：

華麗島這個名字，令我想像到的台灣風光，首先是椰子葉簌簌作響的基隆山丘。朱砂與鮮明的翠綠，雲層裡透出的耀眼陽光，透明如青瓷的天空，比天空更湛藍的浪潮；而我們所搭乘的蓬萊輪的汽笛，就在那酷暑的大氣中，以宏亮又和緩的聲響發出了長吼。（《白秋全集》22）

他在書上如此敘述他對台灣之美所作的推測。然而，他又說實際上他所看到的基隆，與九州的門司並沒什麼差別。讓白秋失望的是，基隆港碼頭的鋼筋水泥建築等殺風景的港灣設備。

白秋到達台北車站時，立即被記者群與攝影記者包圍。在昭和九年（一九三四）的台灣，已經出現了時髦又活潑的女記者，這可由白秋的文章中看出來。

「您對台灣的印象如何？」

「像九州嘛。」

一名精神充沛的台灣年輕女性，踩響著高跟鞋，戴著一頂帽簷在額頭上翹起的林投葉夏帽，逼過來就問：

「那對台灣婦女的印象呢？」

「好勇敢呀。我才剛到呢，小姐。」（同右書）

我也去基隆港看過，我的印象倒比較接近白秋原先的想像。

基隆港向北展開，港口狹窄，港內的水路像羊腸小徑般曲折。海面突兀地立著山巒，群山藍綠而濃密。

車輛可以直駛山頂，在那裡豎立著守護航海者的巨大觀音像。

當我從山丘頂上俯視著狹窄的水路時，老台北哼唱著古老的歌。

港內泊著看起來似乎很輕快的軍艦。

「那是軍艦呀。」

我第一次看到中華民國的軍艦，形狀像獵犬般，柔和而優美。

由於基隆港是港灣內腹很深的海港，所以讓人覺得好像更適合當作潛水艇基地。

「中華民國有潛水艇嗎？」

我問了個無聊的問題。

「有三艘。」

老台北仍然親切地回答了。接著又以嚴肅的神色說：

「但是，其中一艘沉不下去。」

「這世界上有不會沉的潛水艇嗎？」

「台灣就有。」

他的神情宛如愛爾蘭人開玩笑時扮的表情——「死寂的平底鍋」（dead pan）。

這話真假如何，暫不去理會，我就把它當作是老台北先生美妙絕倫的諷刺文學來聽算了。

在飯店的販賣部，我找到了一本書名為《台灣懷舊》，像木工的工具箱那麼厚重的書，副題為：「風景明信片話說五十年滄桑」。

在那照片中，富裕模樣的老人，橫臥在高級的床鋪上。是在吸食鴉片煙，上面註明是昭和三年（一九二八）。

這不是白秋的預測，連我自己也覺得，我們實在很難將台灣人與「清朝的中國人」聯想在一起。

然而，這張似乎是前清風俗的吸食鴉片的相片，使我的歷史性現實感復甦過來。理所當然的，往昔的台灣，確實是前清文化的一部分。婦女也是除了客家女性之外，都有過纏足的陋習，這是不可淡忘的。

另一張照片，是正當盛年的男子，坐在地板上吸著像瑞士的木號角那樣長的鴉片煙桿，和像是兒子的少年在一起。那少年橫躺著，以吹奏單簧管似的姿勢，一本正經地吸著鴉片。照片上面註明是明治四十三年（一九一〇）。

依照說明文字：「當時的富貴人家，認為與其讓自己子弟在外耽溺酒色敗家，不如鼓勵他守在家中吸鴉片。」這就是說，少年吸鴉片，是被當作居家規矩的。

後藤新平隨總督兒玉源太郎同來台灣上任之際，不採法律萬能，而是以尊重當地風俗習慣的方式來治理，並謂之為「遵循生物學性、科學性的方式」。在後藤的腦海裡，無疑有著台灣有吸食鴉片的風習。據說吸食鴉片者，達七十萬人之多。

當初他一定想到過，若依法律把這些一律予以禁絕，則不僅會使上癮者發生犯癮症狀，並且由於吸毒者多為有力人士，可能會造成社會不安之根源。

後藤新平著眼於未來五十年的漫長時間，採行漸禁政策。

鴉片也是醫藥品，後藤仿照其他國家的方法，實施專賣制度。

對於「患者」，使其辦理登記，官方則以配售方式定量供應。

這項措施實行後，患者開始逐漸減少，五十年後絕跡，專賣制度也就廢除了。當然，太平洋戰爭爆發後使得鴉片來源斷絕，這也是其原因之一。

日本時代以前的台北市街，完全與清朝的都市如出一轍，純屬中國風味。

台北市街內有城牆、城門、並排著的中國式民宅、狹隘的街道，還有如同當時的北京那般，汙水橫流於路面，極不衛生。

不管是喜歡清潔的社會，或是對此毫不在乎的社會，都只不過是習慣使然而已。

即使是歐洲，到中世紀為止，好像也不能算是衛生的國度。就連在都市裡，家家戶戶每天早上都把糞尿傾倒在路上。後來，人們漸漸開始講究環境衛生，雖未能確定究竟是什麼原因，但與新教教義之推廣不無關係。

然而，人們開始講究環境衛生的決定性因素，可說是到了十九世紀時，衛生觀念與防疫思想得到醫學方面的證實，並日漸普及所致。

奇異的是，住在日本列島的人們，自古以來就喜愛乾淨。

關於這件事，我曾經被一位韓國已故作家鮮于煇先生，以略帶戲謔的表情，卻又嚴肅地追問過：為什麼會這樣？

日本人這種異常喜愛清潔的習慣，特別顯現在明治、大正時代，他們在跟其他亞洲人接觸時所顯現的歧視態度上。

我支吾其詞地回答說：

「可能是因日本高溫多濕讓人黏乎乎的關係吧！」

「可是東南亞不也是高溫多濕嗎？」

鮮于煇先生仍然以開玩笑的神色這麼逼問，絲毫不肯放過。但我實在想不出這種習慣的起源由何而來。文化（風俗習慣）往往是難以找出理由來的。

由於全球性的衛生觀念普及，所以日本文化上的潔癖，便不再被當成是民族性的怪癖。於日本德川幕府末期學習荷蘭醫術，到了明治時代仍健在的醫師們，多半都喜歡衛生學。

他們之中的大多數人，在江戶末期埋首於蘭學（西洋學問），但是到頭來卻體會到病醫不好，藥物無效。因此，他們便努力於推廣「疾病預防」的保健衛生觀念。有了這些醫生們的建言，明治政府就更樂意推廣衛生行政。

以往的漢民族文化，大體上並未注意清潔觀念。至於為何會如此就不得而知了。說不定是因為自紀元前迄紀元後，漢民族文化的中心，一直都在半乾燥地帶的黃河中游或長安附近發展的緣故。一般而言，半乾燥地帶不像高溫多濕的地區那麼容易使病菌蔓延。

對此，中原人認為在中國南方的高溫多濕地帶，有名之為「瘴」的毒氣。「瘴」乃熱病之源。他們創造了令人聞之色變的複合語，諸如瘴雨、瘴霧、瘴癘等等。

台灣正是這樣的地區。

在台灣，不僅是瘧疾而已，由鼠類傳染的鼠疫也不斷孳生蔓延。

當然，還有赤痢之類的傳染病也頻繁發生，可說是全無防疫觀念。

後藤新平本身是醫師，且曾經擔任內務省衛生局長、陸軍檢疫部事務官長等，是一名衛生專家。

除此以外，他又聘來高木友枝這位專家前來台灣，將全部的衛生行政交付給他。

受到重託的高木友枝，後來回憶說：「有兩年，出現了高達四千五百名的鼠疫患者。」（鶴見祐輔著《後藤新平》）。

連高木的衛生課辦公室，也發現了幾十隻病鼠，甚至官員宿舍也出現了鼠疫患者。順便一提，當時的總督府官署廳舍，是使用前清時代的巡撫衙門。這是狹小的中國式平房，而新的總督府廳舍必須等到大正八年（一九一九）方可落成。

後藤新平也展開全省性的防疫運動。由於日本人過分喧嚷鼠疫，以致台灣人似乎反而錯覺鼠疫是日本人帶進台灣來的。

另外，他又興建公設的魚菜市場與肉品廠。最初，他採取將這些設施的收益，全數充當衛生經費。這種籌措財源的辦法是後藤新平的構想，還有他以「公共衛生費」這個名目編列預算的方法，在財政學上，好像也是屬於空前的創舉。

有一本書，書名為《都市的醫師》（水道產業新聞社），是兒玉・後藤時代，在台灣建設上下水道的土木工程師濱野彌四郎其人的傳記。

作者稻場紀久雄和明治時代的濱野工程師所從事的工作是同一個領域的，他畢業於京都大學工學院的衛生工學系，在建設省曾任土木研究所水道部長等職務，可稱之為「都市之醫師」。

稻場先生之所以會動筆寫這本書，起緣於十數年前邂逅了一位叫劉復銘的台北市工程師。當時，劉先生留學於大阪大學。他遇見稻場先生時，談到濱野彌四郎這位名不見經傳的明治時代人物，還說到當年濱野在台北市所設計並施工的明治年間的下水道，時至今日，仍然還在使用著。

濱野彌四郎是明治二年（一八六九）在千葉縣佐倉出生，於明治二十六年（一八九三），由第一高等學校考進東京大學工學院（工科大學）土木工學系就讀。正好在那一年，東京首次開工興建自來水工程，這件事給了濱野強烈的刺激。

當時濱野的衛生工學教授，是蘇格蘭出身的約聘外國人——威廉・巴爾頓（William K. Burton，一八五六～九九），此人好像是一位爽朗的人物。

巴爾頓聘約期滿時，勸他去台灣的，正是當時任職內務省衛生局長的後藤新平。這是後藤到台灣赴任前的事，而這時台灣是桂太郎總督的時代。

隨巴爾頓來台的助理，是畢業不久的濱野彌四郎。

兩人一抵達基隆，就馬不停蹄地翻山越嶺、勘查水源，設計上下水道。那年代常有義民出沒突襲，他倆未被殺害，真是奇蹟。

接著，二人開始調查台北的上水道。進而進行台南、安平、鳳山、舊城、打狗（今高雄）、嘉義以及澎湖島、馬公等地之調查工作。由於他們是從事探勘水源的工作，所以幾乎都是在山間跋涉，因此巴爾頓似乎是耗盡了體力。

不久，巴爾頓罹患了類似瘧疾的病症，為了治療而返回東京，卻在明治三十二年（一八九九）過世。年僅四十三歲，可說是因瘴癘而死的。

濱野繼承巴爾頓之遺業，在台灣服務達二十三年之久。而他的官職之所以停留於一介衛生課長，完全是為了要在台灣完成衛生土木工程之故。他於昭和七年（一九三二）病逝。

不必贅言，由於後藤、高木、濱野等人之努力，使得台灣的上下水道設備的完成，遙遙領先了日本內地。

這一刻，我們從基隆的山丘上俯視著海港。

老台北在享受海風拂面之餘，時而舉頭仰望天際，時而低頭眺望港口。他說：

「有一種說法是中國人什麼都吃，可是當然也有例外。」

接著又說：

「在所有會飛的東西裡，飛機是不吃的；在所有棲息陸地的東西裡，桌子是不吃的；至於棲息在水中而不吃的就是潛水艇，這些都不吃。」

因此，潛水艇是不應該吃的，諒必他是用這樣的比喻來諷刺的吧。

老台北說：在日治時代，賄賂或收賄之類的字眼，在日常用語中是不存在的。

然而，當年那樣的日本，現在也變了。

金丸信這一號不可思議的人物，聽說他位居政治要角，卻將權力轉化為收賄利器。當這個人物大規模地收賄與逃稅等事情被報導出來時，一名與《產經新聞》台北支局長吉田信行有交情的本島人知識分子，打了電話向他說：

「日本總算也趕上中華民國了。」

與潛水艇的隱喻同樣，這也是台灣式的俏皮話。

自古雖有「以一身而度兩世」的說法，不過像台灣人這麼高超的民族，先後經歷過三個不同國家之後，連幽默也大得可以把國家置於手掌上來衡量的地步。

當然，這絕非犬儒學派的玩世不恭，可說是台灣人在憂國哀民之餘，發出的咬牙切齒的心聲吧。

客家人

《產經新聞》台北支局長吉田信行先生，在社內有個通用的綽號：「吉田老師」。或許是由於他天生具有威嚴，所以才被取了那樣的綽號也說不定。

他的尊翁，在戰爭期間，是最高統帥本部裡的年輕陸軍參謀。翻閱《陸軍大學校》（芙蓉書房刊行）的名冊欄裡，陸軍士官學校四十五期、昭和十七年陸大畢業生之中，載有陸軍少校吉田信次的名字，想必就是這一位。他出生於一九一二年。

戰敗後，這位原任少校攜家帶眷，回到故鄉兵庫縣寶塚市的老家。不久他的父親說：「你打敗仗就回來閒居，無所事事的，不但體面上不好看，也讓人感到十分困擾！」於是把他逐出家門。這個故事，我個人非常欣賞。

後來原少校遠赴東京，嘗試了各種各樣的行業，卻是屢戰屢敗。我聽了這段話，對他更是感佩。

邇來優游自適之餘，或許因為讓頭腦閒著不用就會渾身不自在吧，所以他經常泡在國會圖書館裡，潛心於經濟學之研究。而這似乎就是他晚年的樂趣。

話題岔遠了，回來談談吉田信行先生吧。

某一天，台北的一所著名大學輔仁大學，商請吉田先生擔任該校研究所日本語文學系的教師。主要是指導有關日語文章的寫作課程。

基於與台灣友好之考慮，他答應了。但是他希望授課是利用公餘之暇，地點是在支局裡，對方同意了。

「冒昧請問，不曉得您有沒有博士學位？」

對方如此問起。或許他們以為日本已頗為美國化了，所以學位也很普遍。在美國不論是報社或是聯邦調查局的官員，擁有博士學位的並不稀奇。

「哪裡的話。」

憑吉田先生這句話，問題就解決了。於是「吉田學校」就這樣開課了，儘管如此簡單，卻不論在輔仁大學方面，或是研究生之間，他都獲得好評。我要他讓我看看五名研究生的日文文章，對他們日文練達的程度實在佩服之至。想不到吉田先生最後和他的「吉田老師」綽號一樣，變成一位真正的「老師」了。

我希望能一窺究竟，以作為這趟旅途的紀念。

吉田老師問我：能不能請你和他們談談？結果五名研究生特地前來造訪。地點就在我住宿的飯店會議室。

他們五位是賴芳英（福建系）、彭士晃（客家系）、曾淑菉（客家系）、劉中儀（客家系）、何月華（福建系），當中除了彭士晃之外，都是女性。

在台灣，就人口比率而言，福建系是多數派。然而僅佔全體一成左右的少數派——客家人，在這五名立志要當學者的幼苗當中竟佔三人之多，這令我感到吃驚。

我試著問：

「極端地說，我以為客家人，沒有一個不是有抱負的。彭兄身為客家人，你是怎麼個想法呢？」

彭君二十九歲，未婚，服裝頗為講究，他本身就讓人看來像是頗富構想性的人。但或許是初次見面的關係吧，他以流利的日語表示從未想過這點。

「想想我認識的那些客家歐吉桑歐巴桑他們，實在不像有什麼抱負的樣子。」

他說著並露出微笑。

所謂客家人，原本是客居的「外鄉人」之意。他們散居於大陸、台灣與世界各地，憑共通的客家話及文化，而有著同族之認同。

據說，客家話基本上是古老時代的華北語。「Hakka」（客家）的日本發音，也是客家話的發音。在文化上，也保留著中原古風。

唐末的公元八七四年，發生農民暴動，除了四川之外遍及全國，史稱黃巢之亂。客家人的祖先為了逃此浩劫，於是遷徙各地去開闢荒地，從而定居下來。

另有一說，其起源並非九世紀的黃巢之亂，而是四世紀的永嘉之亂。

一般認為，客家人對現實較持客觀的看法，同時秉性剛烈。他們脫離了漢民族的現實主義作風，並且頑強地保持自己超然的觀點。

據客家人的說法，南宋末期誓死抵抗蒙古軍（元帝國）的忠臣文天祥（一二三六～八三）也是客家人。

文天祥當了南宋滅亡之前的宰相，在各地組織游擊隊，使蒙古軍疲於奔命。其後，屢次被擄，卻又逃脫再戰，最後在連敵人都為他痛惜的情況下，被處死刑。

他在獄中所作的長詩〈正氣歌〉，在日本的幕府末期，受到藤田東湖（一八〇六～五五）等眾多志士喜愛而再三吟詠。就幕末的狀況而言，培理來航事件所象徵的歐美勢力，相等於文天祥所遭遇的蒙古軍。

十九世紀，客家人出現了眾多革命家。

例如清末的大亂——太平天國之亂（一八五一～六四），統帥的讀書人洪秀全也是客家人。

在近代，辛亥革命之父孫文，也是客家人。其他，如與毛澤東共同發起中國革命的朱德，以及成為他們後繼者的鄧小平都是客家人。

剛才提過，客家人的觀點是「超然」的。

譬如他們就較能超脫漢民族的鄉黨意識這個觀念。因而他們可以鳥瞰中國全體，有時甚至能夠代表中國文明。

支持他們這種思考方式的，就是讀書。自古以來，客家人的識字率就壓倒性地高。

前面提到的彭士晃青年，四月間我們又見了面。

在高雄，我把手肘擱在日式鐵板燒的桌板上，聽這位青年談起他的少年往事。

「回想到當時的雙親，心裡就會難過。」

彭先生的雙親同在台中當公務員，收入並不多。儘管如此，卻讓子女們從小學開始，即就讀學費昂貴的基督教私立學校，聽說有時需要向親戚們告貸。

後來彭士晃君與他哥哥都考取留學考試，哥哥讀美國的大學，彭君則念東京外國語大學，這一來親族們總算諒解了。而能夠諒解他們舉債念書的親戚們，仍應說是頗具客家之風吧。

關於客家人，靜岡縣立大學國際關係學院教授高木桂藏著有《客家》一書。副題為「中國裡的異鄉人」，裡面有明確的說明。

客家人雖說是「裡頭的異鄉人」，可是對外能標榜漢民族普遍性的，似乎非客家人莫屬。

當今之世，最能代表客家人風格的政治家，也許應數新加坡共和國的領袖李光耀（一九二三～二〇一五）先生。

他的名字用漢字來寫是「李光耀」，但是這個國家的創設者本身，正式指定英語作為新加坡共和國的共通語及官方語，因此，他的名字通常寫成「Lee Kuan Yew」。

不必多加說明，新加坡自從十九世紀初以來，即為英國之屬地，戰後由李氏所領導的自治州，更進一步獨立而成為議會制民主主義之共和國。其語言政策確屬棘手難題。

李氏首先尊重「本土」尊嚴，將馬來語訂為「國語」，但是在公開場合則幾乎形同虛設。另外對於北京話與印度的坦米爾（Tamil）語，則被賦予「公用語」的榮譽，但是卻被束之高閣。

然而，實際上有必修義務的是英語。這方面可說是非常客家式的處理手法。

並且他還興辦本來被認為不符合華僑一般性賺錢思想的造船、電子產業等工業，而漸漸地步上成功坦途。

另外，他對於海外的中國世界之紛爭，秉持著不被捲入的原則。也就是說，對於在大陸的中華人民共和國，和在台灣的中華民國兩者之間的糾紛，從來都是站在第三者的立場。

台灣的李登輝先生，是「中華民國」的總統。

先前他訪問新加坡共和國時，前來迎接的李光耀先生在向大家介紹時，不知是否有意弄錯，聽說他用英語說：

「這位是來自台灣的總統……」

當然，他應該說是從中華民國來的總統才是。

李登輝先生對我說：「雖不滿意，但還可以接受。」

這位李登輝先生，也是客家人。

從這件事亦可明瞭，客家人的思考方式很自然地就具有了世界性。順便一提，全世界的客家人口，約四千五百萬人。

提到客家人，我就會想起立教大學文學院的教授戴國煇先生。與他初次晤面已是二十多年以前的事了。在學術上一直很能保持客觀，並且又能充分掌握亞洲經濟與政治的這位有魄力的學者，在和我交換名片後就立即嗓聲朗朗地說：

「司馬先生，我是客家人。」

在戴先生的著作《台灣》（岩波新書）❶之卷末的著者簡歷中，除了印有「一九三一年出生於中國台灣省桃園縣」的字樣之外，又特意加括號附注：「祖籍廣東省梅縣」。

梅縣是廣東客家的名城。現今在台灣以及世界各地頭角崢嶸的客家名士中，以此地為祖籍者頗多。

十三世紀，持續抵抗蒙古軍的文天祥，在梅州（梅縣）召募義軍時，客家的村村落落群起響應，參戰者幾乎全數捐軀戰場，甚至也還有女兵。

再者，南宋的最後據點是離梅縣不遠的崖山（山）島，朝廷在此營建了簡陋的王宮，由宋的艦隊護衛著。梅縣的八千子弟諒必是在這艦隊上服役。

元朝（蒙古軍）派遣大批樓船，自船樓上射箭，從早到晚連續全力猛攻，終於將宋軍艦隊全部殲滅。年僅七歲的末代皇帝，也被家臣揹著沉入海中。

有一首悼念梅縣子弟的南宋末年的詩：

男執干戈女甲裳，八千子弟走勤王；崖山舟覆沙蟲盡，重戴天來再破荒。（黃公度）

四月，我再訪台灣。

此次重訪，我先從高雄入境，並在該地住宿。接著走訪台南，再從東海岸北上，然後來到依山傍海的花蓮。

在花蓮的飯店裡，和正與家人一起旅行的李登輝先生重逢，並且共餐。

開飯前，李登輝先生操著慣常的舊制高等學校時代的口吻說：

「司馬先生，我是客家人呢。」

我想起了二十餘年前的戴國煇教授。

李登輝的行事作風，並不太像客家人。

一般觀念中的客家人，是將中國視作一個家族，為政者以大家長之姿君臨在上。

李登輝先生以激烈的口吻表示：

「家長制已行不通了，必須連根拔除才行。」

在政治場域中的家長制，說好聽是人治主義、德治主義，但是如果說得坦白些，便是將權力私有化的思想。

---

❶中文版書名《台灣總體相》，遠流出版社出版。

假如說總統並非漢民族式的大家長，那他就是一介市民。以一介市民背負著總統的重責。近代社會的市民，為了要能確保自由，首先必須先確立自身之倫理。就這一點而言，一介市民的李登輝先生比任何台灣市民更紮實地確立了個人的倫理觀，甚至，他只完全承擔義務。這種情形在過去的漢民族社會裡是沒有的，但這位老書生卻那麼辛勤地在實行著。難道這是客家本色嗎？

或許這就是純化的客家人也說不定。

招牌

池邊史生先生，五十開外的年紀。

他在學生時代，專攻哲學這種需要高度抽象思維的學問，他每逢課餘，就騎著腳踏車去幫百貨公司遞送中元、年終等貨品。據說他能在極短時間內送完大量的商品，因而贏得名送貨員的美名。當年，每逢大學假期將至，送貨公司的人就會打電話到他家裡，畢恭畢敬地問：

「請問池邊史生先生在家嗎？」

他尊翁是東京大學農學院林學實業學系畢業的庭園設計專家，又是宮內廳的官員，不過，池邊先生的學費，都是自己籌措的。

可以說，這名出色的送貨員是靠「形而下」（勞力）的方式賺錢，來買「形而上」（精神）的東西。

來到台北，他還是像騎腳踏車般四處瀏覽觀看。

「這一帶，戰前大概是風月場所吧！」

他在市內某處看見一排排房舍，自言自語地說道。經他這麼一講，我倒也覺得在招牌與屋簷下的確舊味猶存。

也有僅僅以兩個字：「女醫」做成別具暗示意義的招牌。我還看到一塊賣恢復精力藥物的「回春藥房」的招牌。

又有另一處商店街的大門旁邊，立著一塊大招牌：「北海道新鮮魷魚」。他好奇地駐足端詳。這魷魚，指的是一種烏賊乾。

在裝飾得很氣派的商店街大門旁，這麼一塊魷魚的大招牌，實在不搭調。

所謂都市美，若非市民與商店主人們，稍加用心講究門面的話，是不能建立的。當小姐們獲得人家贈送的漂亮衣物時，總會想出門去逛逛走走的吧。而提供她們這類「舞台」的，就是都市。

拿東京來說，有銀座與六本木。

這一點，大阪就與台北一樣，認為都市只要有大樓、道路與商業地區這類實用性的要素就足夠，所以能讓姑娘們「亮相」的舞台，僅限於北區這點小地方。

但在神戶就有很多這種場所。

「蔡先生，」池邊史生先生向蔡焜燦先生問道：「在台北，商店街有沒有商店街公會一類的組織？」

這話問得不愧是「在地實踐派」，連我也禁不住地期待蔡先生的回答。對任何都市來說，如果它所塑造出來的場所，能夠讓人覺得像是走在舞台上那般怡然自得的話，那它絕不是市政府或區公所的功勞，而應歸功於像發行《銀座百點》這類宣傳雜誌的商店街公會。

「沒有。不過像鞋店的，有鞋店的同業公會。」

「不是同業公會，我說的是只限於小地區的公會。」

「沒有。」

蔡先生很乾脆地回答。

如果有商店街公會這類「公」的組織，就不至於在氣派十足的門旁，立著一塊「魷魚」的大招牌吧。

市內到處都有寫著如下兩字的招牌：「檳榔」。

「在地實踐派」的池邊先生買了一盒，拿了一粒扔進口中。就像牛奶糖盒子的紙盒裡，裝著十粒左右的檳榔。盒子上面印有美女的照片，給人一種不倫不類的感覺。

檳榔經過咀嚼，就會滲出紅色的汁液。通常，檳榔的汁液都被吐在路上，但池邊先生卻把它吞了下去。

據說，在咬咀之間，會產生輕微的陶醉感或興奮感。

依據《台灣百科》的記載，嚼檳榔的習慣原本是從原住民開始的。

檳榔也可說是一種藥材……現今女性幾乎不嚼，但是體力勞動者仍普遍地食用，而在黑社會裡嚼檳榔好像也成為一種表徵。

我四月再訪台灣時，搭乘中小型旅行車，在車中池邊先生拿著檳榔慫恿研究生的彭士晃先生說：

「彭君，來一粒如何？」

彭青年婉拒了。池邊先生又再一次慫恿他。池邊是想知道關於檳榔的味道與作用之個人差異。

「嚼檳榔這種事，很難看的呢！」

彭青年忍不住出聲了。

池邊史生先生雖是五十過半的人，但一點也不顯得老。濃眉而肌肉結實的肥後（地名，今熊本縣）臉，每咬一下，眉毛亦隨之顫動，眼睛也會瞪大。

「別這麼說嘛！」

當池邊先生再一次勸誘時，彭青年就溜到另一邊的座位去了。這以後，池邊先生就宛如山寺的和尚般泰然自若地嚼起檳榔。

旅遊日記，不免前後交錯。

以下是正月訪問台灣時的記載。

一月七日，我直驅遙遠的南部。

舉目所見，不分田園或丘陵地都有檳榔樹林。

乍看極像椰子樹，分類似乎也是屬於棕櫚科。

《台灣風俗誌》（片岡巖著）是大正十年（一九二一）刊行的巨作。在檳榔果實一篇中有如下的描述：「先採下半熟之綠色果實，以小刀割剖成兩片，夾入攪勻之熟石灰，再以荖葉包紮之，含入口中咀嚼，將汁與唾液一併吐出。」

據稱嚼檳榔之風俗，古時始於印度，而後逐漸傳至東南亞一帶。

正如彭君刻意避開那樣，良家子女不喜此習。

「現在非常流行呢！」

老台北開口了。

「我有一個朋友，整座山全種了檳榔。如今在享著清福。」

由於台灣的經濟大幅起飛，都市勞動人口增加，自然而然檳榔的需求量就大了起來。

都市是才能的交易所在。諸如為人幫傭得有忍耐的才能，當學徒要有製作優良產品的才能，如果不具備這些能耐，那就得設法提高學歷。若沒有這些才能，那就只好淪為無業遊民了。

台北的犯罪案件正在增加著。

「台灣的貧富差距太大了！」

在我去台灣之前，一名去過台灣好幾次的日裔美籍女記者對我這麼說道。

「再過幾年說不定會爆胎（成為社會問題）哩！」

雖然她這麼講，然而，財富分配是台灣政治家的職責，因此我不擔心。

蔡焜燦先生是一個對司機相當費神的人。正月的那一趟，他問起司機的故鄉，找出彼此都認識的人，談得不亦樂乎。

四月再訪，我們往返於高雄、台南之間。蔡焜燦先生儘管大病初癒，仍然坐在駕駛座旁邊，想當司機此次旅程的好伙伴。不過，司機先生好像有點不高興的樣子。

雖然如此，蔡先生並不氣餒，仍然頻頻打開話匣子。他好像是用福建話（福佬話、閩南話），因為他們的談話中頻頻出現「HO、HO」的感嘆詞，所以我才知道是閩南語。依照《現代閩南語辭典》的解釋，這個「HO」相當於日本話的「ねえ」（nee），「ねえ、この

道路きれいになったなあ」（嗯，這條道路變漂亮了啊！）裡的「ねえ」（嗯）。

還有用於日語中所說的「ぼくはね、あすね」（我啊！明天啊！）裡的「ね」（「啊」，作為助詞）。蔡焜燦先生一連地「HO」個不停。

對於司機先生的不悅，連彭青年也察覺到了，彭青年坐到駕駛座後面，向他關照了幾句。

不開心的理由，好像是他與公司間的契約發生了糾紛。

通常司機只要把車子開到固定的藝品店去，就可以從店方獲取一定比率的佣金。而公司方面好像也認定他能分取外快而壓低價碼。

可是我們的旅行目的並不在此，所以不去藝品店之類的地方，難怪他那麼不愉快。

這種情況，就是雇主的不對。

台灣社會實在應該健全地分配財富，慢慢培育出良好的中產階級才是。

這麼一來，犯罪率將可減低，檳榔之需求量也可以減少。人產生責任感，整個社會自然就能保有尊嚴。唯有尊嚴才是拒斥大國覬覦的唯一要件。

我正月訪問台灣時，曾在日月潭附近過夜。

山中有湖，自古就是台灣的名勝。本來，這一帶山地都是原住民的居住區。

清朝時代，這個湖除了叫做日月潭之外，也被稱為「水裡社潭」（清道光十二年，一八三二《彰化縣志》）。

水裡社現在稱為水里鄉，大部分是漢族的村落。

回程，旅行車沿七彎八拐的坡道而下，在山中的村莊之間穿越，讓我體會到難以言狀之樂趣。

途中看到一塊寫著：「有果子狸」的招牌，出現在面向山路的農家門前。幾乎家家都是手工製作的招牌。

我請教了老台北先生，他說：

「果子（菓子）是水果。果子狸就是只吃水果的鼯鼠，也就是飛鼠。」

據說是食用的。

翻閱《現代閩南語辭典》，果子是水果。另外也記載有果子汁、果子醬的語詞，但是卻沒有果（菓）子狸。

鼯鼠是在樹叢之間像滑翔機般滑翔的松鼠科動物。可是滑翔用的皮膜就佔了牠身體的大部分，所以能供食用的肉不是太少了嗎？

再者，「ムササビ」（musasabi）的漢語，「鼯」這個字，自古即傳進日本，在漢字大國的台灣，不可能非用「狸」字來代替不可才是。不說別的，就是現代中國辭典之類的辭書裡，鼴鼠一詞仍然自古沿用至今。

老台北先生是百科全書派的萬事通，只有這一件，我雖然心存感謝，但內心仍然難以釋懷。

再訪時，住宿高雄的國賓大飯店。

高雄街衢井然有序，近似札幌。四月五日午後，和內人一起散步街頭。

有一條大河流經市區。河岸闢成細長的公園，當我們走到河口附近時，遇見了一名帶狗散步的約四十歲左右的女性，和一名抱著奇特動物的五十開外的男性。

男的憐惜地撫摸懷中動物的毛，接著把牠放在腳邊。因為是用繩子繫著，所以牠就在主人鞋子旁，忙忙亂亂地繞著。牠的腳短短的，身體長長的。黑褐色的毛光澤亮麗，小小的黑臉上，一道白毛沿至鼻頭，活像撲了白粉一般。

「是狗嗎？」

我以笨拙的北京話問。

「不，是果子狸。」

那名女性回答。我請她寫出來，她寫道：

「果子狸。」

啊！終於看到果子狸了。

「是食用的嗎？」

「不，不是。在台中等地家家戶戶就當寵物飼養著。」

回到飯店後我問了櫃檯小姐，她說：

「那種動物很昂貴的，要好幾千元。」

說不定她以為我是來收購果子狸的商人哩！

彭士晃青年是台中出生的，他說：

「我不知道果子狸這東西。」

再向賴芳英小姐詢問。

賴小姐在輔仁大學研究生中，是大姐級的人物，是高知名度的建築師夫人，也是三個孩子的媽媽，日本語文之讀寫都很熟諳，並且還是細皮白肉的美人。

因為我執拗地發問，所以她有點生氣——後來我才瞭解到她是基於愛國心——嗓子高昂起來：

「我知道果子狸這種動物。有些料理店把牠做成料理給客人吃。不過牠是國際性的保護動物，吃牠是台灣的恥辱。」

她一口氣地說出來。

台灣的恥辱，這樣的說法令我內心深受感動。這就是國家與社會尊嚴。

或許老台北也是為了維持尊嚴，靈機一動說成飛鼠也說不定。在河濱公園遇見的那名女性強調說是寵物，彭青年說「不知道果子狸是什麼」，也許，這一切都可能是出自愛國心的表現吧！

賴芳英小姐的表情稍微緩和下來。她說：

「從前是讓體質虛弱的小孩兒吃的，叫做Bâ-á。」

「Bâ-á」這個名詞，在《現代閩南語辭典》裡註有「Bâ-á」的發音，寫成「貓仔」，指「狸」。

回國後翻閱小學館的《萬有百科大事典》的動物篇一看，原來這種動物就叫做「白鼻心」。

據說是屬於麝香貓科的一種。

「在台灣，媽媽罵愛哭的小孩子：『別哭得像Bâ-á z』，但是我從未聽過果子狸的叫聲。」

賴芳英小姐不愧是一名才女，最後這麼幽默地總結。

由於果子狸的話題，我才有機會接觸到台灣人的愛國心。走筆至此，讓我回想起高雄的飯店櫃檯小姐，為使看來像是果子狸販子的我打消念頭，因而對我說：「請到動物園去觀賞吧。」這也是國民的尊嚴吧。

魂魄

黃昏時刻，六歲的阿準，爬到屋後的榕樹上。

枝葉茂密處，有如沙發般的柔軟。

跟往常不同，屋頂的瓦浪近在眼前，彷彿來到另一個宇宙似的。他開始看起書來。

過了不久，媽媽從廚房後門走出來。她頭上綰了髮髻，身穿淡藍色的和服。

「阿準。」

她在樹下向遠方呼喚。可是，阿準卻在她頭上的樹梢。

「吃飯啦，阿準。」

媽媽不知如何是好，自言自語地說：

「這孩子，到哪裡去了呢？」

而這時，阿準正忍住笑意坐在樹上。

只是這般的情景而已。

但是，田中準造先生每次回憶起這一幕，就會潸然落淚。他一定是覺得自己太幸福，淚水才會這樣流個不停的吧！也唯有在流淚之際，才能陶醉在這情境中。

雖然他是一個動不動就觸景傷情的人，但是他不是詩人或童話作家，而是明晰的散文家兼新聞記者。不過，他在數年前屆齡退休。還好，退休後當上客座編輯委員。

此人本性溫和，對後輩語態謙恭，凡事忍讓克己，不耍個性。但一發起脾氣，必定有如公牛般的恣情發洩。

他是個溫和的人，唯一的樂趣，就是逗太太發笑。他可以將一則失敗經驗編成小故事，來博取太太的一笑。而他短篇故事的主人翁，永遠都是他自己。他的樂趣，可以說就是他的太太，也可以說是他自己。

青年時代的田中準造，有一次看了亞蘭德倫的電影。一向自認是個美男子的他，發覺到自己酷似亞蘭德倫。說到這一幕，令人覺得他這個人未免有點那個了。

「對吧，阿泉？」

阿泉是他太太的名字。阿泉女士有一張鼻梁挺直的臉蛋，是當今少有的古典美人，如果讓她飾演武士的妻子，應該相當耀眼奪目吧！這位武士的妻子一聽，笑得前仰後合的。

她這一笑，可能是由於她老公和亞蘭德倫相差太遠，也可能是她老公那奇異的自以為是太可笑了之故。

中學時代的「阿準」，在日本戰敗後被遣送回到雙親的故鄉鹿兒島鄉下，他在那裡看了尚．嘉賓（Jean Gabin）主演的電影《望鄉》。被刑警追捕的尚．嘉賓是在巴黎出生的，卻得躲藏在阿爾及利亞首都阿爾及爾的庶民區。「阿準」對永遠無法回故鄉巴黎的男主角非常同情。片中出現一個從巴黎來的女人，嘉賓被她激起思念巴黎的鄉愁，抱她時喃喃地說：「有巴黎地下鐵的氣味呢。」

回途，他走在鄉間的路上，大聲地哭了起來。他是因為想起自己身世放聲大哭的。尚．嘉賓思念的巴黎，對這名中學生而言，正是光輝燦爛的台灣。

日本戰敗使田中一家被逐出台灣。

鹿兒島縣對小學最後一年的田中準造來說，有如異鄉。就是在語言上，田中家在台灣所講的標準語，在薩摩腔的世界中，等於是水池裡的一滴油。因此阿準只得放棄標準語，就像學外國語似的學習薩摩腔調。

這裡提提我自己的經驗，多年前我在《每日新聞》連載過長篇小說《宛如飛翔》。為了寫作，我到當地去學習薩摩方言，並做筆記，但這種困難的方言使我感到無能為力。

因此，我和兩三個鹿兒島的朋友約好，隨時打電話去請教。諸如「標準語這樣說的話，薩摩腔是怎樣講的？」最後我明白了這是非常困難的事。對方常在電話的那一頭，苦於找不出適當的措詞。

最後我只得請田中準造先生幫忙。他就像魔術師變出鴿子般，每次都能即問即答。

他能夠如此，我猜想有如下幾個原因：在校時期英語成績優異，還有他的薩摩話是靠學習得來的，以及本身是個使用雙重語言生活的人等。

對這名少年來說，標準日本語的故鄉是在台灣。

而且是離台南不遠的新營。他看完尚．嘉賓的電影，於歸途上，他領悟到相較於嘉賓所飾演的那個盜匪貝貝．勒．默果之終生無法回巴黎，自己只要時機轉好，終有一天必能重返台灣，於是就不再哭了。

這麼說來，日本之於他，就好比是流放之地。

人生要再從頭開始，是極其困難的事。遣返回國之後，雙親的生活並不順利。

歲數大了田中準造一大截的長兄已經獨立門戶，三個姐姐中兩人已出嫁，二哥就讀於東京的大學，但因無法籌措學費而輟學，在鹿兒島就業。靠家裡吃飯的就只剩還是中學生的「阿準」一個，但日子仍然過得窘迫。在鄉下的中學，經常有跑步訓練。體育老師看不過去，便說：

「田中因為營養失調，所以──」

特別准他在一旁觀摩。這是田中準造在流放之地的一個情景。

「田中君和泉小姐是在哪裡相親的？」

隨行來台的內人問起。

「您在說什麼呀！」

原來他倆是在寒舍相親的，內人與我都忘了。

我在報社服務時，有一位名為村上喬登的前輩，是一個特別富有男子氣概的人物。他是幕府末期，那位在京都六角監獄身亡，脫離福岡藩的平野國臣（一八二八～六四）的直系子孫。

他帶來阿泉小姐的相片請我幫忙，那是我離開報社幾年後的事。

「請幫小女作媒。」

當時，田中準造和內人的接觸，比和我還多了些。

結果他們兩人注定有緣。他們結婚時還由我們充當介紹人。

其後，田中準造調職東京，擔任厚生省（衛生署）的採訪工作，我們之間的聯繫也隨之變少了。

據說那是他們新婚一年後的事。

倒也不是為了多麼重要的公事，他卻有了到新喀里多尼亞（New Caledonia，位於澳洲東方之島嶼）出差的機會。

不料他所搭的法國航空公司發生罷工事件，使他的行程混亂了。回程，一到香港，他才發現日程稍有餘暇。這時，他想起就在東方六百公里海上的故鄉（台灣）。

於是他迫不及待地，將行李寄放在香港的飯店，連忙隻身搭上飛往台北的班機。

他從台北起改搭火車。

以前，曾經聽他談起新營的點點滴滴。

「新營雖然是小市鎮，但是在戰前快車也會停靠的。」

他也談到車站的建築。

「在當時來講，那是一次大膽的設計。新營車站像國鐵奈良車站那樣，加上了東方建築的風味，屋頂蓋了青釉瓦，至於牆壁，則是黃褐色的。整體看來，它比國鐵奈良站小了很多，也許由於四周平坦的緣故吧，看起來就像把一隻玩具狗放在那裡。」

能夠將車站用玩具狗來表現的人，本質上應是個詩人。

在開往新營的火車上，他的淚珠簌簌地掉個不停。詩人的自我很強，像我這種人是不容易瞭解的。

詩人的情緒總是時沉時浮。對每一位詩人而言，海底就像是他們的幼兒期。他們雖長大成人了，但是幼兒期的那個自我，卻棲息在海底。

說起海底，就像明治時代的西洋畫家青木繁的作品〈海神水晶宮〉，其景觀綺麗，精靈群集，甚至還可嗅到魂魄的氣息。

開頭說的榕樹上的故事，也許正因為兒子的魂魄在樹上，而媽媽的魂魄在樹下遊動，所以即使是欠缺起承轉合、沒頭沒腦的故事，多年來仍然能夠一直留存在我的記憶裡。

當然，平日的田中準造先生是在水面上的。

「他的觀察敏銳又有感性，是出色的社會部編輯主任。」

當年三島由紀夫事件（一九七〇）發生時，進入報社服務才兩、三年，現任台北分局長的吉田信行先生說出這樣的評語。這個時期的田中準造先生無疑是在水面上的。

傑出的詩人，一天中反覆地往返於海底與水面之間，不過，有時候也會沉浸在海底世界。

在前往新營的車上，他像深海魚那樣沉潛於海底。

新營車站並沒有改變。

但是，過去冷清的站前，現在變熱鬧了，而車站對面，往昔是豁然貫通到遠處的圓環的，如今卻成為喧鬧的商店街。

每個景觀都叫人措手不及。

他一開始，就以沈乃霖醫師的醫院為目標。

他相信無論社會如何變遷，沈乃霖醫師是不會變的。

第一，沈家在新營一帶自古以來就是富豪之家；第二，沈乃霖先生是醫師，早期就在當地開業，尤其他德高望重，因此不會有所改變吧！

沈醫師是明治四十二年（一九〇九）出生，昭和初期，留學於東京，在東京大學醫學院獲得學位之後，返回台灣，在代代世居的新營開業行醫。

田中準造先生在小學低年級的時候，有一次裝病請假回家，他媽媽擔心，請沈醫師出診，醫師慈藹地看診後，向他媽媽說：「沒什麼問題。」

「他嘴巴裡還含著糖果呢！」

沈醫師以名醫美譽成為新營市街的榮耀。

加上田中準造先生與沈家的長子柏欣先生（曾任南榮技術學院校長）是小學的同窗兼好

友。

田中準造的父親，是當時在台灣舉足輕重的製糖會社之一的鹽水港製糖新營糖廠的廠長，一家人同住在糖廠宿舍區。大戰結束後，從大陸來的中華民國軍隊將日本人監禁在宿舍區，隔離了他們與台灣人之間的來往。

這些軍隊對他們實施了不必要的嚴格警戒措施，不久，遣返期限已至。在新營的最後一夜，少年沈柏欣不知如何突破警戒的，竟然前來話別。

這番話也是二十幾年前，田中準造說給我聽的。

田中準造來到完全改觀的車站前。

他走出車站，可是弄不清楚方向，走著走著，彷彿一步一步地陷進陌生街道的深處，而且整個身體變成了淚袋。

成了淚袋的他，就那樣在路旁蹲了下來。

他一蹲下來，就有如打破的酒罈，淚流如注，抑止不住。

在痛哭好一陣之後，他抬頭一看，發現竟引來了一堆人圍觀。

那時，還很難得看到日本人，另外只要是三十歲以上的本島人，幾乎都能講一口非常標準的日語。

其中一個探問說：

「有什麼傷心事嗎？」

真像是一幕中世紀的故事。

相信田中準造已沉入海底，再也無法浮上來。這時的他是個幼兒。

「——這裡是我出生的地方——」

他，抽噎著說道。

「我小學也是在這裡念的。不曉得沈乃霖醫師在哪裡？沈醫師是我小時候的主治醫師。」

總之，田中準造當時就是這般情形。這個故事如果讓芥川龍之介聽到了，他在繼〈杜子春〉❶之後，一定會把這一幕情景寫下來。

「我來帶你去吧！」

人們七嘴八舌地說著，讓這名像是路旁病患的日本人起身，然後大夥兒圍住他向前走。

儘管沈醫師的醫院還是在老地方，但是附近林立著童鞋店、點心店、中藥藥材店等商店，如果不是有人帶路，可還真難找。

「沈內科」——

來到這麼一塊用金字寫成的招牌前，人群已增加了一倍。這時田中準造才好不容易從海底浮到水面上來。

群眾正想走入沈內科醫院時，他卻把他們擋住，鄭重地向大家道謝後，也不曉得什麼緣故，他竟然說：

「到這裡為止就好了。」

他已經恢復冷靜了。

但是這冷靜，也只維持到跨進醫院內而已。他向護士小姐詢問醫師在否？不知是他的聲音傳到正在裡面看診的沈醫師耳朵裡，或者是醫師的眼睛已注視到田中準造的身影，沈醫師連白制服也沒脫掉，就連忙走出來。

「田中先生！」

兩人就這樣抱在一起了。在沈醫師記憶裡的田中準造，應該是小學生的模樣才對，他怎麼能夠一眼認出來，真令人百思莫解。阿準哭了，沈醫師也哭了。這可說是魂魄的震顫吧！

過了一會兒，沈乃霖醫師恢復平時穩重敦厚的神情，把一塊牌子掛在門上。

---

❶原是唐代傳奇小說，為鄭還古所撰。淪落的杜子春，立志成仙而修行，但因對世俗無法割捨，終至重返俗界，芥川龍之介的〈杜子春〉為其翻版。

「今日休診」。

田中又哭了起來。

四月，再訪台灣，我邀田中準造夫婦同行。不用說他倆滿口答應。主要是我非常希望能拜訪新營的沈乃霖醫師。如果能夠和他見面，相信一定可以更瞭解台灣的心吧。

沈乃霖醫師

「沈」的讀音，不用多提大家都知道是「ちん」（chin），但是用在姓氏的時候，在日本也是自古以來，就讀成「しん」（shin）。

「沈」本來是國名。周朝時代沈國位於中原一帶，後被秦所滅。遺民就以舊國名為姓。講授美術史的老師們，把明朝的畫家沈周讀作「しんしゅう」（shin-shū）；一樣的，台灣新營的醫學博士沈乃霖醫師的沈，日本音也唸「しん」。

四月三日，我住進高雄國賓大飯店，那天晚上，沈醫師的二公子柏青先生前來會晤田中準造先生。

他是高雄醫學院的外科教授。名片上印有羅馬字：「SHEEN」。通常沈姓的北京音是shen，但因為是第三聲，所以音就拉長成為シェーン，按照它的長音羅馬字化。這拼字感覺很美。

我在高雄的飯店，閱讀了柯旗化先生的《台灣監獄島》。柯旗化先生是英語學者，在高雄經營出版社。

五年前（一九八八），蔣經國去世時，依憲法規定，李登輝先生由副總統升任總統。從那前後起，台灣的言論自由了。否則我既不可能為了《街道漫步》來到台灣，而且，我也很難在雜誌的每一期連載上，肆無忌憚地描寫各種各樣的內容。

《台灣監獄島》也是在五年來的這種自由空氣中出版的。此書亦可看作從戰後一直持續了四十四年的恐怖與彈壓時代結束的明證。

一九二九年，在離高雄不遠的左營出生的柯旗化先生，於一九五一年二十二歲時，在含冤的情況下，以思想犯被逮捕。

八個月後，被囚禁在台東（東海岸）的遙遠海上的綠島。整個島是政治犯的收容島。

他於一年後被釋放，回到被捕前任職的高雄市立女子中學（當時省立高雄女中）當英語教師。

不久後結婚，並陸續出版了幾本有關英語學習的「參考書」。這些書都獲得了極高的評價，直到現在仍然普受全台灣中學生的喜愛。

六一年他再度被捕。

這回他被判刑十二年。服刑期滿後，依然有所謂思想感化訓練之牢獄在等著他。

他再次被送到綠島。被釋放時已經四十七歲了。

「把自由給台灣吧！把名譽給本島人吧！」

他只不過這麼說而已，竟遭如此的酷刑。

從大陸背負著「中華民國」之國名，以一雙泥足登陸的大陸系人們，組織成支配階級，經常殘殺本島人，或加以凌辱，當然還給予差別待遇。

奇怪的是，被迫當被支配階級的本島人，在文化水準方面，程度反而較高。開頭所述的周朝文明圈的沈國，被野蠻的秦國所滅而收入秦的版圖。想到這一段史實，便知自遠古以來漢民族即已經驗了這種荒謬的狀況，然而在二十世紀的今日，這根本就像一則童話故事。

文明是社會所共有的。比如說我們對電氣一無所知，但是因為有爬電線桿、裝設電線的電力公司職員，所以我們可以成為電氣文明中的人。在此意義下，台灣已擁有科學與技術，同時，文明社會的資質之一的衛生與清潔觀念亦已普及。並且更重要的是熟悉法治社會。

相對於此，自大陸遷移過來的人們，其中甚至也有彷彿未脫古代意識的傢伙，也有來自於缺電的深山老林的士兵。最糟糕的是，這群人都無法脫離人治主義的枷鎖。自然而然地國家成了蔣家的私有物，所有政府官員的重要職位，也都成了佔有者的私有物。自古以來，中國就是如此。

孫文的偉大之處，在於他終生不失其書生本色。由於他喜說大話，友人便給他取了「孫大炮」的綽號。只因他少年時期在美國目睹中國苦力所受的差別待遇，所以直到死前，仍然念念不忘地鼓吹平等。

「……必須喚起民眾及聯合起世界上以平等待我之民族，共同奮鬥……」

這些話可說是「孫大炮」所發表的最後遺囑。但諷刺的是對台灣本島人而言，倡導平等就會遭遇悲慘命運的時代，竟長達四十餘年之久。在這種情勢中，還要強制將孫文神聖化。在學校，只要聽到或讀到：「孫中山先生」這個名號，學生們就被強制須自發地「立正」。

「蔣中正先生」（中正是介石之別號）的名字也是一樣。他的銅像被豎立在從台北繁華市街一角，到山地小學的校園中，以作為大家崇敬之偶像。

一九四七年，亦即日本戰敗兩年後。是年二月，爆發了前面已談及的「二二八事件」。《台灣監獄島》的著者，當時正就讀於台北師範學院，擔心著故鄉高雄之狀況。發端於台北的暴動，曾有短暫時間施壓於政府。但大陸方面隨即派遣軍隊前來增援，政府於是採取鎮壓手段。

照理，只要讓民眾瞧瞧政府之威信也就夠了，然而依《台灣監獄島》之記述，高雄市卻出動政府軍，分乘四輛卡車襲擊了高雄市政府，將當時在場的市議員屠殺殆盡。

接著四輛軍車更穿遍商店街，自車上亂射，殺死市民數百人。

這種誇示政府威信的非必要行為，造成在這麼一個島上，本是同屬漢民族的同胞形成「中國人」（大陸系）與台灣人（本島人）兩種「人種」的對立。

你如果在台灣聽到如下的說法：

「中國人真野蠻。」

那麼，你應該瞭解這話並非指台灣人。

我們的座車正駛向新營。

在北上的路途中，高速公路兩旁的土地利用頗見進展，我本來以為公路兩旁只有工廠，沒想到還有養殖地、水田、菜園、檳榔樹林等等，不管植物或動物都在享受著豐沛的陽光與水。

往北上方向見到新營的指標後，旅行車駛離高速公路。

車子到達火車站前。

新營車站這個水泥建築物，看起來就像是個橫擺的長方形箱子。跟田中準造先生所描述的車站不同，看不出有任何象徵性，只是規模大了許多。

我們的目標是沈家醫院。

田中準造夫婦倆先走。

約十五分鐘後，我們也前往。不久，我們在中餐館與雨傘店、帽子店等屋簷並排的店面之間，找到那隱現在屋簷下，已成斑駁的「沈內科」金字招牌。

沈乃霖醫師已經八十四高齡。

如今不再看診，只是醫院的架構仍保留原貌。對田中準造先生而言，在業已全部變樣的新營市街中，這家診所是足以與倫敦塔媲美的歷史性建築物。

與我們在客廳晤面的沈乃霖博士，正如我所想像的，是一位穩重敦厚、溫和親切的長者。

這樣的一個人，竟也逃不掉「二二八事件」的災難。

也許對直闖醫院有所顧忌吧，所以打電話去醫院佯稱：「希望醫生出診」。

醫生問過病情，將必要的藥品與醫具放進皮包後，便匆匆前往。他就這樣被送進牢房，在遭受拷問後被監禁一個月。

沈醫師非常熱愛新營市街。

「您不至於認錯這地方是個鄉間小鎮吧？」

雖然他並沒有這樣說，可是從他的表情上卻可看出這樣的意思。

「新營這地方，是日本領土當中，最早遭到美軍空襲的街市。也就是說，這裡有著被敵人瞄準的價值。」

我回來後查閱資料，才曉得在昭和十九年（一九四四年）十月十二日，美國機動部隊接近南台灣，前後總計大約有六百架次來襲，其中一部分在新營投下炸彈。

鹽水港製糖會社新營糖廠受到若干損毀，也有數名死傷者。

我身為新營街防衛團救護部長，帶領數名成員趕往現場。

這是沈醫師的文章。

我回國後不久，透過田中準造先生，沈醫師寄來了題為《雜談》的一部分回憶錄草稿。

文章從戰前設立鹽水港製糖會社──新營地區特徵之一──寫起，第二章即為「空襲」。

書中，沈醫師將戰前他所接觸到的鹽水港製糖會社裡的人士們之履歷或軼聞，用幽默的筆調描寫出來。

《台灣紀行》第二章中，曾經提到作為象徵戰時、戰後台灣知識分子命運的人物——葉盛吉先生的事蹟。

盛吉君之養父葉聰先生，就是鹽水港製糖會社新營糖廠的人事課長。

沈醫師和他非常熟稔，在《雜談》中寫道：「他身材胖胖的，是溫厚、品德高尚的人。」戰後，盛吉君回來台灣，前後服務於台灣大學醫學院附屬醫院與台南市附近的瘧疾研究所，一九五〇年十一月遭槍決。

葉聰先生因為兒子之死而心灰意冷，過完悲慘的晚年後去世。（享年七十三歲）（《雜談》）

沈醫師說，不僅是葉聰老先生而已，許多犧牲者的遺族們也都是一樣。

《雜談》一反穩健的文體，用激烈的語氣寫道：

「……這到底是原罪？或是天譴？還是魔鬼的惡作劇呢？」

《雜談》裡頭，也有輕鬆悠閒的章節。

戰前，鹽水港製糖會社的福利社，有一個名叫山川松之助的理髮師。此處以假名表示。據云，當時是一九四一年前後，他年約三十上下。

「他是個清瘦白皙而瀟灑的人。個性和善而認真，卻是個美食家。」

《雜談》中這一段的文體，和井伏鱒二❶的筆調頗為相近。

松之助先生叫人傷腦筋的是，他非常愛吃生肉片。好比吃生牛肉片，或吃牛肉火鍋時，肉才半熟就放入口中。

結果，他的體內變成寄生蟲滋生的溫床，亦即患了條蟲症。雖然他到嘉義市的公立醫院住院兩、三次，但是情況未見好轉。

末了，他成了沈醫師的病人，沈醫師檢查松之助的肛門，並用顯微鏡探視，發現了無鉤條蟲卵。無鉤條蟲是以牛為中間宿主，只要不吃生牛肉，就不至於感染。

因為條蟲的形狀很像真田緞帶❷，所以從江戶時代起日本人就叫條蟲為「真田蟲」。牠寄生在人的腸管內，也有長達十公尺的。江戶時代的條蟲症，都是因食用生鮭魚與鱒魚而罹

---

❶日本著名作家。
❷真田地方所產的棉質扁平細緞帶。

患的。

絛蟲是很難纏的寄生蟲，由於牠有吸盤，所以不容易從腸管脫離，並且還會用鉤鉤住。牠有很多的體節，每個體節都有生殖機能，有的甚至多達數千個體節。

松之助先生在嘉義的公立醫院，服用了會產生劇烈副作用的驅蟲藥。為此，他出院後仍然因體力虛弱而無法工作，花了半個月，等體力回復後開始工作時，又因復發再次住院。

幸好由於沈醫師是一位勤勉的研究家，松之助方才得救。沈醫師經常出席學會，內科的醫學雜誌也必定過目。

他想起昭和十三年（一九三八）某一期的《醫學速報》雜誌裡，刊登了一篇當時設立於奉天（今瀋陽）的滿洲醫科大學寄生蟲教室研究員的研究報告，裡面提到自古就有的漢方「雷丸」，對治療絛蟲症非常有效。發表人是名為梁宰的台灣人。

於是他就跑去漢藥店買雷丸，請他們把原來像石頭般堅硬的這種藥丸，用藥碾子磨成粉。

至於下藥，他又走訪兩位住在遠地的漢醫，向他們求救。

滿洲大學梁宰的論文中，載明用藥量是五十公克，但沈醫師懷疑是否是五公克與五十公克的誤植，還打電話到奉天去查證。結果對方回答說無誤。

兩位漢醫聽到五十公克，大驚失色說：

「是給牛或馬的嗎？人會被毒死呀！」

據悉漢方的用量是〇・五公克。

但是，沈醫師還是採納了滿洲醫大這所近代醫學機構的說法。

治療的時候，他向山川夫婦詳細地說明。

服藥的前一晚進食稀飯，當天早晨禁食。

早上，將雷丸的粉末五十公克，配以溫開水服用，其後的中餐還是稀飯。

沈醫師擔心著服用後的狀況，幸好經過三小時後松之助有了自然排便的現象，接著又瀉痢數次，都沒有苦痛或副作用。松之助每次排便後，沈醫師都加以檢查。蟲節排了出來。之後，三天之間，很多蟲節受到破壞被排出。沈醫師終於鬆了口氣。

關鍵的條蟲頭部，雖未能確認是否已排出，但好像也遭到破壞，在那之後松之助理髮師重獲健康，沒有再發，每日勤奮工作。

伊澤修二的傳人

四月四日，我們在新營時，畫家安野光雅正在日月潭的山中，另有活動。

我們在正月時已去過日月潭。四月，安野畫家認為應該畫一些這裡的山水、民俗，所以他循著我們當時的足跡，綿密地走了一遭。

擔任這次活動總幹事的是編輯部的村井重俊先生。他和我們同在新營。

他在前一天也打電話到日月潭的飯店向安野先生探問是否無恙。

「安野先生，您好吧？」他應該也說了：「明天在新營沈乃霖醫師的醫院前會合吧。」

可是，對俗事毫不在乎的這位畫家來說，這話必定比不上日月潭的小鳥啼聲來得印象深刻吧。首先，他對新營這個地名也不可能有什麼印象。

在山中的安野畫家，對於映入他眼裡的形形色色，好像樂在其中。

加上與他同行的池邊史生先生是一個善解人意的人。

尤其還有年輕的女性同行。

她就是《產經新聞》台北支局長的高足，輔仁大學研究生劉中儀小姐。

在台灣，女性通常也是用女性化的名字取名。像中儀這樣的名字，宛若法官似的威嚴。實際上她雙親就是希望她當律師才取那樣的名字。而她也遵照父母的期望考進台灣大學法學院就讀，專攻法律。

台灣大學是一所高材生齊聚一堂的學府，而她就在那裡專心向學。

她的雙親寄望在這名字裡的宿願，總算如願以償。

然而，令人傷腦筋的是，這位姑娘卻有著天才般的敏銳感受力，只要是她讀過的語詞，就會如同磁鐵般被她完全吸收。

當然，法律也是一種語詞。這一點對她來說是有利的，但是法律的語言，為了避免被雙重解釋，所以在構成時，就好像是從化合物中取出元素一般。而「法」的文章，為了求得理論之嚴密性，所以，從平常語言的角度來看，它反而更接近外國語。

平常的言語，如同蘚苔、昆蟲、人的皮膚、黏膜、細菌等等，是有機物質。

而法的語詞，往往近乎無機物質。

有人認為像無機物質般的人工語言，予人明快感，但是持不同看法的也大有人在。劉中儀小姐便屬於後者。

不曉得她是如何說服雙親的，她在畢業後轉換方向，考入日本學研究所。

在她和安野先生的這趟旅途上，當車子離開日月潭，循坡道向西而下時，她好像用日語細聲自語說：

「呀……好像嗅到故鄉的味道嘍！」

她故意以男人口氣的日語這麼說。雖然她才學了兩年左右的日語，但不論是古文或現代文，她都能讀能寫。

她是在這擁有一大片梅樹林的水里鄉出生的。

她是本島人，論血統，屬客家系。

但是客家人所具有的某些細微的特徵，在她身上卻難以感覺到。整體上，她的個性就好像是幽靜的水景。

在她成長期的那段日子，雙親同是水里鄉的小學老師。

之後的幾天裡，我向她問起有關在水里鄉幼少時期的種種嬉戲情形。

「有時下到山澗抓抓溪蝦……多半像男孩子那種玩法。」

她簡短地答道。回答間，好似山村景致都浮現到她的眼前。

「到四年級為止，頭髮都剪得像男生那樣短短的。」

「還有呢？」

「也玩過打仗的遊戲……大家分成中國兵和日本兵兩軍對陣。」

「哪一邊贏？」

「中國兵。」

她笑得可愛極了。

台灣在戰後，中華民國搬遷過來，「國語」也就由日本話換上北京話。

但是在各自的家庭則使用台灣話（南部福建話、閩南語）。不過她家裡是說客家話。

一進小學，在學校則使用國語（北京話）。她一年級的級任老師，是自己爸爸。在教室，她想不到爸爸竟用北京話開始講話。她感到奇怪，便不自覺地用客家話喊著：

「阿爸！」

可是，她父親露出可怕的表情。

「講國語！還有，我不是爸爸，是老師。」

當時的劉中儀過的是三重的語言生活。

跟村裡的小朋友玩的時候，是用閩南語。

這種言語生活，對某些人來說，頭腦的土壤會受到深耕也說不定。

談起詩情，絕大多數成年人的詩情，和童年時期比起來，可說已經乾涸了。

然而，亦有少數人，能在自我的世界裡保持著童心，熬過風霜、世俗與歲月，並且還能滋潤自己心田深處的童真，使其趨於桃紅的肥碩。藝術的工作，正是體內的這份童心所創造出來的。

畫家安野光雅，就是如此。

在日月潭的夜晚，安雅畫家的童心，發現了劉中儀的童心，為此歡欣雀躍。畫家將日本學校教唱的歌曲中公認的名曲，教給劉中儀小姐。例如「朧月夜」（朦朧月夜）「砂山」「花」等幾首歌曲。

而劉中儀的童心這邊，也只聽了一回，就連歌詞都記住，他們兩人持續著這樣子的教與學，就好像把這一瓶的水倒入另一瓶一般。

師徒倆人都興奮極了。下山的車變成了一個樂器。連池邊先生也充當起臨時音樂老師。畫家變成一個大頑童。但細想之下，他也是一位教育者。年輕時期他在小學執過教鞭。

清朝在對音樂教育沒有任何建樹下，就滅亡了。

漢民族由於孔子愛好音樂，因而古代時期音樂極盛行。

歷代的王朝，在宮廷中聘雇伶人（樂官），極盡華麗之能事，尤其唐朝的國樂，甚至影響至日本，演變而成雅樂。

只是在漢民族的世界裡，每逢王朝敗亡，音樂也就隨之消失。這是因為侍候前一個王朝的伶人，為免被殺而逃亡的結果。

新中國興起之初，由於欠缺使人民生活愉悅的音樂，因而好像頗為困擾。二十多年來，在我所見聞的範圍內，能聽到的音樂，多屬新疆少數民族維吾爾人的旋律。維吾爾的音樂，與西洋音樂相近。

台灣方面，在明治時代，有了伊澤修二（一八五一～一九一七）這位在教育上可稱為明治文化的重量級人物擔任台灣首任學務部長而相當活躍。尤其在音樂教育方面功勞卓著。

「所謂殖民地，也有其有利的一面。因為宗主國會將本國最優越的部分，於殖民地施展。」

這句話，是李登輝先生的史觀。

伊澤修二是明治十年代，編《小學歌唱集》的人物。他也是明治時期教育理論的奠立者，特別是在音樂教育的範疇，給予教育界絕對性的影響。

他的傳記，有上沼八郎所著的《伊澤修二》（吉川弘文館刊行，人物叢書）。

他出生在信州高遠藩的藩士家門，以藩的貢進生資格，就讀於大學南校。後來進入工部省服務，有一段時期，曾經專門從事建築事務。

而後轉到文部省，明治七年（一八七四），以二十三歲之齡，出任愛知師範學校校長。翌年，為考察師範學校教育，奉命留學美國。他所就讀的是麻省（Massachusetts）橋水（Bridge Water）師範學校。

「在美國，即使是成年人，也都熱衷於在東方是屬於兒戲的球類運動。」

這就是伊澤覺得驚訝的地方。能夠感受驚奇，也須具備才華。因為伊澤所感受到的驚訝，別人就未能體會得到。

伊澤在舊幕府時代，入學於高遠藩的藩校進德館，以十四歲的少年當上寮長（宿舍舍長、學生代表之類職務），並擔任相當於助教的句讀師。

因此，他也通曉儒教教育，亦瞭解儒教強制使少年老成的缺點。

我們人的內心，同時具有童稚與成人的特質。藉由童心的部分談戀愛、接觸藝術、創造科學、技術與藝術，更進而闡述正義。

正因如此，大人終其一生不應該讓自己心田裡至純的童稚枯萎，而不讓其枯萎的方法則是在於少年少女期的教育，想必伊澤定是如此的想法。也就是說，只要在少年少女期，讓童心純化，到了老年，他心中的感性也就不至於衰退吧。

伊澤發現到這良策存在於運動與音樂之中。

尤其是高尚的音樂，將是一個人的童心終生不致枯竭的原動力，伊澤諒必也思考及此。

他在麻省的師範學校畢業後，更進一步就讀哈佛大學研修物理化學。

他因對發聲學有興趣，留美期間也研究了聾啞教育。

他由於這份興趣，結識了格拉漢姆・貝爾（Alexander Graham Bell，一八四七～一九二二）。貝爾是發聲生理學教授，同時也是發明電話機的人。

有一則軼聞說，貝爾的電話最初通話的人是伊澤。因為日本話的語尾，都以母音收尾，所以貝爾認為，假如用日本話發音，必定能全部傳導至電話的受話器振動片上，於是請伊澤幫忙做實驗。

明治十一年（一八七八）二十七歲的伊澤回國後，很快就讓東京師範學校的內容脫胎換骨，同時為了振興日本音樂，建議應先設置音樂機構（現東京藝大），他的這番建言受到了採納。

他進而邀請美國音樂教育家梅森（Luther Whiting Mason，一八一八～一八九六）以外國聘雇人員之名義來日任教。

音樂應該符合該國人耳熟的調子才行，因此梅森在聽過雅樂、俗曲等日本古來的音樂之後，對伊澤說：

「這音調很像英國古代和蘇格蘭的韻律。」

因此，伊澤就和梅森兩人收集歐洲的古老歌曲，選其優美的曲子，再配以日本的歌詞。伊澤在明治十四年（一八八一）所編集《小學歌唱集》初編之中，由稻垣千穎作詞的〈當我想起時〉，就是蘇格蘭的古曲。另有一首好像是西班牙的古曲，配上野村秋足的歌詞，那就是以「蝴蝶，蝴蝶，快來停在菜葉上」的歌詞聞名的〈蝴蝶〉歌。

明治二十八年（一八九五），伊澤四十四歲。

台灣變成日本領土之初，他便志願出任總督府代理學務部長，來到台灣。

雖說是學務部，但由於還沒有教育制度，所以他想先創設一所學校。

伊澤開始尋找適當地點。後來他登上台北北郊一處叫做芝山巖的孤立於平原上的丘陵，喜出望外。伊澤認為，教育學府非在可以眺望四周、視界良好的地點不可。

打聽之下，他才知道這裡以前也有過學堂。

而且附近的芝蘭堡，有台灣文藻之地的美譽，歷來進士、舉人、秀才等人才輩出。

他很快地將學務部整個遷移到該丘陵地，並興建芝山巖學堂這所小學校。

教師是由伊澤帶來的六名學務部成員擔任。但是半年後，卻全部遭到殺害，當時的台灣，仍處於武裝抗日如火如荼的時期。

學校是在明治二十八年六月創設，而在次年一月一日就遭遇武裝勢力襲擊，所有教師全部殉職。

殉難者名單如下：

楫取道明，長州（山口縣）人，他是明治維新志士久秘玄瑞的外甥。井原順之助，他也是長州人。關口長太郎，愛知縣人。平井數馬，熊本縣人。中島長吉，群馬縣人。桂金太郎，他是東京府士族。另外有一名犧牲者是軍夫小林清吉。

這是伊澤回去東京出差期間發生的事件。他悲痛至極，乃在該處立了一座石碑。當然，如今已不復存在。

畫家安野光雅是一九二六年出生的，所以和我同樣是接受明治時期以來的教育的人。起碼，我們倖免於接受大戰末期那種軍國主義的教育。

他出身於整個小城鎮猶如一所學校的津和野（島根縣），並且修畢山口師範研究科的課程。因此，他可稱之為明治時期的伊澤修二的嫡傳弟子。

這個人竟以泰山壓頂的姿態，連續教天資超群的劉中儀小姐明治以後古老的學校歌曲。

安野先生他們終於到達新營了。

他們按照村井重俊先生所說的，在沈乃霖醫師的內科診所前等候。

他們在門外等候之時，診所內究竟發生了什麼事，畫家當然無從知悉。

因為畫家尚未與田中準造先生見過面。而在醫院裡，田中準造先生已成了一個淚袋。完全符合伊澤理論所述，他已還原成純化的幼兒了。

在走廊等候的畫家，亦如伊澤修二的教育理論那樣，全然被純化了。

傍晚時分，畫家從旁觀者的我聽到了「田中準造返鄉記」的始末，才明白了一切。他也知道了田中準造先生二十多年前，從新營車站尋找沈醫師，找累了，蹲在路旁哭泣的一幕，於是連畫家也變成淚袋，潸潸落淚。

這兩個淚袋，不約而同地發覺自己成了淚袋，覺得有點可笑，都捧腹大笑起來。

畫家因笑得過度，頭痛起來。他用兩隻大巴掌按摩頭髮半白的頭部，卻又忍不住地笑起來。

人類的這種精神現象，唯有在台灣才看得到的吧。我不禁覺得，伊澤修二的偉大確已獲得實證。

海之城

台南市自十七世紀至十九世紀為止，是台灣的首府，因此整個城市有著獨特的高雅氣派。

「赤嵌樓」為市內的名勝古蹟之一。外觀雖是中國式的二層樓大建築，實際上卻是十七世紀的荷蘭人所興建的。

其後在清朝初期，鄭成功驅逐荷蘭勢力之後，更名為承天府，充作政府衙門。但亦有一說，說它僅被拿來當作彈藥庫而已。

「赤嵌」這個詞，並無特別意義。原本這個地帶是一個叫「chiakam」的原住民部落名稱，福建語系的人以音譯成漢字，便成了這個地名。

赤嵌樓的周遭已闢成公園，成為市內老年人的休憩場所。

赤嵌樓的四周相當熱鬧。

在這近鄰，有一家叫「度小月」的中華料理小吃店的分店，我們便在人行道上的小竹椅坐下。

因為這家店的擔仔麵風評極佳，所以我們就點來試試。在飯碗大小的小碗中，放了少許麵，加上一些調製過的絞肉，再放些湯。據說這本來是漁夫家中的簡便餐點。

直到十七世紀初葉為止，這一帶好像住了不少原住民。他們是靠到海灣抓魚，或者入叢林獵捕鹿隻為生。但是後來，不是被荷蘭人捉去強迫當勞動奴隸，就是被驅逐。也有不少人因抵抗而被殺害。

我一面吃擔仔麵，一面想起十七世紀來到這裡的荷蘭人。

先不談從歷史的角度來看，荷蘭人來台對台灣而言是好是壞，光從人類的行動力來考量的話，像十七世紀的荷蘭人那麼有行動力的民族，在世界史上也是極為少有的吧。

荷蘭的國土面積，不過是比台灣稍大而已。

荷蘭國土面臨北海，從紀元前開始，就是向海填土，用自己的力量來造地。甚至有一則笑話說：「上帝創造世界，唯有荷蘭是荷蘭人自己創造的。」

凱撒的年代，在羅馬的文明人眼光裡，荷蘭人只不過是一群在北海淺灘填土、在堤防外面捕魚的窮人而已。

其後荷蘭也一直隸屬於強大勢力之下。到了十六世紀末葉，好不容易才獲得獨立。

荷蘭人儘管被宗主國西班牙恥笑為「海上的乞丐」，然而，他們仍然持續地為獨立而戰，甚至曾出現面對銀光奪目的西班牙大軍，僅以水桶充當鋼盔，奮勇拚戰的場面。其結果，荷蘭才得以將紀元前起便開始拓造的土地，收歸為自己的國土。

因此，荷蘭的社會一開始就已市民化，且人人平等。不但沒有貴族，由於國土是由大家共同出力填造出來的，幾乎是公有，所以也沒有足以稱得上是地主的階級。這種社會形態，反倒使荷蘭的國民，成為近代史的先鋒。

十七世紀的荷蘭，獨立後突然步向繁榮坦途，人人都忙得團團轉。這是因為荷蘭的人口——令人難以置信的——僅及一百五十萬而已。

這一百五十萬人靠海為生。自古以來，從事捕撈鯡魚，同時也造船，然後利用船隻裝載商品，不久之後，竟然遠航至地球的另一端。

當時荷蘭人的工作精神，遠遠凌駕於同時代的競爭對手英國人之上。擅長組織與優異的團隊精神，就是他們的特色。獨立前後，雖然國內的貿易公司如雨後春筍般地紛紛成立，但一旦必要時，他們馬上就整合為一家公司。這家公司就是一六〇二年，由議會立法而設立的「東印度公司」。之後，他們就極其巧妙地運作「公司即國家」「國家即公司」這種表裡如一的營運體制。

有些人還兼營農業，填海造地也繼續進行。由丈夫出海留守家園的婦女們築成的堤防，如今仍以地名留存著。

一個國家忙碌的同時，好像另一面也產生緊張。在這個繁忙的世紀孕育出斯賓諾莎這樣的大哲學家。更令人驚訝的是，在這個世代還出現了林布蘭和維梅爾這兩位偉大的畫家。

赤嵌樓的角落，有烤番薯的攤販。

從地圖看台灣的輪廓，像一條番薯。我為表敬意，於是買來吃吃看，原來是小時候喜歡吃的甘薯。

我們從赤嵌樓走向海邊。

海濱遺留著十七世紀荷蘭人所築的城堡。

它就是熱蘭遮城。原名Zeelandia城，「Zee」是英語的「Sea」「land」意同英語，不過「d」的發音是「t」。

其命名之淵源，可能是取自荷蘭本國的海州（Zeeland）州名吧！這個州幾乎都低於海面，土壤肥沃，舉目盡是一片玉米園。

熱蘭遮城位於安平。

蔡焜燦先生的夫人明霞女士，日治時代末年，從台南師範學校畢業後，任教於此地的公學校。

他們說這裡是：「港埠」。

但在熱蘭遮城的附近卻看不出那樣的景象，四周像公園般美麗。

在台灣，管熱蘭遮城的古蹟叫：「安平古堡」。

並不使用荷蘭城堡的名稱。不過在城壘旁邊的看板上倒有城名的記載。漢字譯名是「熱蘭遮城」。

這個地方並沒有斷崖，城堡是被築在人工斷崖上。

城堡的建材是紅磚。據說現今在平戶（日本長崎縣北部）保存著一些古老荷蘭商館的牆壁，其所用的紅磚與灰泥都是在雅加達（巴達維亞）燒製的，所以這座熱蘭遮城所用的建材，可能也是來自該地。

城牆的灰泥已剝落泰半，加上一部分被熱帶植物纏繞，粗粗的鬚根成束地沿城壁垂掛下來，堪稱是美妙的古蹟。

整體看起來，城堡整修得很不錯。像城堡的正面，由於整修得太好了，反倒讓人覺得像最近才興建完成的遊樂園之一角。遺蹟的修復實在不容易。

城堡很小。

我們沿石階拾級而上，但在爬登之間，我覺得這好像不是十七世紀的形式。我們爬到上頭一看，四下眺望美極了。

上面有座瞭望台矗立著。這座瞭望台令人覺得像是機場的管制塔。我們爬上去，由玻璃窗瞭望四周。海面上，籠罩著煙霧。

十七世紀及其以後，荷蘭的最大根據地，是印尼的巴達維亞（現今雅加達）。比起寒冷的本國，荷蘭人更喜愛充滿陽光的巴達維亞。十七世紀後半，甚至有人主張不如放棄歐洲遷移來此。

他們為了使人們能夠感受到本國首都阿姆斯特丹的氣氛，在巴達維亞開鑿運河，並且興築城牆與要塞，設立商館。

在十七世紀初期，他們已經開始對日貿易，並獲取了豐碩利潤。

荷蘭人很能通權達變，對於當時德川幕藩體制所組成的堅牢社會，頗能持續地採取類乎隸屬關係的禮儀。

日本人對於當時的荷蘭人，至今仍然感到懷念，但荷蘭人除研究者以外，像是早已把日本忘到九霄雲外了。

他們在長崎的出島設置商館達兩百餘年之久，不斷地將財富送回祖國。

當今，阿姆斯特丹有一家大倉飯店，飯店內整片牆壁上雕塑著出島的風景浮雕，但是來到這家飯店的荷蘭人，即使聽了飯店人員的說明，也還是露出不可解的表情。

十七世紀初的荷蘭人，往來於巴達維亞與日本長崎之航海途中，想必經常看到台灣島上聳立的群山吧。

儘管他們早知道那地方是：「福爾摩沙」（台灣）。

只是起初並無染指之意。因為那地方，不像中國那樣出產陶器與絲綢商品，以貿易商人之眼光，毫無價值可言。他們以為那種住著危險的原住民，而且又多疫癘的地方，應該是探險家去的地方。

荷蘭人的貿易手法，遠較同時代的競爭對手英國人優異。

其中一項就是調查的工作。所謂的調查，也就是先行查明該地方出產什麼，又需要什麼。而同時代的英國人，總以為英國人喜愛的東西，外國人也照樣會喜歡，天真得很。舉例來說，英國人愛用呢絨衣料。

「但是日本人根本就不喜歡呢絨嘛。」

相傳一位出身英國卻擔任荷蘭東印度公司船長，後來成為德川家康家臣（外交顧問）的威廉・亞當斯（William Adams，一五六四～一六二〇，日本名為三浦按針），因念在同胞之誼，曾經這麼向當時平戶的英國商館館長理查・考克斯（Richard Cocks，一五六六～一六二四）提出忠告。

日本人服裝的布料多為麻紗和棉、絲綢之類，呢絨並不符合日本人的習慣，縱然有所需要（如無袖戰袿），數量也是微乎其微呀——想必亞當斯也是這麼向他建言的。

「更何況，你所帶來的呢絨，是像金絲雀那種鮮黃的顏色，這與日本人的色彩感覺並不調和啊。」

說不定考克斯對他的這番話嗤之以鼻，心想：「你這媚荷的傢伙！」

然而，結果證明，英國只有從日本無功而退。後來，考克斯在返回位於印度果亞的東印度公司（英國）之途中，病逝於船上，時值一六二四年（這裡加一句題外話：最近，在泰晤士河畔發現了考克斯的老家，是純樸的英國式農家）。

總之，十七世紀的台灣，如此浮現於世界史的波濤上。

當初，荷蘭當然是希望以中國為貿易對象。

那時葡萄牙人早已入侵中國。早在前世紀中葉，廣東省的澳門，就已成為葡萄牙的貿易基地，因為他們向明朝的地方官衙繳納大量的貢金，所以兩者之關係相當和諧。而荷蘭人採取的是軟硬兼施的手法，有時還向葡萄牙挑起海戰。這些行為反而招惹明朝的反感。

荷蘭最後決定佔據澎湖島。不過，這個舉動也遭受到明朝軍隊的反擊，未能得償。最後，與明朝交涉的結果，明朝說如果是以台灣為根據地的話就無妨，因為該處是化外之地。於是荷蘭便進駐台南的海灣。

當時在巴達維亞的總督府，一直持續地記錄著工作日誌。

如今，非常難得的是，村上直次郎譯注，中村孝志校訂的《巴達維亞日誌》的日譯本，已由平凡社（東洋文庫全三卷）出版，很容易就能買得到。

拜此書之賜，我得知當時只有台南海岸的海灣一帶，被稱為「Teyowan」，其漢字則寫成是「大員」「台員」，原本是原住民的語詞。

荷蘭人初次進入這個海灣，是一六二四年七月的事。

在日本是德川家光將軍治世開始的第二年，也就是前述的英國商館館長考克斯回印度途中死亡的那一年。

那年十月，荷蘭人建造臨時性的竹寨，此時司令官所帶來的「軍力」，僅有荷蘭兵十六人和巴達維亞人三十四人。這十六名荷蘭兵所作所為，在現今的我們亞洲人看來，簡直與「強盜」無異，但他們的勇氣倒著實令人驚訝。

荷蘭人擅長調查，所以一上岸立刻開始灣內之測量，並偵察陸上狀況。

有關原住民一個部落住民的身高，在上述《日誌》中，有「平均比我們高」的記載。現在荷蘭人的平均身高是世界有名的。但在十七世紀當時，按照遺留下來的衣服與甲冑來看，只有一百六十幾公分（參閱《街道漫步》系列，第三十五卷「荷蘭紀行」）。據說荷蘭人身高提升是在「佔領印尼之後」（江上波夫氏）。

起初原住民還很合作，但後來因受「中國人唆使」而轉為抵抗。結果，一如往例開始殺戮，所幸荷蘭人兵力一向不多，才不至於造成大規模屠殺慘劇。

那年代的福爾摩沙（美麗）島，可說是無主之地。

西班牙人佔據北部的雞籠（基隆）與淡水，現今嘉義縣海岸的布袋一帶，則為福建省的海盜顏思齊與鄭芝龍（鄭成功之父）所佔據。

如果將荷蘭人也視為海盜，簡言之，這個島就是往來於台灣海峽的海盜們之根據地。這些海上勢力之中，最早敗退的是北部的西班牙人。

荷蘭人當初並沒有在此地建立像巴達維亞那樣的殖民地國家之意圖，首要目的是確保停靠港。在此地的貿易也是只要能賺取所需的維持經費就夠了。

可是，他們發現原住民所捕獲的鹿皮，在日本當地需求量大，利潤意外地高，加上他們又發現生產甘蔗及砂糖之精製、販賣，更能獲取厚利，便著手地域經營。經營台灣的開端，始自短暫的荷蘭時代。

為了這緣故，荷蘭鼓勵對岸的福建省等地居民移居台灣。並出動荷蘭船隻，運送勞動者來台。另一方面，似乎也有過買賣奴隸之嫌。

總歸一句，漢民族往台灣大量移居，是從荷蘭時代開始的。

荷蘭時代，前後僅維持了三十八年。

在大陸，明朝因異族清朝之興起而走向滅亡之途。

認為必須救援明室而崛起的是海盜鄭成功，為了據守台灣而大舉來襲，使荷蘭軍降服。時值一六六二年。

這個時期，荷蘭本國因其繁榮而招致英國的嫉妒，屢次遭受到頑強的海上攻擊；同樣不甘看到荷蘭獨享興盛的法國，也在一六七二年，從陸上進犯。由於這些攻擊，荷蘭便如風中殘燭般步上衰運。

重複再提，他們的人口實在太少太少了。而相對於荷蘭的一百五十萬人，英國有五百萬人，法國則更多達一千數百萬人以上。

總之，荷蘭於十七世紀的輝煌時代來到台灣，而在開始走向衰退時離開台灣。熱蘭遮城，便是那時期的象徵。

海獠的好漢

不論哪個國家，都建立在一個彷彿被壓縮的空氣基礎上。以戰前的明治初年的日本來說，多半是靠政治性或者人為塑造出來的國家神道；而在歐美，則是基督教。

在台灣，可說是孫文的三民主義。

孫文，已被神話，成為國家的象徵。

連在中國大陸，孫文也受到尊崇。

不過「國父」這個稱號，倒好像被台灣搶過去了。

或許是這緣故吧，在大陸那邊，作家魯迅（一八八一～一九三六）也頗受擁戴。

孫文的目標，單純而強烈。曰：「解救中國四萬萬之民眾，洗刷東亞黃種人之恥辱。」可說是個民族主義者。

魯迅也有幾分類似。他將「擁護人類的自由」這種思想，安繫在又細又韌猶如鋼琴弦般的線上。

文學上，他喜愛俄羅斯文學那種民眾的反抗姿勢，但是卻極厭惡左右的相互廝殺。毛澤東把已故的魯迅尊為：「中國第一等聖人」。

這稱號非常響亮，魯迅被捧上國家的祭壇。位於紹興的魯迅出生地，及上海、北京的舊居，全都變成了聖地。

容我插一句私語，二十幾年前，好像是在北京的魯迅紀念館，我在接待員擺出一副祭司般的嚴肅表情下，聽了冗長的說明，弄得我疲憊不堪。

對魯迅的仰慕，我也不落人後。但是，國家透過接待員的聲音來談魯迅，總令人覺得不怎麼舒服。

話歸原題，我仍在台南。

有關市內的荷蘭古蹟（也是鄭成功的古蹟）赤嵌樓，前文已經提過。

這古蹟的周遭內，也有被捧上國家祭壇的人物。

四座銅像形成一群，其中的主角，正是鄭成功。

若套上毛澤東對魯迅的說法，鄭成功應該稱為「中國第一等好漢」。

只是，這座銅像未免令人感覺到，含有太多後世的政治意識。

鄭成功的銅像，微挺胸膛，正在接受荷蘭人的投降。完全是一副以後世孫文所說的「洗雪黃色人種之屈辱」為上好主題的姿態。

荷蘭人的銅像，當然是解除了武裝，躬身垂頭的模樣。如此把一個民族（指荷蘭人）的屈辱姿態做成銅像永遠固定下來，未免幼稚得不像「黃色人種」吧？還是我們黃種人原本就是這麼幼稚？

鄭成功銅像的左右，豎立著他的士兵的銅像。士兵們威武地豎持矛柄，活像香港武俠片登場人物那樣的凜然。

蔣介石在戰後，與中國共產黨拚戰而敗退，就像前面屢次提及的，帶著「中華民國」整個國家闖進孤島來。

明末清初的鄭成功、現代史上的蔣介石，兩者都考慮過反攻大陸。

雖然兩者是有所類似，但是現代的權力者，為了一己之私念，假借過去的人物來當作教育民眾的教材的話，則歷史就變得庸俗了。

在此想談談鄭成功的父親鄭芝龍這個人。

明朝時代，以海禁為國策。「小至寸板下海」也不被允許。

這項海禁，反而招致福建省海盜（武裝的私人貿易者）成群傾巢而出。

這與美國的禁酒令時代（一九二〇～三三）相似。因「禁酒令」的頒布造就了以私釀私售獲取暴利的艾爾・卡彭（Al Capane，一八九九～一九四七）暴力集團。

明末，稱私人貿易者為「海獠」。「獠」意指野蠻人或無法無天的人，其語感與暴力組織相似。

明末的「海獠」是受到十六世紀葡萄牙人、西班牙人，以及十七世紀荷蘭人的海上貿易刺激而猖獗起來的。其交易圈擴及日本、明朝、南方諸域，在十五、六世紀時，日本的倭寇也牽連在內。

就明朝的立場看來，荷蘭亦屬一種「海獠」。當十七世紀荷蘭人把台灣作為根據地開始活躍時，正好給福建省的海獠注入很大的活力。

明朝對這事態束手無策，於是籠絡海獠中算得上是知識分子的鄭芝龍，畀以官位。末了還升他為提督，打算以毒攻毒。

鄭芝龍也非等閒之輩，他將自己的官權私有化，次第打倒同行的海獠們，最後集聚的財富，幾可凌駕王侯。一言以蔽之，中國社會，上至皇帝，乃至以海為國的海獠，無一不是「私」的。當然，他確實是一個有魅力的漢子。

對鄭芝龍而言，他的貿易對象是日本。他將書籍、繪畫、陶瓷器等賣給日本，再從日本換取金銀或銅等。

直到江戶初期為止，一手承攬這種「倭寇貿易」的是肥前國（日本長崎縣）平戶島的諸侯松浦氏。他在江戶時期的俸祿是六萬一千石。

鄭芝龍與松浦勾結，在平戶城邑也建了宅邸。

不久，他娶了平戶的武士田川七左衛門的女兒，並生了孩子。這就是後來的鄭成功。

鄭成功幼名為福松，誕生後六年間，在平戶島東岸的川內（河內）海邊長大。

我曾去過福松生長的平戶川內灣。

如今雖然非常蕭條，但是直到十七世紀初為止，是平戶港的副港，曾繁榮一時。在鎖國❶以前，這裡有荷蘭船與明朝船進出，並設有荷蘭商館的倉庫。

海邊的東南方為一座小山丘，當地人叫它丸山。

此處曾是花街柳巷。鎖國之後，幕府限定長崎為唯一通商港口，丸山的妓館也就移到長崎。

平戶的丸山，又恢復成原來的小丘陵。

爬上山丘一看，有一座祠堂，奉祭的竟然是鄭成功。查閱現今的文獻，據稱是台灣的延平郡王祠分祀過來的。

鄭成功的母親田川氏的名字，已不可考。

有一說是叫「松」。福住信邦的小說《鄭成功之母》（講談社出版服務中心發行）也是這麼稱呼。

該書卷末，附有鄭成功後裔組成的「世界鄭氏宗親總會」理事鄭萬枝先生的後記。「作者福住先生，是流著女主人翁田川松血統的子孫。」這樣的記述，彷彿使人感覺到活生生的歷史氣息。

鄭成功最令人惋惜的是他生命的短暫。他得年僅三十有八。六歲就離開平戶的媽媽身邊，住到福建省安平鎮海濱的鄭家城堡，時值一六三〇年，正當日本第三代將軍德川家光的寬永七年。當時尚未頒布鎖國令。一六二一年，在暹邏（泰國舊稱）當官的山田長政，領有幕府對暹邏的通商朱印。另外，在一六二八年，還有濱田彌兵衛也在台灣的熱蘭遮城，與荷蘭人辦理交涉，表現了勇敢的行動。這時，可說是亞洲最後的「大航海時代」。

在安平鎮的城堡裡，鄭成功似乎一心向學，雖然年少，可以推想他憧憬著學問之國的明朝。

---

❶德川幕府於一六三〇年代一連頒布多種鎖國令，禁止中、荷以外的外國人渡日，也禁止日人出國。

他十四歲獲選為南安縣的學員，弱冠之年，進入南京的大學。但是過沒多久，他不得不中斷向學的心志。因為一六四四年他在南京的這一年，大明王朝驟然亡國。

明朝末年，流寇橫行各地。最後的皇帝毅宗招募勤王的義軍，竟無人響應。那年，流寇李自成突然攻陷北京城，闖入皇宮，毅宗親手刺死幼女後，與皇后同時投繯自縊，陪死的只有一個宦官而已。

明朝以朱子學為官學。這是強烈倡導勤王的道學，然而在瀕臨敗亡時刻，卻一點效用都沒有。

當時，把明與番邦隔開的是長城，但它也仍然沒用。長城最大的關卡是山海關，而打開城門，領異族清兵入關的，正是守關的明將。

清兵在轉眼間就攻滅李自成，乘勢長驅直入，開始征服大陸。當時明朝諸將相繼倒戈，投降清軍，開始了異族統治的時代。

儘管局勢如此，在各地仍有擁護明朝王室、抵抗清軍的勢力出現。

最先他們所擁立的是一名懶惰的王族「福王」，隨後他們抗清所據守的南京，又被清兵攻佔，福王被殺。

接著推擁「唐王」，據守福建省的福州。擁立唐王的是鄭芝龍等人。

鄭成功追隨父親，加入殘明的勢力。

而且他深為唐王所喜愛，此事決定了他畢生的命運。

「唐王」對年僅二十一歲的鄭成功，賜予明朝的朱姓，封為忠孝伯，此後被尊稱為「國姓爺」。

他父親鄭芝龍，這時受封為平國公。公與伯，就是帝室藩屏的身分。

在此前後，鄭芝龍由平戶接來了成功的母親田川氏。

田川氏這時已是四十多歲。住在安平鎮的城郭，僅一年就死於非命。

這肇因是鄭芝龍叛變降清，清兵因此不費吹灰之力就攻入福州，「唐王」被捕遭殺害。安平鎮的鄭氏城郭也不戰而陷。田川氏登上城樓，投身自殺，連清軍都為之感動。

這時身在戰場的鄭成功，獲悉父親降敵，母親自殺，連君王也落入敵手的消息。

傳說他在此時，脫掉身上的儒服，付之一炬。從此，他一變而成武人，而且與殘明共存亡。

此後的他，只能以名將來稱呼。

當然，鄭氏是以海上勢力為主力，並擁有海軍戰力，同時也擅長陸戰。他以廈門島、金門島等為根據地。

他為了獲取軍糧，佔領福建、廣東、浙江等地。同時，為了籌措軍費，也掌控了印度支那半島到菲律賓的海上霸權。他是依靠貿易所賺取的利益來供應戰爭所需的費用。

另一方面，他還運用外交，請求日本出兵。一六五八年，他派遣使船前往長崎港，無奈日本已採行鎖國體制，其後還數度請求援兵，可是每次都徒勞無功。

名將的條件之一，是研擬制敵求勝的軍制。這一點，他的陸上部隊是獨特的。他整備了由日本式甲冑組成，號稱「鐵人」的重武裝部隊，與配備了具有強大火力的步槍「倭銃隊」。他憑這戰力穿越敵陣，然後以主力使敵軍崩潰。

在他年輕生命的最後幾年，雖然長驅直入圍攻南京城，但未能維持戰果而退，最後，不得不棄守大陸的據點。

他逝世的前一年，率領大艦隊渡海來台灣，驅逐荷蘭人，據守於此。

其所以退守台灣，乃因戰略上所需，一來開發這片瘴癘之地以取得軍糧，再則奪取荷蘭人的商務權，確保貿易的利益，使軍費之來源不致有所阻礙。

鄭成功的一生，是徹頭徹尾的戰鬥者，而非有助於文明前進的人。

然而，他卻給長遠的後世，帶來了並非他所能預料的政治性效果。

第一，他所創建的在台灣的漢民族政權，給在後世被視為無主之地的這個島，提供了隸屬上的一個證據。

其次，特別是在十九世紀以後，對掀起的中國民族主義的風氣，產生推波助瀾的作用。

清王朝，前後約二百九十六年。

這個王朝，為了要安撫漢民族，過分尊重其古文明，因而造成中國的停頓（另一方面，清朝討伐邊境異族，形成中國史上最大的版圖，結果是將整個版圖拱手讓給後來的中國）。

清朝末年，中國遭列強蠶食，境況悲慘至極，因此，革命家們對內倡議打倒異族王朝，對外矢志維護漢民族的尊嚴。

如此一來，在十七世紀抵抗清兵，同時驅逐荷蘭的鄭成功，不由分說地成了輝煌的人物，但是，孫文當時對鄭成功未有充分的研究，因此有關這位歷史人物他究竟知道多少，令人懷疑。

毋寧說，鄭成功是日本人所喜愛的典型，前面我也提過，在江戶時代，即有近松門左衛門把他的故事編成戲劇演出。

如今，不分大陸或台灣，鄭成功成了共通的民族英雄。

鄭成功的魅力，可以說在於他玉潔冰清的俠氣。

相對於此，父親鄭芝龍就過於投機。先利用明而後倒戈，投降於清。清朝對這個政略家不敢信任，後來殺了鄭家全族。

給鄭成功這位高風亮節的人物，穿上現代政治性寓意的長袍，委實是無聊而醜陋的。

順便一提，說起來清朝也頗有男子漢氣概，始終對敵將鄭成功表示敬意，甚至追贈謚號，更容許民眾在台灣建廟。這座廟的分祠，也就是剛才談到的，坐落於平戶島丸山的小祠堂。

八田與一的遺愛

台灣多高山。

中央山脈縱貫南北。群峰之中，也有日治時代稱為「新高山」的雄峰。因為它比富士山高而得名。

現今，叫做玉山（海拔三九五二公尺）。海拔三千公尺以上的群山連綿不斷，形成台灣島嶼的脊梁。台灣，可說是名山之國。

今年正月，我首次訪問台灣。以為隨時都可以去，結果一再延誤，把這情形向「老台北」說了之後，他回答說：

「在台灣也有這樣的說法，『阿里山』隨時都能去。」

老台北還說：就因為隨時都可以去，所以我現在還未上過阿里山。

不用多言，阿里山乃天下名勝。作為玉山的前鋒，標高在一八〇〇至二四〇〇之間，聳立著十八峰而形成連峰。據說樹齡達千年、兩千年的檜木，山中到處可見。

這樣的中央山脈，產生雲氣而帶來雨水。雨水把土砂沖向西方，造成平地。

不管哪一條河川，水勢都很湍急，被稱作：「溪」。

所謂溪，也就是溪澗。

流經西部平原嘉義市附近的是朴子溪。滋潤新營的是急水溪；台南市北部則有堂堂的河川曾文溪直流而下。

從嘉義市到台南市之間的平原，叫嘉南平原。真個一望無際，每逢群山被雲霧隱蔽的日子，眺望一望無際的平原，令人有若置身大陸之感。

然而，這片大平原，直到二十世紀某一時期為止，還是不毛之地。

理由是，被稱為「溪」的河川太少的緣故。

十七世紀，在這平原的海岸築港的荷蘭人，察覺到這片原野的缺陷。

當他們從中國大陸引進勞工之際，希望能夠確保糧食無匱。因此他們要勞工開闢水田，而開闢水田必須取得水源，於是他們在台南市東北高地，建築了用磚塊砌成的小小水壩。至今仍留有這個小水壩的遺蹟。

水壩所能滋潤的，恐怕只是少許的面積，但是我們也不得不承認他們的功績。當然，也有人說那只是在替東印度公司牟利罷了。當時的土地是屬於公司的，公司將農具與資金貸放給農民。雖然佃租低廉，但農民的稅率可能和荷蘭國內的農民（向國家借的土地）相若。

經過三十幾年之後，荷蘭人被鄭成功趕走，鄭家的時代於焉開始，只是統治的歲月短暫，無暇進行大規模水利事業。

而後，清朝把此島視作「化外之地」。清朝的年代甚久，儘管也有像是從河川引水的小小遺蹟，卻仍然沒有興建大規模的水利工程。

在日本統治時代，有一位叫八田與一的土木工程師，立志要使這片平原變良田，而且成功了。這是大正時期的事。

我向老台北問起：

「聽說山裡還留有八田與一的銅像，是嗎？」

「是什麼樣的人呢？」

這位博聞強記的人，竟然也會有不知道的事。

我向他談起住在台北的謝新發先生。謝先生著有一本題為《不能忘的人》——八田與一傳。

這本書裡，印有八田與一的銅像照片。

八田與一的銅像，下巴相當結實，尤其是額骨看起來似乎很堅硬的模樣。穿著工作褲的銅像，坐下來注視著工作現場。展現在他視線前方的是他與台灣人同心協力建造的烏山頭珊瑚潭的一片汪洋。

烏山頭水庫所儲存的水量，被引流到嘉南平原。

對於這巨大的水利工程規模，謝新發先生說比萬里長城更偉大，縱橫交錯於嘉南平原的水路，長達一萬六千公里，萬里長城儘管巨大，全長大約不過兩萬一千一百九十六公里左右。

這巨大的水利規模，當時與現今都叫：「嘉南大圳」。可說是水的長城。

順便談及，「圳」這個漢字，並不在上古時期日本引入的漢字內。根據諸橋轍次的《大漢和辭典》，圳字的讀音為シュウ、シュ等。意思是「耕作地的水溝」。並謂：「江楚之間，田畔水溝，謂圳」，足見這可能是長江流域以南到福建省、廣東省一帶的地方性漢字。如今，以經濟特區而繁榮的廣東省「深圳」，在日本被讀作「しんせん」（shinsen）。

「老台北」真是值得感謝的人。不久，他說他的夫人李明霞女士的昔日同學，也是做和歌的胡月嬌女士，找到了前述古川勝三著的《愛過台灣的日本人：嘉南大圳之父八田與一的生涯》這本書。他將這本書寄來給我。

根據古川勝三先生該書中所述，銅像好像是由參加工程的人發願募款建造的，於昭和六年（一九三二）建於珊瑚潭畔。

太平洋戰爭末期，幾乎全日本的所有銅像，都因為國家發布回收金屬的命令而遭拆除。此時，這座銅像也招致徵收的命運。但戰後——變成中華民國的天下之後——嘉南農田水利會的職員，發現該銅像被放在烏山頭附近的番子田車站倉庫裡。

水利會的人們大喜過望，將它帶回烏山頭。

然而，要重新豎立，他們卻有所顧忌。那時正是中華民國專心致力於清除島內日本色彩的時代。在蔣介石英姿的銅像到處被拚命建造的年代，要把工地工人姿態的日本人銅像豎起來，簡直是匪夷所思的事。

八田與一本人直到這大工程竣工為止，都和家族同住於工地的日式宿舍裡。

於是銅像就暫時被放在這幢廢屋裡。

後來，也不知是從誰開始的，有很多的嘉南農民，經過這銅像前時，都會合掌膜拜。

（古川勝三著《愛過台灣的日本人》）

當時認識八田與一的人還很多。

水利會執意要把銅像放回原本的珊瑚潭畔。該處也有八田與一夫婦的墓碑。

到了蔣經國時代的一九八一年，這個願望好不容易才告實現。

話題轉回謝新發先生的書上面，書中有一章是「八田與一和我的關係」，據該文所述，謝先生是看了在台灣發行的《台灣名人傳》才得知八田與一這個人。據悉這是一本「中華民族傑出人物」的傳記集，不知是怎麼的緣故，八田與一竟也變成中華民族的一員。他的生涯果真對台灣有如此貢獻的話，相信他在天之靈亦可瞑目了。

八田與一是石川縣金澤人，明治十九年（一八八六）出生。

他出生地的加賀平原，如今是日本代表性的穀倉地帶之一，其實這裡是日本最遲開墾成農地的地區之一。這情形和嘉南平原不無相似之處。

在加賀南部，有白山山地，這山地溢流出來的砂土，被水沖積成加賀平原。以白山山系為水源的手取川等，就是代表性的急流，每逢洪水，便在平原上留下積水處。再加上排水不良，到處形成濕地，土壤也是砂礫過多。這就是平安時代（七九四～一一九二）為止的加賀平原。

大約從十二、三世紀開始，私造灌溉設施的開發者日增，到了十四世紀的室町時代，這些人成了無數的開墾地主，而且還有了私人的武力裝備。

室町時代被稱為國人，地方武士的新興階級，指的就是這些人。

室町幕府管這批人叫「惡黨」，就是「非正規武裝者」的意思。

到了十六世紀，他們團結起來，合力趕走幕府的正規守護官富樫氏，建立以合議制經營加賀一國的態勢。

當時的紀錄把這情形說成：「加賀乃百姓所有之國」，也稱為「一揆」。簡單的說法就是共和制。這加賀一揆選擇淨土真宗為共通的思想，各村必建一寺，以為團結的核心。

這種狀態，直到被織田信長（一五三四～八二）消滅為止，共維持了一百年之久。

豐臣秀吉（一五三七～九八）的年代，這裡如眾所周知，是前田利家（一五三八～九九）的領地，江戶時代（一六〇三～一八六七）則是加賀百萬石之地。這裡兼具富強與工藝外加溫和的人情，發展成為令他國刮目相看的地區。

謝新發先生在金澤市走了一遭，留心於「辰巳用水」。

辰巳用水是寬永九年（一六三二），前田利常為了把潔淨的水引到金澤城內，而由犀川取水的設備。這是水利專家板屋兵四郎設計的。他把犀川的水經九公里的水路輸送至城內。途中需要開鑿長達四公里的岩盤，並且利用虹吸管原理將水抽高。

八田與一少年看過這個土木工學的文化財之後，是否編織過將來要當一名土木工程師的夢呢？

他經過第四高校考進東京帝大工科大學土木系，於明治四十三年（一九一〇）畢業，大約同時，到台灣總督府土木局服務。

照古川勝三的《愛過台灣的日本人》一書中所述，當時的八田與一，是在前文已經提到過的，台灣上水道開拓者濱野彌四郎工程師的門下工作。

當時的台灣，是土木的新天地。

八田赴任不久，日月潭已經在進行官營水利發電之勘查與設計，而且桃園也開始著手大規模的灌溉工程，這項工程八田也親自參加。

他在三十一歲時結婚。

夫人名叫外代樹，是米村吉太郎醫師的千金，在金澤市上胡桃町（現今的兼六元町）出生。她在金澤第一女高畢業後，很快就和與一結婚，住在台北的公家宿舍，時值大正六年（一九一七）。後來他們養育了二兒六女。

八田與一的生涯並不長。

太平洋戰爭最激烈的昭和十七年（一九四二），他在被陸軍徵調赴菲律賓途中，因搭乘的大洋號遭美潛艇擊沉而殉難，年僅五十六歲。

三年後，外代樹也追隨其後，離開了人間。

她在戰爭末年，由台北疏散到烏山頭的家，並在那裡面臨了日本的戰敗。

那年九月一日，她整理身旁事物，給遺兒們留下簡潔的遺書，更衣整容後，到烏山頭水庫的放水口投身自盡。

古川勝三先生查訪了和八田與一共同建造這座水庫的工作人員，收錄了他們的談話。陳登來先生也是其中一人。他從十六歲開始在工程現場工作，而後直到老年還在水庫擔任管理的職務。

以下是陳登來先生所說的有關外代樹的話：

夫人是一位禮貌周到、對任何人都很親切、從不自命高貴的大好人。夫人去世的時候，大家都非常悲痛，在她火葬時，我也去幫忙了。（《愛過台灣的日本人》）

我是在一九九三年一月八日到烏山頭去的。

從日月潭沿山路而下，進入嘉南平原時，或許是沉思於八田與一的事蹟吧，心中真有非比尋常的感觸。

我們駛出平野，順著高速公路南下，中途看到了北迴歸線的標誌，然後轉向東方的山地。

烏山頭，或許就是黑色的山頭之意吧。

「烏山頭水庫」五個字，懸掛在背向山巒的管理處屋頂上。

管理處的鐵門關著，門前寬廣，整理得井然有序，我們彷彿來到神社一般。附近不見人影。

蔡焜燦先生為了交涉進入水庫一事，走下旅行車，向辦公室走去。從車內看過去，由於四周開闊的環境，使他的背影看起來變得很小。

我下了車，在門前散步，看到一幅懸掛的地圖，下面有幾個字：「台灣省嘉南農田水利會」，是這個水利機構的所有單位，也是管理單位。會長的名字是李源泉，作為一名水庫管理者，這個名字真是恰如其分。

稍後，鐵門打開，我們的旅行車駛進去，爬上坡路，到坡路盡頭便可看到珊瑚潭水面。

這座水庫，因為許多錯綜的山腳沉在水中，從地圖上來看，猶如伸展著無數大小枝椏的珊瑚。據云命名者是下村海南（一八七五～一九五七）。

海南本名宏，大正四年，由郵政匯兌儲金局長職位，轉任台灣總督府民政長官。後來他受聘於《朝日新聞》而置身言論界，又在大戰最末期入鈴木貫太郎內閣，任國務大臣等，堪稱是多采多姿的人生，但是他在最後卻以和歌詩人留名於文學經典。

不過，對於海南的和歌，我是一首也不知道，所以要緬懷他的詞藻，就只有「珊瑚潭」這地名而已。

潭面，微波正蕩漾著。

珊瑚潭畔

稀疏的樹林圍繞住珊瑚潭畔八田與一和他妻子外代樹的墳墓，陽光自樹縫間灑落在紅土上。樹蔭下，宛如印象派的風景畫，閃爍著紫色的光芒。

與一的忌辰是五月八日。每逢這個日子，嘉南水利會的人們都會到墳前祭拜。

這真是令人感動的事，在人們的心中，這位故人的存在，已經超越了國籍與民族。

這樣的人物，日本史上有許多位。例如在近世，黃檗宗（禪宗臨濟派，亦稱隱元派）為萬福寺的開山祖師，出生於福建的和尚隱元（一五九二～一六七三）；更早為創造唐招提寺的揚州僧人鑑真（六八八～七六三）；另外，十六世紀將基督教傳入日本的聖方濟．沙勿略維爾（San Francisco Xavier，一五〇六～五二，西班牙傳教士），或許也可列入此類。這幾位人士，都和宗教有關。

宗教是和人性接近的，而土木也常常具有那樣的性格。

古代尤其是如此。

當時，羅馬人到高盧（拉丁語Gallia）等地，像變魔術般地建築了石造的水利設施與橋梁、道路等。他們將河水引到遠處，使荒蕪之地變成麥田或葡萄園。若非如此，羅馬人不可能被稱許為歐洲文明之祖。

江戶時代，治山治水的工程，時而成功、時而失敗。

承接其後的明治政府，如飢似渴地吸收各國的土木技術。他們先從國外聘請權威人士，然後再由學成歸國的日本人取代。

八田與一在明治四十年（一九〇七），考進東大土木學系時，留學回來的古市公威教授（一八五四～一九三四）任教該校，他那時已是五十幾歲的人了。

據稱他留法期間，刻苦奮勵，寄宿處的女主人很是同情，勸他稍做微休息，古市回答說：「我歇一個小時，日本便會遲一個小時的。」他在巴黎時的筆記本，目前仍被保存在該校土木工學系的「古市文庫」。根據東大榮譽教授高橋裕先生的《現代日本土木史》（彰國社）的敘述：「那些筆記都極為詳細，而且正確縝密」。

另外，八田與一應該還受教於當時四十幾歲的廣井勇教授（一八六二～一九二八）。

廣井畢業於明治時期的西洋學術機關札幌農校（一八八一年）。

後來，他遊學美國，以土木工程師身分參與密西西比河的工程，可算是不折不扣的有實務經驗的人。他留學德國歸來後，服務於北海道廳。

他可說是小樽港之父。

以北海道廳本身的力量著手小樽港的築港設計，是從明治十九年（一八八六）開始的。他親自設計工程，施工階段更從頭到尾指揮現場。他比任何人都早到工地，也比任何人晚離開。聽說他還親自攪拌混凝土。

依高橋裕氏的說法，小樽港是日本的港灣中，出類拔萃的傑作。

明治三十二年（一八九九），廣井勇受聘為東大教授，講授土木學。

據云，他經常談一些哲學性的話，譬如：

「為什麼需要工學？」

八田與一想必也聽講過。

假如工學只是使人生更趨繁雜，則無任何意義可言。工學必須能夠讓我們把原本需數日的距離縮短爲幾小時，讓一整天的勞動在一小時內就做完，然後用這些節省下來的時間，冷靜思考並反省人生，有回歸神靈的餘暇，否則我們將完全無法找出工學的眞正意義。（錄自《現代日本土木史》）。

工學乃是為了讓受益的社會大眾，能夠有更多的餘裕而存在的。我總覺得現代的我們，實在是愧對廣井這位先哲。由於包括鐵路在內的土木文明之發達，使我們更形忙碌，甚至因為「土木過剩」而招致政界的腐敗。

廣井厭惡法學院出身的官僚式升官主義。他說：

「技術者，只要思考如何靠技術來建設文明之基礎便夠了。」又說：

「設計固然重要，而施工與工程管理更重要。」

廣井於昭和三年辭世，享年六十六歲。他在札幌農校的同學內村鑑三（基督教思想家，一八六一～一九三〇），在弔詞中說：

「……因有廣井君其人，明治大正年代的日本才能保有清流般的工程師。」

他讚譽這位老友為「工學的良心」。

八田與一諒必受到這位良師很大的影響。

古市公威、廣井勇及內村鑑三，這三個人都出生於幕末時期而活躍於明治時期，堪稱那個時代的典型人物。

以世代來講，八田與一居於末尾。那時明治精神可說已步入衰退期。

八田與一在學期間的明治四十一年，夏目漱石（一八六七～一九一六）開始在報紙上連載

《三四郎》。

三四郎為了上東京本鄉的大學，做了長程的火車旅行。

途中，一位酷似鄉下神職人員，長滿鬍鬚的男人，坐在他對面。

閒談中，三四郎說今後日本將會逐漸發展吧！

那男人卻說：

「會滅亡的。」

當時，日俄戰爭結束，龐大的軍費與外債，使國民生活陷於困窘。

漱石也喜歡明治年代。然而戰勝使國民變得輕浮，世間瀰漫類似夜郎自大的氣氛，他好像為此感到不祥之兆。

正如那位大鬍鬚所預言，距《三四郎》開始連載僅僅三十七年後，大日本帝國就敗亡了。

三四郎與八田與一，在明治人當中，都屬遲來的世代。而與一和他妻子外代樹，也都於國家的敗亡中相繼離世，兩人又都死於非命。

明治四十三年（一九一〇），到台北就任的八田與一，是在八年後他三十二歲時，開始嘉南平原的勘查工作。時值大正七年（一九一八）。

台灣的河川都是湍急的。

流經台灣西部平原的河川，以彰化縣的濁水溪較有名，但正如溪名，它的上游溪水侵蝕黑色的黏板岩，一路沖下砂土。如果在這條河川築水壩，則砂土的堆積，一定很快就會使水壩喪失功能。

然而，讓濁水溪平白流失，未免太可惜，於是八田與一考慮在它的流域分設三處取水口，導引水路流繞原野。

最後，他看中不算太大的官田溪，計畫在這條河流上游的烏山頭興建水壩貯水。但是只靠官田溪，貯水量有限。因此他想將主流曾文溪的溪水加以導入。

曾文溪發源於遠處的阿里山。繞過群山匯合支流，水勢非常可觀。

只是，以預定攔堵官田溪的烏山頭位置來說，曾文溪流經的路徑位於烏山嶺這座山的另一邊。

於是八田與一設計了挖穿烏山嶺引水入庫的隧道，並開始施工。鑿穿的隧道長達三千〇七十八公尺，不少人犧牲了生命。八田與一為他們在湖畔立了「殉工碑」祭祀。

水庫規模之大，在東方首屈一指。

它的蓄水量達一億五千萬噸。其堰堤，雖然多多少少用了混凝土，但大部分是以泥土構築而成。

這是以黏土、砂、礫石、小圓石、卵石混合而成，以此方法產生比混凝土更佳的強度。這好像就是所謂的半水力淤填法（semi-hydraulic fill），在當時的日本，尚無先例。

他之所以採用此種施工法，或許是受到不敢完全相信混凝土的耐久性的廣井勇教授之影響（當今，荷蘭所建造的堰堤，仍和古代同樣是用石頭砌成的）。

烏山頭水庫，相當於心臟。

而「嘉南大圳」這個名稱，則是涵蓋等於血管的整個灌溉網絡。

為了灌溉，必須在斜坡地與平地，施設各式各樣的土木工程。

還要在濁水溪取水口，設備導水路與放水、制水、分水的水閘，另外也必須建造發電用水路的沉砂池。

從珊瑚潭水庫送出來的水，在每個水路分岔處，須設置分水設施，這在日本史上是空前的大工程。

大正九年（一九二〇），總督府決定著手這項灌溉工程，為此而向國會提出預算案，獲得通過而告成立。

「公會」組成了，受益者成為會員，採行由會員繳納一定的負擔款，政府提出補助金的辦法。據云這個時期，台灣總督府的年度預算約五千萬圓，這項工程費約為它的一半。

完成後，由這個公會管理水庫與灌溉機構。實際上目前仍是以此種方式運作。

當初，公會的名稱並不是日後的「嘉南大圳」這種大名銜，開始是以「官田溪埤圳組合」的小名號起步。

興工的同時，八田與一的身分改變了。由台灣總督府工程師的響亮頭銜，改為「官田溪埤圳組合」這個民間團體的工程師。照法學院的升官主義來說，便是貶謫下鄉。

這項工程始於大正九年（一九二〇），昭和五年（一九三〇）竣工。其所以僅僅費時十年即告完工，仍得力於投入了在當時的日本而言，堪稱高水準的土木機械之故。

在施工之前，到烏山頭的道路與鐵路，加上輸電線系統等，都已先行整備妥當。

烏山頭還建設了宿舍街，並且蓋了小學與醫院。

八田夫人外代樹女士是二十一歲那年從台北遷居到烏山頭。那時她已有兩個小孩了。

這棟房子如今已經不在，但據古川勝三的調查，好像是三十幾坪的簡陋房屋。在這個屋子裡，她養育了八名子女。

墓園哩，放置著古老的十噸火車頭。因為火車頭是擱在短短的鐵軌上，所以讓人覺得要是興頭來了，就是現在也好像可以開動的樣子。

在當時的烏山頭現場，有好多輛大小機關車在運轉。古川勝三先生會見了當時駕駛五十六噸大型機關車搬運砂石的駕駛員蔡金元先生，聽他談起當年的種種。

「說到八田先生，有一件事我一輩子都忘不了。」蔡先生這麼說（《愛過台灣的日本人》）。

當年，在工地間來來往往的人，都搭乘這火車。個個理所當然地都往火車頭上擠，就只有八田與一工程師，總是搭乘在無頂貨車的砂石上，任風吹颳。

有一次，與一的帽子被吹掉了。蔡先生知道那頂帽子是在台北才買得到的高級巴拿馬帽，所以準備停車。但八田工程師卻說算了，而不讓他停車。

這所墓園，是由嘉南農田水利會建造的，而且建造的日子是在日本人撤離台灣的昭和二十一年（一九四六）十二月十五日。

台灣可稱得上是大理石之島，大理石非常多。

但是八田的墓碑卻沿用日本的習俗，選用了花崗岩。據說是有人思及故人的國情風習，專程到高雄去找來的。

墓碑正面刻有「八田與一・外代樹之墓」，背面是中華民國三十五年。一如碑文所示，他們兩人已經化成台灣的泥土了。

當我看了這年號後，深深感到，這位和三四郎同世代的明治人，確實地長眠於台灣這塊土地了。

鬼

台灣即使是正月，山野仍是綠意盎然。

尤其田園暮色非常美麗。我不止一次看到，當落日餘暉映照在舊水田裡蓄滿水做成的養魚池時，反射出的乳白色光芒。

萬一，出現想攫取這塊國土的勢力時，誰會挺身出來護衛「她」呢？如果是法國人或義大利人，這樣的問題或許根本用不著去思索，然而在台灣，卻仍然是現實味濃厚的主題。

「老台北」望著窗外山河，像是正在苦苦思索這個問題，不過，隨即轉換到宗教上——或者可能是詩意——的方向。

「台灣有三尊神明……在保佑著我們。首先是觀音。」

他接著說：

「媽祖。」

然後壓低聲音說：

「聖母瑪利亞。」

聽來，好像給人一種萬教歸於台灣的感覺。

在新教裡並沒有瑪利亞信仰，但「老台北」想必是要以瑪利亞來象徵基督教吧。

「全都是女神。」

「老台北」說著，回頭看了夫人一眼，可是明霞女士卻一副若無其事的神情。順便一提，觀世音菩薩，正確來說並非是女性，但只因為慈悲的特性，所以有一副女性的面貌。

而媽祖是女性，則毋庸置疑。

漢族文化，喜歡具體性。在媽祖傳說中，她是福建省莆田的林家六女，生日也清清楚楚的，是宋朝初葉的建隆元年（九六〇）三月二十三日。

如前所述，她二十七歲時，正在織布當中，靈魂自肉體游離，飛向海上，尋找遇到海難的父兄，而先救起了父親。

當她的靈魂在海上時，由於母親喚醒她，以致無法救她哥哥。

這真是一則完美的故事，充分表現出堅忍的女性美德，與人間固有的悲憾。

她後來成為海上的守護神。

媽祖信仰大體上可類屬於道教。

不用說，道教是漢民族的本土宗教。

道教是一個教義寬鬆的宗教，它有藉助神與精靈之力的巫師要素，也有使用幻術、妖術等鬼道的一面。

概括而言，道教講的是現世利益。但如果把它視為低俗的宗教，它卻又有斷絕諸慾成仙的理想。故未可一概而論。

本來，道教並不是一個有體系的宗教，但約從三世紀開始，具備了教義上的體裁，而後，又將古代主張無與無為思想的老子奉為教祖。

如果說這是「教義道教」，那麼門神、灶神與關帝廟，加上媽祖廟等等，或許便應該稱為「民眾道教」了。當然，道教本身原本便是屬於民眾的。

總之，道教就如皮膚呼吸般的，深植於許多台灣人的心中。

譬如老台北這個人，我總以為他跟我是連一根頭髮也沒有差異的同族，可是，當他一提到：

「媽祖。」

聲音就忽然大起來，這時我便會微微感覺到他是另一個族類。

「日本的神龕，實在不可思議。用的是素色的白木頭。」

言下之意，似乎是指像日本那樣素淡的外觀能讓人感到受庇佑嗎？

「如果是台灣人，就會塗上紅色。」

我本想回他一句：

「紅色用過了頭，就俗不可耐了。」

卻又覺得老台北正在興頭上，也就沒作聲。

不過，恰如各國國旗多選用紅色一般，這個顏色，有著直接訴諸人心的力道。

翻讀《新約聖經》的《啟示錄》，似乎上帝也是給人紅色的印象。約翰因聖靈之力見到上帝時，祂的雙眼如火，整個身子像紅瑪瑙般的閃閃發光。

日本的神社，也並不是沒有使用紅色，像五穀神社的牌坊就是紅色的，江戶時代，在日光東照宮興建之後所流行的權現造❶亦多採紅色。

有關紅色的話題，就此打住。

且談談鬼吧。

「鬼」在日本叫「オニ」（oni）。雖然文字借用漢字「鬼」，但是內容大異其趣。

日本的鬼，好像也有過叫人恐懼的一面，但是從室町時代前後起，鬼的形象就變成像是被桃太郎征服或者被當作節分（立春前一日）的撒豆驅邪對象，成了可笑的東西。

另外在日本，鬼也一直被用來表現強硬無情的人物。對職務過分地熱衷，便被稱作鬼中士與鬼教練。這中間帶有讚美之意。而在漢民族世界，便成為魔鬼中士、魔鬼教練了。

旅途上，和輔仁大學研究生們一起用過晚餐後，晚上總要喝喝酒。某個晚上，我問道：

「怕鬼嗎？」

鬼，北京話發音「Gui」（第三聲），而《現代閩南語辭典》是「Kui」，重音尾高調。

「好怕喔，好怕喔。」

本來想像力就很豐富的劉中儀姑娘，一邊笑著卻又裝出小孩畏懼般的表情。

連向來冷靜的彭士晃先生也說：

「我也怕呢。」

不過，後來都喜孜孜地笑了起來，好像在享受著鬼故事的文學性妙趣。

查閱了手邊鐘ケ江信光所編《中國語辭典》的「鬼」字：

①人的靈魂、亡靈。②妖怪，不可知者。

❶又作石間造・為日本神社建築樣式之一。此類建築多取自佛寺建築之形式，從本殿到拜殿兩建築之間，以「石間」（鋪石塊之處）連接之。

日本的文藝裡頭，只須想像《怪談牡丹燈籠》，就容易領會了。書中的「阿露」，與其說是日本式的幽靈，不如說是漢族世界的「鬼」來得更貼切。

明治初年，《牡丹燈籠》由三遊亭圓朝當作人情義理的故事，在說書舞台上講述過。幕府家臣的女兒阿露，與一名叫新三郎的男子戀愛，因未能獲得父親同意，終於因相思而死。

她死後變成鬼，以生前同樣的模樣跑去與新三郎相聚。新三郎並沒當她是鬼，還與她共枕。這種情節只因是「舶來」的故事，故與日本的鬼魂不同。

還有，日本的鬼魂，通常沒有腳，而阿露是用自己的腳走去的，尤其那「喀啦喀啦」的木屐聲，在圓朝的口述中，給人深刻的印象。

圓朝說書中讓阿露提了牡丹燈籠。由於她提的是中國式樣的燈籠，所以暗示出這是改編自中國來的故事。

這故事的原版，是明朝的瞿佑所撰的文言體短篇小說集《剪燈新話》（一三七八年左右）。日本則是在江戶初期，由職業作家淺井了意（一六一二〜一六九一）改編寫成的。

我再問起有關鬼的話題。

「喜歡《聊齋誌異》嗎？」

「好喜歡。」

劉中儀姑娘喜形於色點了點頭。彭士晃青年也露出愉悅的笑容。

看了這兩位的笑容，不由令我想起，藝術就是為了要讓人如此笑逐顏開而有的吧。至少，近代以前的藝術，該是如此的吧？

《聊齋誌異》的作者蒲松齡（一六四〇～一七一五），是清朝人，畢生不得志。十九歲那年，他參加科舉考試，成了一名秀才，可是此後卻終生連連名落孫山。他所撰寫的《聊齋誌異》，共四百數十則，充滿怪、異、奇。既有神仙的故事，也有化身為妓女的狐狸。還有蜂世界的公主變成人，而與書生海誓山盟。蜂變成女人的故事，在全世界的民間故事裡，都不曾有過吧。

另外還有亡妻以活人之身，與夫共枕的奇聞都出籠了。

閱讀之中，自己到底是置身陰陽兩界的何方，可能都渾然莫辨了。

尤其在閱讀時，每每心境受到淨化，想來那必定是因為眾鬼遠比俗世的人們，來得更誠實之故。

以前曾經聽人說過，在台灣的讀書人家，藏書之中一定會有《聊齋誌異》。

如今，在大陸上被認為日漸消失的漢族特有的倫理感情，在台灣卻仍豐富地被保存著。知恩是這個民族最為重視的倫理，而《聊齋誌異》似乎正是符合這種倫理感情的書。篇章中的許多故事，都是鬼的令人悲憫的感恩圖報記。

還是繼續談鬼吧。

正月訪台時，在正從山村坡道往下駛的旅行車內，蔡焜燦先生忽然念念有詞。

「在台灣，再小的鄉村也都有叫做萬善堂的小祠堂。」

說著指指窗外，表示那也是萬善堂。可惜，車子已經駛過去了。

說真的，這萬善堂[2]的名稱，深獲我心。善，就是供養、積功德的意思。而所謂萬，想必是指不特定的靈魂群。

我覺得萬善堂，正像是台灣的心。

「就是收集路旁屍骨供俸的祠堂。」

「老台北」這番話說來應該是琅琅上口才是，可是回復本性的蔡焜燦先生，卻又成了一位像在書房中的文靜人物。

聽他說，在山中發現出外人的腐化屍體時，村民們就把它納在村子裡的萬善堂，並請和尚或道士鄭重地作法事。

細想起來，作法事供養，乃是佛教；而期待帶來福報的想法，則可說是民間道教。

「死者遺骨不夠時，便會入山去尋找。」

「老台北」一面說著，一面做了扒收的手勢，但是另一個分身的蔡焜燦先生，卻又靜靜地說：

「非常殷勤地祭祀著。」

我忽地想起，蔡焜燦先生所講的萬善堂，可能是殷商的遺風呢。

殷商，是藉由遺蹟、遺物，文字等，而將黃河文化的形貌留傳於後世的一個古代王朝。一般認為殷商滅亡於西元前一〇二八年。

殷商時期尊崇占卜，用甲骨文記錄下卜辭，王朝本身就好像是一個宗教集團。由這些可以看出，自從殷商時代，就有對鬼的恐懼和信仰。

過去曾聽陳舜臣先生提起，殷商時代客死他鄉的旅人，都被奉祀在村子裡。出外人未能達成目的，抱憾而終，該說是陰魂不散吧。於是殷人就想像那鬼具有靈力。

日本也有類似的宗教風俗。若干地方遇有外國人屍體漂流而至時，也會收屍奠祭一番。

---

❷說法因地而異，也叫「百姓公」「萬應公」。

我猜想攝津西宮❸地方的「戎爺爺」（七福神之一）信仰即起源於此。

車子駛到平地後，蔡焜燦先生找到了一處萬善堂。

這座萬善堂位於國道旁邊，四下空曠，這樣的環境，和我想像中的萬善堂大有出入。

那建築物的屋頂，是用鐵皮蓋的，塗上像氧化鐵的紅丹漆，柱子是裸露的鐵架。

但是一走進裡面，一片莊嚴肅穆，令人起敬。不管如何，我就在這間路旁的萬善堂，祈求旅途平安。

接下來是我正月造訪台北時的事情。

我在一個聚會場合，有幸見到相當於派駐台灣大使的梁井新一伉儷。梁井先生的正式名銜是交流協會台北事務所所長。

梁井先生說：

「應該說是人情敦厚吧。」

他說他參加了在台南市附近的鄉下所舉辦的舊日本兵慰靈祭典。

據說，那祠堂裡奉祀的靈，是大戰時在台灣海上的空戰裡被擊落的日本空軍官兵。

「有和尚唸經文，實在是隆重而莊嚴。」

那祠堂可能就是萬善堂吧。

萬善堂信仰真是充滿了光輝，在這個情況下，它無疑地也成了無名戰士的祠堂。

「真是令人銘感五內啊。」

溫厚的梁井先生這麼說著，且深深地低下了頭。

在聽著他的談話當中，我不由得想起殷商時代，也想起大戰時期，以及偏遠鄉間的萬善堂信仰，想著想著，彷彿在晴夜裡置身滿天星斗之下，而在恍惚之間，不論是古是今，似乎都在虛無縹緲間了。

❸今大阪府西北部，兵庫縣東南部地區，甲子園棒球場一帶亦屬之。

山川草木

這回談談高雄。

從山中走到原野，再進入日落後的高雄，眼見筆直的街衢，予人一種合乎都市設計基本原理的印象。

編輯部的村井重俊說：

「像札幌。」

他是北海道出身的。

「嗯，越看越像。」

他又反覆了一句。

當我在和「老台北」講話時，我不知不覺地就會把「高雄」講成日本說法：「たかお」（takaō）。

「老台北」雖然不加訂正，但每次都跟著說「高雄」。正因為老台北是個對日本話有著確切語感的人，因而我每次說「たかお」時，想必在語感上他都會覺得那是舊制用語，就像明治初年的人每每把北海道說成「蝦夷地」那樣。

先來考據一下地名。

如「サッポロ」（sapporo）[1]是愛奴語，同樣的，「たかお」原本也是原住民的地名。取自清朝以前，此地原住民的部落「塔卡喔」社名。

可能十七世紀時的漢人，聽了原住民「塔卡喔」的發音，就用漢字來套上，即成為：「打狗」。

最初套上打狗這兩字的人，八成是因為心情不太好的緣故吧！

清代的《台灣府志》裡，有十六世紀一個叫林道乾的海盜首領，被官軍船追緝，逃進這個港口的記載。套上這字眼的，是否就是這傢伙呢？

日本戰國時代至江戶初期，曾經把整個台灣稱作：「高砂國」。

說不定這是指高雄而命名的。高雄港從海上望過去，沙灘綿長，不是正好令人聯想起謠曲[2]裡的高砂海濱嗎？

[1]「札幌」為譯音。
[2]日本「能樂」的歌詞。

或者，是從聳立在高雄海岸的打狗山而來的嗎？打狗山聽起來就好像「高砂」（タカサゴ takasago）。

當時的日本，稱廣東省南部的澳門（Macao）為「天川」（アマカワ amakawa）。其訛音的情形，與高砂相似。

不管是天川或高砂，在日語裡可以說都是雅語。

日治時代是從明治二十八年（一八九五）開始的。當初仍然沿用清朝時期的打狗、打狗港、打狗（鼓）山這些名稱，聽起來都不怎麼有愛護動物之意，但是到了大正九年（一九二〇）便更名為高雄。高雄是京都的名城，所以絕不是不好的套借字。

第二次世界大戰後，台灣成為中華民國的領土，名字還是沿用日治時代的漢字，而以北京語音「高雄」來稱呼。

曾經是原住民地名的「打狗」從此消失無蹤了。

下面聊聊閒話吧！

明治二十年代的日本，為了整頓國內的近代化而拚命向歐美有樣學樣地模仿，根本沒有餘力搞什麼「帝國主義」的勾當。如果帝國主義就像是英國近代史可見到的，是把透過強大生產力所製造出來的商品，傾銷到商品生產落後地域之機制，則以當時日本的能力來說，無論是經濟面或技術面，可說都是貧乏極了。

「奪取台灣所為何來？」

在議會裡，也有這種冷靜的意見。

據說，是海軍想要的。

海軍，憑幻想是動不起來的，那年代的船艦，要吃下煤炭才開得動，而且必須頻頻補給。該在哪兒補給呢？這是必須不斷面臨的現實。

甲午戰爭後，海軍規模擴大。如果在高雄港附近設置儲炭處，則航向南方就便利多了。

以前，取得南美洲大陸的西班牙，為了保護來往於南美、本國間的商船隊，必須擁有強大海軍，而實際上他們也擁有過。

理所當然的，西班牙海軍必須在各地建立補給燃料與水的基地，因此，就只有形成大帝國一途了。

十六世紀末，英國艦隊打敗西班牙的無敵艦隊，於是支配海上的霸權易手。

英國自然也非建設大海軍不可，為此，英國不得不在世界各地擁有海軍補給基地，並創建帝國的機構。而帝國的成本是極其昂貴的。

甲午戰爭後的日本，倒沒有上述的西班牙與英國那樣構成大規模帝國的考量，只不過希望能在高雄有一處儲炭場地，不料卻成了佔領台灣的大問題。

如果只是這個程度的——即船艦營運上——需求而佔領台灣，那麼我們可以知道這樣的國家行為實在太不經濟了。這樣的佔有不但須付出龐大經費，並且還會引起「屬地」的民怨，這種不經濟的負面因素，無從估計。

不過，所謂帝國主義，以長遠眼光來計算，終將無利可圖的見解，在當時——以血氣方剛的十九世紀式的國家思考模式——似乎尚無人能思慮及此。

高雄河畔，景色宜人。走在河濱公園，真有胸口為之一暢的感覺。

距河口不遠處，高雄大橋橫跨河上，對面是第四碼頭。高雄港有多處碼頭。

其實，這個港原是不深的。清乾隆二十九年（一七六四）所編的《台灣府志》一書中，有謂：

「無大商船之停泊。」

明治時期，日本所做的地質調查也有如下的紀錄：因風的作用在海岸產生沙丘，而沙洲則形成港灣。

這個淺水港，是在清同治二年（一八六三），開發成為安平港的附屬港。據云，開港同時，也有了海關與外國人居留地。當時人口約七、八百人，還是個貧寒的漁村。

高雄港施行近代化港灣的築港工程，是始自明治四十一年（一九〇八）。

如今，高雄已成為一個大工業都市，港口就有七、八座碼頭，是世界屈指可數的貿易港。

根據前述明治時代的地質調查，高雄市是在珊瑚石灰岩上面。當我們想到自己是在地質時代的古生物骨、殼上面時，不禁感到所謂人類文明，只不過是自鳴得意而已。

然而，我還是覺得人的作為才是令人懷念的。

我在飯店裡閱讀古文獻，據載高雄港南岸的旗後街開始有漢人居住，是在一六七三年。閩（福建省）的徐姓漁民漂流到這裡。

徐氏在海濱蓋了小茅屋。這便是高雄市街形成的濫觴。

一六七三年，在日本史上是德川幕府第四代將軍德川家綱的時代，在中國大陸則展開了由異族統治的清王朝。而台灣，荷蘭人時代告終，鄭氏政權正在持續。

說起來頗為奇異，堪稱是最早的高雄人徐氏，居然沒有被原住民殺害而存活下來。

記得「老台北」曾對我講過：

「台灣人對原住民並沒有差別觀念。」

我猜想，徐氏可能取個山地姑娘做老婆也說不定。清朝時期，對渡海來台者，三令五申

「不准女眷同行」。

如此一來，清朝時代在台灣定居者，與原住民女性通婚的為數不少。可能因此而產生無歧視的理想文化。

「老台北」還說：

「即使是現在，兩族通婚的例子，仍舊非常多。」

據此而言，為台灣人注入原住民勇敢而廉潔的血統，可說是值得慶幸的。

繼漂流者徐氏之後，有洪、王、蔡、李、白、潘等六姓人家也移居過來。

徐氏漂流到台灣，經過十八年後的清康熙三十年（一六九一），已增加了不少人口。

於是為了營造村莊的向心力，興建了媽祖廟。這與日本中世，每有新的村落形成時，就建造氏族的神社，成為村落自治中心的情形相似。

以旗後街的情形來看，據說他們為了維持媽祖廟。而決定由大家繳納一定額度的香油錢，由此我們可以知道，那時候已實施了以媽祖廟為中心的村落自治組織。

「台灣有媽祖保佑。」

以前「老台北」所說的這番話，充滿著民俗史的內涵。

旗後街後來大大地發展，成為高雄首屈一指的鬧區。

我手邊只有簡單的市街地圖，因此不很清楚旗後街在現今的哪個地點。根據戰前的地圖，旗後町從一丁目到五丁目。❸

中華民國來了之後，很多市街被改了地名。

有和蔣介石的別號有關的，如中正大橋、中正路等。另外像建國大橋、建國路，以及與孫文別號有關的中山路，採自三民主義的民族路、民生路、民權路等之類，充斥著概念詞、觀念詞。

在飯店，我讀了柯旗化先生的自傳《台灣監獄島》。

著者是高雄附近的左營出身，前面已經提及。

書中，出現了不少台灣南部的地名，地名乃是歷史的標記。

進一步說，也是山川草木的象徵，因而在當地讀這本書，格外令人感受到，一字一句躍然紙上。

我的父親柯松木，一九〇四年在台南州的善化街出生，是一家小洋鐵皮店的三男。

---

❸丁目約等於段。

出現了善化這個地名。善化是位於嘉南平原正中央的小鎮。

家父年輕時，在山的另一邊的高雄州山中小鎮旗山街學習做麵。

依地圖來看，旗山街位於大烏山，內烏山山脈南邊低矮處。旗山溪流經此地。

後來，老闆看中他父親的勤奮，將唯一的女兒許配給他。

「家父二十二歲，家母十七歲」，以日本年號來說，這時是日本昭和初期。

他父親結婚後，在高雄北部左營租了一間房子，經營製麵業，而後成功了。左營是清朝時代的縣城，也是一個古老市鎮。

身爲長男的我，由父親出生地善化，母親故鄉旗山兩個地名各取一字，命名旗化……這是含有父母親希望我不忘故鄉的心意，而且象徵鄉土之愛的名字。

旗化，可說是凝聚鄉土靈氣的名字。

著者柯旗化先生，一九二九年生。十二歲時太平洋戰爭爆發，十六歲逢日本戰敗。

日本戰敗的同時，台灣變成「中華民國」。這對柯旗化先生而言，都是與己無關的變化。十八歲，他於師範學院在學期間，這新來的國家，不分青紅皂白地，開始對台灣的知識分子橫加彈壓。這就是「二二八事件」，數萬人遭到殺害。

生在這島上
長在這島上
但是有一天醒來
地圖驟然變了色
失去了自由

這是在卷首，柯旗化先生詩句的第一節。
他踏出校門，在母親故鄉旗山的中學當上教員，後來，卻莫名其妙地被捕。

調查我的特務，隨便將我的名字解釋做「使國旗變化」，認定名字本身就大大的有問題，給我加上了莫須有的罪名。

在吾人思考「國家」之際，這是極具象徵性的。

台灣的繁榮，是由眾多像作者的父親這種勤奮的無名工作者創造出來的。

就如前文裡屢次提及，國家就騎在他們頭上。

更糟的是，國家總是拘泥於名字。當時的中華民國尤其如此，像把高雄市內地名，改為孫文三民主義式的名稱那樣，對應該說是鄉土愛結晶的旗化這個名字，竟然以牽強歪理的國家論，硬加上罪名。次年，柯氏被送進監獄島的綠島。

這不是當今的故事，而是一九五二年的往事。

嘉義所思所想

地球自轉著。並且這自轉，好像還微微傾斜著。

由於這傾斜現象，所以太陽光線垂直照射的地帶，據云是以一年為週期地發生少許的變化。春分這天中午，它會垂直勁射在赤道附近。夏至時，太陽就來到北迴歸線。隔著赤道的北迴歸線與南迴歸線之間的地域稱為熱帶。

嘉義市南郊，有北迴歸線通過，在路旁豎立著高大的碑。

我們從熱帶的高雄而來，站在嘉義南郊的碑前，再往北一步就是溫帶。

北海道出身的編輯部村井重俊自言自語地說：

「看到這座碑，就會有來到台灣的感覺呢！」

我們還看到另一座碑。這座碑立在三岔路口，雖然是鋼筋混凝土的結構，但是造型優雅地伸向天空。它的基座是台灣盛產的大理石。

進前一看才知道是二二八紀念碑。

「老台北」幾分驚奇地說：

「哇，嚇我一跳。」

儘管他消息靈通，好像也不知道這座碑已經興建完成。建紀念碑這件事意味著台灣已到了自由的時代。不過，自由的歷史，才僅五年而已。

對漢民族而言，歷代的國家有如皇帝的私有物一般，長年來台灣島也等於是蔣家私有物。在那期間，對知識分子與學生百般施虐壓迫。其中最為慘烈的，莫過於如前所述，一九四七年二月二十八日的大暴動。

碑文充滿憤怒地寫著：

「二次大戰後，台灣脫離日本統治，以為從此可過自由民主生活。豈料中國政權接收台灣，所派陳儀官兵貪汙腐敗無能，特權橫行……」

這事件導因於憲警毆打一名女性，引發了群眾自發的抗議示威。憲警人員竟然對此開槍，死了不少人。

全島為之震動。對這情況，軍隊出動鎮壓。人民被胡亂地檢舉，大多數遭到槍斃。所謂的三民主義，原來只是虛有其名。

那時「老台北」正值青春年華。這位老兄，面對碑文，用手指一字字按著讀下去。

世界上，像台灣這樣國、公、私立教育機關齊備的國家非常少見。但是，不管哪一所學校，幾乎都不教台灣史。

既不教碑文中陳儀這個名字，更不詳細講授在那以前的日本統治時代，或是清朝的年代。

台灣，實質上是「台灣共和國」。

然而，國名卻叫「中華民國」。

這個中華民國的國名，是由一個空想與一個現實構成的。這個空想，認為全部的中國大陸與蒙古、西藏，都屬於台灣（中華民國）所有。不用說，全世界任何人——當然也包括台灣人——都不相信種自欺欺人的說法。

這個國家，現實上是緊緊縮在台灣本島上。由於這個國家全屬空想，因此歷史也就無從教起。

然而，終有一天，這個國家的古代、中世及現代，必定會作為台灣史，噴湧般地被講述出來。

二二八事件的碑和碑文之所以能夠那麼堂而皇之地豎立，相信是有著可以成為講授台灣史的先驅意識在。

我正要到嘉義去。

可是卻站在碑前陷入沉思。

站在國家的角度來看，台灣究竟是什麼呢？

前面已提過的，這裡再來重複一下：明治七年（一八七四），台灣事件發生時，明治政府向法律顧問法國人波亞索納德（Gustave Émile Boissonade，一八二五～一九一〇）詢問這個問題。

波阿索納德調查之後，認定台灣為「無主之地」。

但是，波阿索納德的結論，太過於粗略了。清朝對於台灣，儘管將它納入視野裡頭，只是對精密的領土化並不熱心而已。

到了十九世紀末，清朝這才開始著力於台灣的領土化，但是印象中，一八九五年李鴻章所說的「化外之地」的色彩，仍然相當濃厚。

在我往來於台灣的期間，有好書出版了。

是伊藤潔的《台灣》（中公新書）。副題曰：「四百年的歷史與展望」。

看了作者略歷，是昭和十二年（一九三七）出生的。

這個世代的人，雖然對台灣有著熟悉之感，但似乎也能夠像天平的支點般冷靜地衡量事物。當然，如果對所測量到的數值未懷有熱情，則行文亦無法散發出感情。所幸，作者是在台灣宜蘭縣出生的。

他在「後記」中，談到他的母親。

因屬私事，談起來頗感羞愧，一九八九年八月十八日，居住在台灣的家母劉珠遽然過世……（中略）家母是接受日本語教育的世代，她在世時未能讓她讀到這本拙著，非常遺憾。謹將此書，獻給先母。

著者專攻東亞政治史，在東京大學獲得學位，現在是二松學舍大學國際政治經濟學院的教授。

這是一本見解獨到的好書，譬如台灣成為日本領土時（一八九五），日本給予台灣居民兩年期限，讓他們有選擇國籍的自由，這是我第一次知道的。

這可說是明治時期的日本，想當國際法與習慣法之優等生的事例之一。但這和我們現代所想的「自由選擇國籍」有所不同。

這個措施只是：

——如果不願當日本國民，盡可賣掉不動產後離去。考慮期間兩年。

僅僅如此，已可算是國家對住民的一種禮貌。當然，要說這是強盜打的招呼，那也無話可說。

一九四五年，日本因太平洋戰爭戰敗，而放棄對台灣的統治權。

接替而來的中華民國，對住民可沒打過什麼招呼。同年十月二十五日，前述的中華民國代表陳儀，從台北經由廣播向全國宣告：

「自今日起，所有土地、住民，一律納入中華民國國民政府主權之下。」

由不得你表達是否願意。

我們來到嘉義市區。

上小飯店頂樓喝咖啡。從窗口看下去，日式房子的屋頂隨處可見。

清朝時代，台灣經常有叛亂，也就是所謂「三年一小亂，五年一大亂」。

其實，中國大陸的漢族社會，自古以來住民與王朝就是敵視狀態。皇帝心腹的地方官，在其職位上，拚命營私圖利。

而居民們對此也是陽奉陰違，通常是住民之間組織祕密結社，遇有來自王朝的迫害，就從速互相通報、幫助。甚至有時為了伙伴，而置個人死生於度外。

在形同被清朝放棄的台灣，這種樣式似乎特別明顯。

清朝所派來的官員，大多是一些庸俗之輩，居民的自衛意識，或許比大陸來得更強烈。

清朝初期的一七二一年，發生了朱一貴之亂，規模好像不小。朱一貴原是鳳山縣的養鴨農民，可能是一位頗具古代英雄味道的人物吧！

他起義後七天，影響就擴及全境，在各地殺死清朝官吏，建立國家，國號「大明」，並定年號為「永和」，成為獨立國。一年後被清朝鎮壓，這鎮壓大軍是從大陸派來的。

清朝平常對台灣近乎不聞不問，可是一旦台灣形成獨立國家，便派兵前來消滅。

過了六十幾年後，發生於一七八六年的林爽文之亂，也是規模龐大。

當時，清朝正值乾隆皇帝之世，政治安定、國勢鼎盛。

林爽文是彰化縣農民，為台灣的一個祕密大結社幹部。

那個年代，稱現在的嘉義市為諸羅。諸羅，也是用漢字音譯原住民的地名而來的。

那時候，在諸羅發生了一件林爽文等人的結社會員被捕、財產遭到沒收的事件，因而引起會員們激憤。

隨後林爽文被推為首領，起而抗爭，殺了各地官吏，不久在彰化城內，改稱年號為順天，進而任命屬下幹部為大元帥、大將軍與地方長官等，建立宮廷。這令人看來，儼然是紀元前中國大陸的項羽與劉邦、明末李自成之亂等亂世的翻版。

這次的起義，也是氣勢如虹。

他們也包圍了諸羅（嘉義）。

這市鎮在動亂前，已經有城牆。據《台灣府志》所載，是雍正元年（一七二三），由知縣所興建。

清朝對這次造反，自然不能坐視，從大陸派兵兩千入城。

大軍在守城中迎接新年（一七八七年）。恰巧那年陰雨連綿，因水土不服致使守城的清兵死亡甚多，城內深為困頓，於是林爽文軍趁機再度圍城。

城裡，因糧盡而陷入饑荒狀態。

而圍城的林爽文軍則糧食充裕。為動搖城內軍心，他們故意將糧食堆積城外，連日喊話：「投降者給米。」

據云守城十個月，城內沒有一個投降的。照理說，城中居民不可能全部對清朝忠心，因而可能是清兵大肆宣傳，萬一投降勢必受到林爽文軍報復、搶掠、暴行、殺戮，而心生恐懼之故。

再者，與守備司令官柴大紀深孚眾望，也有關係。其詳細情形，我不太清楚。

後來福康安將軍自大陸率兵五千登陸，開向諸羅城（嘉義），但因林爽文的軍隊遍布山野，使得他們無法逼近。

福康安一度想放棄進軍，派密使潛入諸羅城內，促柴大紀脫城，但他婉拒說：「城內外義民不下四萬，丟下他們任由賊軍蹂躪，將會釀成悲慘的後果。」

是年（一七八七）十一月八日，福康安軍擊退圍攻軍，才替諸羅城解厄。

雍正的繼任皇帝乾隆，聽到這故事而落淚，賦詩一首，讚揚「士民守城之忠」。此後，諸羅就被更名為嘉義（嘉勉義行）。

我在嘉義小飯店的食堂，一面想著台灣史的一個片段，一面思索這個國家的將來。

這個國家的前途，沒有不樂觀的道理。在這座小島上，眾多的人們勤奮工作，積起了世界多數的財富，如果還會遭遇不良的命運，那麼製造這種不良命運的根源者，無可置疑，必將遭到上天的懲罰。

就像太陽使桃花怒放一般，台灣的「空想」部分將會極其自然地消失，並且一個根植於現實的島與住民的國度，將以生物學般的穩定方式，重新誕生的時代必定來臨。

在這重生之際，任何海外的勢力都不得置喙，這才是值得慶幸的自然結果。

清朝，是一個靠政治力，以人為的方式重新塑造「古代」，給亞洲招致停滯的王朝。

清史誠然有趣，但是對於現代人的幸福，顯然一無是處。今後的台灣，一定不會拘泥於亞洲式的先例，而會由居民們繼續創建下去才對。

山中老人

我們從高雄車站，經鐵路前往台灣東部。

東部，與西部平原比起來，不論自然或人文，都各異其趣。中央山脈以險峻之勢逼臨海岸，迄至十九世紀為止，一直都是原住民的世界。

起站的高雄火車站站房，仍保留日本時代的舊觀。設計之初，大概是有意融合漢文化吧，其強調瓦頂的裝飾，頗能予人好感。

站前雖然種有大王椰子的路樹，但是，不管哪條街道，高聳的大樓櫛比鱗次，而且招牌到處林立。譬如：「新光人壽」，

這是人壽保險公司的招牌。

街頭人潮洶湧。難得地看到一隻狗，那是一隻淺褐色的老狗。牠大概是愛熱鬧吧，在人縫間鑽來鑽去，絲毫沒有倦態。

一行人走入懸掛著：「歡迎光臨」金色字樣的車站內，我們循著階梯，上上下下地來到月台。

開往台東的特快車已經停在那裡，鐵柱上貼著標語：

「一時疏忽，遺恨終生」。

「疏忽」日語作「粗忽」，這「粗忽」是宋代傳到日本的詞。

因為是對號車票，所以有座位。

車廂內座無虛席，不久在我旁邊通道上，有個五十開外的婦人，帶著像是孫女的四、五歲小女孩走過來站著，小女孩鬧個不停。

還有一個標語貼在車門入口上：「請勿亂動」。

不用說，這對小女孩是不管用的。

在隔著甬道的鄰座上，坐著一名留短髮的高個子青年。黑色毛線衣，配上寬闊的白背心，一身的瀟灑模樣，右手無名指還戴上金戒指。他雖然長得一副娃娃臉，可是眉宇間卻流露出凶氣，不容易看出是什麼來路。

但見那名青年，輕快地站起來，讓座給那名老婦人和她孫女。

小女孩喜出望外，老婦人一再地說「謝謝」，這青年反而靦腆了。人實在不可貌相。

三十分鐘左右之後，老婦人與小女孩下車，那年輕人再回到自己的座位上。

青年旁邊靠窗的鄰座，坐著編輯部的村井重俊先生。他不久後與青年攀談起來，他在大學選修的第二外國語中國話，十幾年後終於派上用場。

他們似乎聊得很融洽，片刻之後，那青年拿出一張小小的照片給村井先生看。好像是他女朋友的照片。

村井先生和他談得相當熱絡後，才向隔著通道的我們介紹這名青年。他是阿兵哥，二十三歲，上士，服役已經七年了，所以可能是志願入伍的少年兵。如此看來，當初以為面帶凶氣的容貌，現在卻看得出他的精悍。「好鐵不打釘，好男不當兵」，這句大陸的俚諺，一直沿用到蔣介石與他部下陳儀的時代。從這小事情來看，如今的台灣似乎與過去不同了。軍人好像被訓練要當平民的表率，而他就是現成的模範。

他是嘉義人，休假返鄉的。

他還說他是美國電影迷，並從旅行袋中拿出史恩．康納萊的影星照給我們看。

列車駛離山間來到海濱的平地，不久抵達大武站，那青年下車去了。

大武站起，從火車上可以看到海。這一天，並沒什麼風，可是波浪沖擊岩礁，激起了白色浪花。海上，來自菲律賓群島北部的黑潮，正流向日本。這便是柳田國男（一八七五～一九六二）所說的「海上之路」。

火車好像順著黑潮般，沿海岸線北上。

山，緊逼在左側。

台灣東半部是大山塊，形容它，要用漢字表現才最為貼切。清朝時期的紀錄裡，有岩溪窮谷、高峰萬壑、人跡罕至等形容，予人深刻印象。

單憑字面的意象，就讓人覺得好像會從大岩壁墜落下去，或是百丈深澗急流激起的水花，會飛濺到山路上一般。

台灣東部，直到十九世紀為止，還是原住民的天地。

順便一提，他們這些台灣原住民，並非單一民族，各族相互間語言不通，文化各異。

因此，多年來沒有統一的稱呼。

當初，漢族把他們稱為：「蕃」。

另外，熟悉漢族文化的叫熟蕃，不懂的叫生蕃。「蕃」字本來是表示雜草叢生的樣態，與充分耕作的地域（文明地帶）相比，是粗野、陰鬱的形象文字。據說從周代起就有這個文字，可見是很古老的字眼。

台灣在日本時代，仍套用清朝的說法，稱熟蕃、生蕃，但後來改稱「高砂族」。這是因為古早的日語，就叫為台灣高砂國（亦作高山國）的緣故。

太平洋戰爭結束，台灣成為中華民國後，他們就被稱作「高山族」。這個說法，或許是從古老日語摻進來的也說不定。

當今，有原住民、山地同胞等固定的稱法，不過他們一直主張稱自己為「原住民」。

年輕一輩的原住民暫且不提，其各族間語言是不通的。所以聽說族與族間的溝通，至今仍然使用日語。當今這地球上，日語成了「國際公用語」的，僅有台灣原住民之間這個例子。

社會人類學的笠原政治先生，將原住民諸族的語言，歸屬於南島語族（Austronesian Family，亦稱為馬來—玻里尼西亞語族 Malayo-Polynesian）。

這語系「涵蓋太平洋全域，甚至廣及非洲東方的馬達加斯加，分布上，位於最北端的就是台灣原住民的語言。」（《新・海上之路》）。書上說得極為清楚，總之，這個語系的分布範圍，不可不謂寬廣之至。

我個人甚至還抱有一種異想：繩文時代的日語，是否也可以被納入這雄偉的語系中呢？

當然，這並不是說，有任何繩文時代日語的語言資料，不過我們現今的日本話，其舌頭的使用法，似乎可以說是接近南太平洋語的。

我們的日語，構造上儘管接近韓國話與蒙古話等北方語言，但是，發音上舌頭與嘴唇的動作，卻與它們有相當大的差異。以日語的發音而論，毋寧說，反而較接近於有豐富的母音，而子音不尖銳的南太平洋語。不管這種語言是不是在繩文時代傳入日本列島，我總覺得在我們的唇舌之間，好像仍然留存那種發聲方式的痕跡。

再談些非學術性的推想，日治時代一直被稱為「高砂族」的原住民的美質，與直到明治時期為止受黑潮洗禮的鹿兒島縣（薩摩藩）與高知縣（土佐藩）住民的美質，不是很類似嗎？這種可稱作黑潮氣質的美質，就是指男性具男人氣魄，臨戰剽悍，對生死淡泊之謂。尤其是薩摩這個地方，出現於古紀錄的「隼人」❶，在文化上似乎亦有異於其他地方。

總之，可以說這兩縣的人，特別是他們在集體行動上的果敢，使他們成為明治維新的主要勢力。

台灣的原住民們——我也有同樣想法——在某些場合，好像以為自己是和日本人同祖同源。當然這只是日治時代末期的事，如今如何，不得而知。

以下是我最近聽到的一則故事。大藏省❷造幣局的一名幹部，一九八〇年前後，受大藏省派遣，以財團法人交流協會台北事務所官員之身分，駐在台灣。

---

❶古時住於九州南部大隅、薩摩國的種族。
❷日本財政部。

這裡暫且稱他為A先生。在台期間，他有一次獨自在東部山中驅車，遇到大雨。這時，在路旁的樹下，有名山地老人同他的孫女在避雨，他便讓他們搭車。搭上便車的老人，好像是戰後第一次遇到日本人，於是話就滔滔不絕起來。

「日本人戰後，是不是好好地在幹啊？」

他用斧頭劈柴般的口氣，開門見山地說道。

「是，日本敗給貴國後，起先全國像是虛脫了一般，但是後來……」

A先生說到這裡，被老人打斷了。

「你說貴國是哪個國家？」

「就是你們中華民國呀。」

「我得說清楚，日本並不是敗給中華民國。」

「是敗了的。」

交談有一點怪起來了。

這名老人照理應該也知道，日本是向聯合國投降的，而聯合國裡頭也有中華民國。

「沒有，才沒有敗！」

老人所講的，與其說是指區區史實，毋寧說是指精神方面吧！

下車時，這名「原日本人」，向年輕的日本人叮嚀：「可別忘了日本人的精神。」

據說那孫女也講一口漂亮的日語，這樣的山中，這樣的大雨，簡直像是民間故事。

還有另一個故事。

這是個老故事。說給我聽的中山了先生，是我在報社時的同事，故事的年代，是戰時到戰敗的期間。

他是土佐（高知縣）人，於東大經濟學院就學時，被陸軍徵調服役，以經理部軍官身分，在台灣東部服役。

戰敗後，整理完經理部的善後，與數名部下一同下山。

走在山路間，忽見前方草叢顫動，一看，一個素昧平生的山地壯漢，單膝跪地，伸出雙臂，捧出一碗土酒。

雖然不明就裡，但也只好道謝，喝了少許後交給部下們分享。

再走一段下坡路，又有另一個原住民蹲在路旁，同樣捧一碗土酒。和剛才的人一樣，默默無語。

中山了先生是個十分感性的人，他在停下來一一答禮的當口，情不自禁地掉下眼淚。原住民以這樣的方式哀悼日本的敗亡，並向他們道別。中山先生如今在名古屋，擔任職棒球團的社長。

「老台北」是閩南語系的，也就是一般的台灣人。《產經新聞》台北支局長吉田信行先生第一次和他晤面時，吉田信行先生說：

「日本人好像不再有大和魂啦！」

聽那種口氣，好像在說：台灣就還有。

當聽到吉田信行先生說這話時，像我也差不多已經忘了有大和魂這個詞。

關於大和魂，我翻查了《廣辭苑》，其中引用曲亭馬琴❸的《椿說弓張月》裡的文章，抄錄如下：

迫於事態不惜一死者，謂之大和魂，然多屬淺慮，實乃不學之誤也。

可見馬琴雖然珍惜這種氣節，卻也加以批判。

原住民的歷史性風氣——根據民俗資料——也有這種傾向。青年若犯了不名譽情事，僅此理由，就急急自殺了斷。

江戶時代，朝鮮通信使，在江戶城用筆談向林大學頭問起：

——曾經聽聞，日本人在捕吏來到之前，便先行自殺，這話是真的嗎？

——此乃薩摩之風，非日本一般作為也。

林大學頭如此回答。

在薩摩，人們非常恥於受縛之屈辱，迅速選擇一死了之。

台灣的少數民族據說有二十幾萬人，若將限定條件放寬，則約可達五十萬人之譜。由於他們沒有文字，所以他們是何時來到台灣等等的歷史，無從詳考。

在這班列車的終點站台東附近，住著很多卑南族，他們與其他台灣少數民族同樣，約自十九世紀末開始從事水田耕作。

居住平地的阿美族，人口較多。關於阿美族，末成道男所著的《台灣阿美族之社會組織及其變化》（東京大學出版會），是一本有趣的研究書。

各族間的共通點是，領域意識非常強烈。他們極度厭惡異族文化的人們，進入自己的地理領域內。清朝時代，他們只要看到「闖入者」，就馬上砍頭，這種習俗延續到日治時代初期，叛亂與討伐事件一再重演。

後來，他們也就習慣於日本的「統治」。

我個人覺得，說不定諸如男子穿丁字褲的習慣、部落青年的營隊舊習等，這些與日本的

❸江戶末期劇作家，一七六七〜一八四八年。

共通點，以及容貌體格的相似，才促成他們對日本與日本人產生深厚的親切感也未可知。

當然，和日本的關係，都已屬過去，恰如A君在山中邂逅的老人只是夢幻中的人一樣，全部成為遙遠的光景。

日本輪來相迎

列車之旅，歷時約四個鐘頭左右。六點四十分抵達台東站，天色已經昏暗。車站前不像台灣西部各都市，這裡沒有閃爍耀眼的彩飾燈光，就像日本山陰地方❶的小都市。畫家安野光雅先生與編輯部的池邊史生先生，已在站前等候。

畫家為了描繪沿途的景色，和研究所生彭士晃君等人，坐旅行車從高雄一路趕過來的。我們搭上因安野畫家等人的體溫而暖和的旅行車，開往山地。

預訂的飯店不在市區，而是在山裡。

那裡的地名叫知本。看看地圖，知本位於中央山脈群峰之一的知本主山的東麓，知本溪流經此地，有溫泉。「知本」好像是把卑南族的地名漢字化的。

我們在漆黑的山路中前行，來到了山中一家大飯店。

在深山幽谷中蓋上這麼一棟高樓大廈，滿足眾多遊客的遊興，令人不能不對台灣企業界

---

❶中國地方山地北側，臨日本海一帶的鳥取、島根等縣。

人士的企業精神脫帽致敬。

一樓的大廳，極為寬敞。

內部一律用原住民居家生活的感覺來裝飾，大廳後側甚至有原住民住宅意象的涼亭。

也有熱帶植物，枝頭上還停著像是塗上黃、紅色油漆般色彩鮮豔的鳥。

走近一看，原來鳥是塑膠製的。再摸摸熱帶植物，也是塑膠的。

我坐在塑膠樹和塑膠鳥的旁邊喝咖啡。

「這個樣子就可以啦。」

我心中假想的台灣企業家，如此辯解道。

「假使放真的植物，那就須每隔五天更換一次，花費不得了啊。」

「那乾脆不放，不是更好？」

「那樣太冷清了。這樣子客人就很高興了。」

這或者該說是台灣的合理主義吧。

我心中假想的台灣企業家接著說：

「我總覺得，日本人過分追求實質。例如高度機械產品，本來十也就夠了，日本製卻要花十二的工夫，成本就隨之提高。台灣製只用七就製造出來，銷到東南亞各國，價格便宜，容易買。」

「可是，容易壞呀。」

假想的我反唇相稽。

假想的台灣企業家說：

「價格才是最重要的，價格合適的感覺，可以讓東南亞的客戶滿意。」

「但是將來，台灣也會朝品質第一的方向走吧，而且也應該這麼做，不是嗎？」

這是假想的我說的。

日本製品，戰前在海外也有過「便宜無好貨」的風評。

但是另一方面，大中小企業都有希望能夠製造出高品質產品的心意。到現在仍能生存下來的，就是這樣的企業，而生產「便宜無好貨」商品的企業，再也沒有蹤影了。

晚上九點左右，我下到一樓，但見寬闊大廳的一角，打著像舞台一般的燈光。一大群原住民的青年男女，圍成圈圈載歌載舞著。姑娘們的民族衣裳，是紅色、黃色的婦女裝，頭上戴著花環，男的是白色與黑色的衣裝，裸露的四肢結結實實的。

歌曲節奏彷彿濤聲般一波又一波反覆著，爽朗活潑，洋溢著生命的喜悅，美妙絕倫。

令人驚訝的是，當這些青年以他們年輕的活力亦歌亦舞的時候，周遭的塑膠樹竟也像被煽動起來般的，顯現出比實物更鮮活的生氣。我假想的台灣企業家，贏得漂亮極了。

我在飯店的房間裡看書。

書名為《台灣考古誌》（法政大學出版局發行），著者是金關丈夫、國分直一。

這兩位，戰前都在台北從事研究與教育的工作。

金關丈夫（一八九七～一九八三），好像是稱得上偉人的人物。他是香川縣人，大正十二年（一九二三）京大醫學院畢業，昭和十一年（一九三六）至戰敗期間，任台北帝大醫學院解剖學教授。

身為解剖學者之外，他業餘並鑽研人類學、考古學和文獻學。每項都是第一流的。他甚至還可稱得上是一位文學家。以他的成就，獲頒昭和五十三年度「朝日賞」，時年八十有一。

在台灣的時候，金關博士敬愛著比他年輕十一歲的國分直一先生。

戰敗後，二人被中華民國政府「留用」，擔任台灣大學教授、副教授數年。當初，「留用」竟然使用「徵用」這種蠻橫的字眼。

國分直一先生在該書卷末寫了如下的一句話：

「金關賢伉儷是我生命的再造恩人。」

國分副教授讓妻小回國，自己一個人住在台北的國府軍（中華民國國民黨政府軍）兵營附近的公寓裡。

一九四七年二月，發生二二八事件，次月，大陸來的救援軍登陸，展開了軍隊的暴行與殺戮時代。國分副教授的公寓，也遭到士兵襲擊。

幸好，在這稍前，由於金關夫婦的好意，副教授搬到市內龍口町三段（今植物園附近，和平西路龍口市場一帶）的教授宿舍同住，才倖免於難。

身為考古學者的國分直一副教授，非常忙碌。例如日本戰敗的翌年秋天，為「紀念台灣成為中華民國之一省」，舉辦「台灣省博覽會」。

會場上，獲得壓倒性好評的是一幅大壁畫：

「台灣先史時代生活圖譜」。

壁畫的考證與構成，由國分直一先生負責，繪圖則由也是被留用的畫家，立石鐵臣執筆。

不僅如此，充當原住民祖先模特兒的也是國分直一教授本人。他穿著丁字褲，裸露著身子站在畫架前面。

金關教授將那可笑模樣描繪出來，附上戲謔文字，寄給回到日本的國分夫人。這是為了告訴她，她夫君無恙的訊息。

金關教授寄了好幾封信。這些信函成了由金關丈夫撰文並繪圖的〈國分先生行狀繪卷〉，刊載於《台灣考古誌》的卷頭。全篇洋溢著充滿知性與愛的幽默，甚至可以說是文學性的。

立石畫家：「那樣翹起屁股，怎麼行嘛，鼓起精神來！」

國分教授：「不趕快畫我可要感冒嘍！」

十月二十七日起，有一個台灣省的博覽會。國分老師爲此，要製作先史時代生活繪卷參展，因此商請立石畫家繪製先史時代蕃人的各式各樣風貌。可是立石畫家說，沒有模特兒就無從下筆（這可證明他比金關畫家差勁！）。迫不得已，國分老師只好親自拉拉弓、砍砍樹，擺出各種姿勢。也虧了他，先史時代繪卷的大壁畫才大功告成，而且美妙極了，在博覽會中成爲最搶眼的作品，報紙上也刊登了附有照片的介紹。我還打算把這照片寄給日本的雜誌。

國分老師沒有感冒，倒是立石老兄傷風了。

這最後的一行，把她夫君的安康連同那一幕生動的情景，傳達給在家鄉的國分夫人。

說起來，在紀念中華民國台灣省成立的博覽會上，原住民祖先的模特兒，竟然是當時台灣唯一的考古學者（也是民族學、民俗學者）國分直一博士，這真是一件饒有趣味的事。

在〈國分先生行狀繪卷〉裡頭，有一段「講課中的國分教授」。

考古學研究室裡，坐著國分教授和兩名學生。當時，學生只有兩人。

金關博士的文才確實是犀利精闢，他「創造」國分博士的講義，敘述關於史學❷與考古學的不同，而且又是一封愛的書簡。

老師❸：「今天來談史學與考古學的不同。舉個例子，好比我內人寫了封信給我。這封信並沒有寫我愛你的字句。這一來，這封信就無法成爲證明我內人愛我的史學性資料。」

僅憑此數行，已能夠體會文獻史學的本質。金關教授繼續替「國分老師」做講義：

「但是呀，再仔細看看那封信，在我❹的名字那裡，稍微有沾濕的痕跡。字裡行間雖然沒有表現出來，但是經由推測，這是我內人在我名字上吻過的痕跡，如此便可知道，內人是多麼愛我，這就成爲確切的考古學資料了。總之，這就是史學與考古學的差異。瞭解了嗎？」

❷原註：這裡指文獻史學。
❸國分副教授。
❹國分副教授。

我不知道他會不會這麼講述❺，不過國分老師是文學院❻的考古學老師，也是台灣唯一的考古學者，所以十個人左右的工作，他一肩獨挑。正由於他是一位這樣了不起的好老師，以致一時還不能被放回日本。

這張畫裡的國分老師，看起來有點不好惹的模樣，不過那是因為我畫得不好，其實他的臉是滿溫和的。

我們在山中的飯店。

這座山的山腳，就是台東火車站所在的台東平原。那裡居住著具有住居平地傳統的卑南族。也有同樣居住於平地的阿美族。

阿美族的居住區比較廣闊，涵蓋北自花蓮南達台東的範圍。雖屬少數派但團結心強的卑南族，早期和阿美族之間，有過鬥爭的歷史。

台東車站的西北方平原，有一個叫卑南的地方，有考古學遺蹟。

在那裡，發現好幾個板狀岩石的大石柱屹立著。大石柱上有兩個左右的穿孔，據國分直一先生的推測，是從遠處用繩子拖來的。由穿孔而作如此的推斷，就像前面所提到的，與在家書中的吻痕是相同的思考模式。

「……或者也可能是表示酋長家的象徵之意。」

國分直一先生在《台灣考古誌》裡這麼說。

大石柱附近是住宅遺蹟，出土了不少的土器與石器。依照卷中〈台灣東海岸卑南遺蹟發掘報告〉之記述，國分直一先生進行發掘調查工作，是在昭和二十年（一九四五）。

當時，美國飛機的空襲很激烈。開始調查的一月三、四日空襲時，國分直一先生躲入防空壕捱過，一直到五日才著手挖掘。

九日又有空襲，在台東機場附近投下炸彈，據說連大地都震動了。

位於遠處海上的綠島（舊稱火燒島），也受到空襲，那爆炸聲碰撞山頭而產生鳴動。即使這樣，仍然沒停止挖掘的工作。

戰後被留用時期，每接到像是遺蹟的事物出現的報告時，國分直一先生都踴躍前往，那種情形，在〈國分先生行狀繪卷〉也栩栩如生。

每次發現了新遺蹟時，以前會說「好極了！」但是近來卻不再說「好極了」，而是說

---

❺這裡指國分老師向兩名學生講授的那些話。

❻台灣大學文學院。

「糟了！」

這是因爲他馬上就會在心裡盤算：「這下子，又得延後三個月才能回國呀！」

他的心情是又想挖遺蹟，又想回去日本。

「To be here, or not to be here, that is the question.」

被稱呼為「日僑」的留用學者，自台灣遣返回日本，是昭和二十四年（一九四九）八月。

從日本來迎接的，是商船大學的練習船「日本輪」❼，船名頗具象徵性。

這艘日本輪於昭和五年（一九三〇），在神戶川崎造船廠下水，是總噸數二三一八六噸的鋼鐵帆船，有四支桅桿。據稱滿帆時，就像蝴蝶般美麗。

然而，因為戰時船舶不足被撤除帆裝，加入運輸任務。據悉在執行迎接金關、國分兩位博士等人的最後復員任務時，這艘船也沒有張帆，僅靠輪機動力開到基隆港來。

❼第一代，現在繫留保存於橫濱港。

浦島太郎族

我在山中的飯店，迎接清新愜意的早晨。

就在這樣種心境下，讀了佐藤愛子的《史尼雍的一生》（《スニヨンの一生》，文藝春秋出版）。

這是描寫「高砂族」出身的士兵中村輝夫（阿美族名叫史尼雍）一生的故事。置身主角出生地的山川草木當中讀這本書，堪稱是極奢侈的事。

主角史尼雍，好像比我年長四歲，不過我們的兵役是同年兵。同年兵一詞，是當年陸軍的慣用語，就像面對未曾謀面的堂兄弟一般，有一種親切感。

只是史尼雍比我早一個月入伍（一九四三年），在台灣新竹州湖口受三個月的新兵教育。我是根據舊憲法的義務兵役被徵召的，而中村輝夫卻是志願的。

昭和十八年，日本針對台灣的「高砂族」，實施特別志願兵制度。

當今雖是不同價值觀的時代，但對生長在日本陸軍尚未進入窮兵黷武時代的人而言，「軍人」被認為是一種典範人物。

對史尼雍（中村輝夫）來說，他一定也是那樣的想法。

據云，有為數不少的人前往應徵。聽說其中還有手持血書的志願者，甚至連年過半百的人都來了。結果，有五百人入選。

訓練結束，他被派到馬尼拉，然後轉往哈馬赫拉群島的格列拉，配屬在川島威伸少校的大隊，在該地接受炸藥及其他工兵的訓練。這個大隊，承擔的是游擊任務。

中村一等兵，和他所屬的中隊一起登陸到摩羅泰小島。這小島有兩千居民，幾乎都住在海岸，島中央是叢林。後來美軍為了建設機場登陸這個小島。

交戰持續不斷。《史尼雍的一生》裡，引用了這中隊的小隊長山口勇三的手記。

「戰鬥時，高砂兵發揮了令人瞠目的勇敢。我們被交付的任務是儘量避免決戰，適時適地進行攻擊的奇襲戰法。沒有炮彈的我們，採取在叢林內潛行，迅速攻入，短時間內達到目的，再快速脫離的作戰方式。」

一九四五年八月十五日，日本接受波茨坦宣言，向聯合國投降。

可是，這消息無法立即傳達到摩羅泰島的殘留部隊。

而後日軍軍官來到這個島，布達停戰詔書。九月七日，散落的隊伍集結，燒燬軍旗。

沒有前來會合的人，被認為陣亡。這是因為戰鬥組織已經崩潰，日軍難以掌握個別狀況的緣故。

「中村輝夫一等兵」在該島峽谷間被發現，是戰爭結束後二十九年的一九七四年十二月。

他被發現的消息當時已經有所傳聞，於是由印尼共和國進行搜索。

首先發現的是在峽谷間中村輝夫的小屋。據說他的騎兵槍保養得非常完整，令人印象深刻。

小屋的四周，有薯類與香蕉的園圃，像個小農園。

對於印尼的友善說服，中村一等兵終於理解了。

據一同去收容他的印尼空軍參謀長薩爾巴沙拉上將所說的，「中村先生每天都是從起牀後的洗臉、遙拜皇宮、體操開始的。」他過的是獨自一個人的軍隊生活。

對於史尼雍（中村輝夫）的出現，報紙上有過熱烈的報導。

沒有比這更令人慶幸的消息了，只不過這麼一來卻苦了史尼雍（中村輝夫）的妻子。她在史尼雍出征時，已經懷孕在身，後來生下一個男孩。

她等了丈夫十年。終於死心，招了一個男人入贅。

那位名夫婿，大概也為之驚慌失措吧。他扶養史尼雍留在家鄉的妻兒，拚命工作了二十一年。如果真可以向老天訴苦，那麼這個人才真夠資格吶喊。但是，他似乎有他牢不可破的道理，悶聲不響地離家出走了。這時他七十二歲。

史尼雍的故事，很像浦島太郎的民間傳說。

浦島傳說，在八世紀編纂的《日本書紀》雄略天皇二十二年項下即已出現，其中有如後的記述：

「秋七月，丹波國[1]余社郡管川人氏瑞江浦嶋子。」

這個「浦嶋子」乘舟出海釣魚，釣到了大龜。這隻大龜忽然變成女人，他「興奮起來，取她為妻」。這樣的內容，未免露骨，實在不宜當作童話。

兩人結伴入海，前往蓬萊山，見了眾仙，進入仙界。

至於室町時代的《御伽草子》[2]裡的「浦嶋太郎」，則與後來才完成的故事相近。《御伽草子》裡的他，在垂釣時釣到海龜。因為把牠放生，於是就成了海龜報恩記。

後來有一天，當他出海時，遇見在波濤間顛晃的獨舟上美女。她希望他能送她回自己的「家鄉」。

沒多久，到了她的「故鄉」，但那宅邸「築有銀的圍牆，蓋著金的屋瓦」，極盡豪奢之能事。美女說：

「這裡就是龍宮城……請進，我來帶您看看吧！」

龍宮城這個詞，這是第一次出現。此處所說的城，倒不是指像姬路城❸那一類城堡，而可能是城市的意思。

在《御伽草子》中，雖然有關於龍宮的華麗描寫，卻沒有市民的描述，也沒有後來版本中出現的，龍宮公主、鯉魚與比目魚的舞蹈等情節。

他們兩人結為夫妻，一起過了三年。後來太郎終於難耐思鄉之苦。

龍女哀怨地說：

「事到如今，也沒什麼好隱瞞的了。」

她吐露了真相，原來她是這龍宮城的海龜。

臨別時，她交給他一個精美的盒子，並且再三地叮嚀：

「請千萬記住，別打開這盒子。」

這一部分，與後來的故事如出一轍。

他一回到故鄉，那裡已經變得人事全非，這些也和以後的版本沒有兩樣。一位老人家

---

❶今京都府與兵庫縣部分地方。

❷類似民間故事集。

❸在兵庫縣西南部姬路市，亦叫白鷺城，為日本國寶級文化財。

說，他知道從前在這一帶，有過叫「浦嶋」的人物。

「但那已經是七百年以前的傳說了。」

太郎悲傷之餘，打開那個盒子，「從裡面升起三道紫色的雲煙」，原本是二十四、五歲的青年，突然間完全變了樣。原來盒子裡頭裝了七百年的光陰。

與此類似的傳說故事，聽說遍及東亞與東南亞各地。

台灣也有這類傳說。是原住民的民間故事。

排灣族，有「被海龜所救的傳說」。

有個叫逸志的年輕男子，乘竹筏去捕魚，被風浪沖走，漂流到陌生的島上。

島上的人們親切且溫和。過了十年左右，有一天，島上的人們在說「明天一定要宰豬哩」。逸志想了又想，這島上根本就沒見過豬啊。

他察覺到他們說的豬是指自己，於是半夜裡逃到海邊，可是，從前乘的竹筏早已腐朽得無影無蹤了。

在他呆望間，一隻海龜游過來，告訴他可以坐到牠背上，他這才能夠回到自己的家鄉。

回來故鄉後，村子裡不再有熟人，這情形與日本的浦島傳說不謀而合。

還有一則類似的故事，是在阿美族流傳的「女人島」傳說。

古早，有個男人名叫馬傑傑，在溪中打魚時被沖流到海中。漂流間，他被海浪沖上陌生的海濱，醒過來一看，一群人正在議論紛紛，清一色都是女人。他被帶到一處華麗的宮殿，過著如夢境般的歲月。

某日，受到思鄉情懷的驅使，他到了海邊正在唉聲嘆氣時，出現了一條鯨魚，一游千里地把他帶回家。

故鄉的一切都變了，妻子也不在了，這些情節也都與浦島傳說可謂異曲同工。

以上所舉都刊載於照現代說法便是文化人類學者鈴木作太郎所著的《台灣之蕃族研究》一書。這本書雖然是昭和七年（一九三二）出版的，但「蕃族」這個字眼卻令人覺得驚詫。它已經是死語了。人間世總是這樣的變幻無常。

與浦島故事所不同的是，對史尼雍而言，二十九年間的摩羅泰島上的生活，不用說絕非龍宮。無疑地，他為了對周遭的警戒，還有為了自給自足，必定吃了許多苦頭。

一九七五年一月八日（這一年四月，蔣介石總統逝世）下午四點四十分，史尼雍抵達台北松山機場。

他已自然而然地成為中華民國國民。名字也不再是史尼雍或中村輝夫，政府已經給他改成適合中華民國國民的名字李光輝。台灣的改變，確實是連浦島太郎也會退避三舍的吧。

他的妻子，在他出征時二十四歲，但是在松山機場再會時，已是五十過半的歲數，名字也由中村正子改為李蘭英。

記者們不約而同，爭先恐後湧向從飛機下來的史尼雍。

記者群轟炸般地向他發問，無奈他不懂他們的語言（中國話）。他只會阿美族語和日本話。

曾是他的祖國的日本變了，在台灣設置支局的日本報社，也只剩下《產經新聞》一家。在此三年前的一九七二年，日本為了與中國大陸建交而和台灣斷交，其他報社似乎顧慮北京的臉色才變得如此。

史尼雍比起浦島太郎或馬傑傑那些老前輩還好的是，他的兒子堂堂長大成人，而且他也有了四個孫子。

回來後過了四年又幾個月，於一九七九年六月，史尼勇在台東附近的自宅，安詳地離開了人世。病情是肺癌的擴散。在佐藤愛子的《史尼雍的一生》裡，讓人印象最深刻的是，回到故鄉後的他，受到鄉親們的敬愛，「每天愉快地過著日子」這一行。

他也上花蓮市街，在作秀性質的活動上露面，也演過電影。去世的前一年，為慶祝蔣經國總統就任，也參加了花蓮市的街頭遊行。據說他走在載歌載舞的阿美族遊行隊伍前頭。

對他本人而言，假使這種生活方式也算不錯的話，那別人是沒什麼好說的。

有一種說法認為：不論是怎麼樣的人生，若從晚年來回顧的話，那麼最後的結算會是完完全全地收支相符。照此說來，史尼雍的一生，從他最後的四年間來算，該也是收支平衡的。他享年五十九歲。

有關阿美族的社會制度，我僅靠前述的末成道男先生所著的《台灣阿美族之社會組織及其變化》中獲知一二。這本書的副題是「從招贅婚到嫁娶婚」。阿美族社會——至少在末成道男先生所調查過的石溪——據云生為男人最大的榮譽，是使他入贅後的家產與日俱增。

據此，有件事是不辯自明的，那就是在史尼雍「離鄉期間」，入贅到他夫人家中，二十一年來勤奮付出，在得知史尼雍的歸來後悄然離去的人。如果依照阿美族的傳統來說，此人可說是男人中的男人。

大恐慌與動亂

研究生賴芳英小姐的日語文章，真是漂亮極了。這次旅途，編輯部的村井重俊先生，探詢了有關台灣四月的氣溫。

回信內容非常準確。

關於服裝，說實在話，這兩三天，即使只穿短袖，都覺得熱（最高氣溫三十二度）。不過上禮拜，記得是穿上毛線衣的。

「我想還是準備一、兩件對襟毛線衣或外套之類的，也許比較妥當吧！」儘管做了如此的結論，卻又加個圓括號說（飯店裡的冷氣有時也會成了個小搗蛋）。小搗蛋這個詞，用得生動極了。

賴小姐有一個比她年輕的朋友胡小姐。

這位胡姑娘的父親就是胡必重先生，隱居於台東。

他透過賴小姐向我們表示了好意：台東就由他來嚮導吧。

我們和胡先生，在山中的飯店碰了面。

這位仁兄，一直在銀行服務到屆齡退休，但是從他的模樣看來，更像是操作大型機械的技師。

他頭髮留得短短的，肌肉結實，衣著輕便，看起來就像是一個很能幹活的人。

不用說，他是代代相傳的台灣人，但也是毫釐不差的日本人。

順便一提，「幹活」這個詞彙，如今被使用於多方面，但是原本只用在工匠等的工作，亦即「活動身體從事勞動」的場合。

大約有一半的日本人，就像胡必重先生那樣。總括其身體動作、思考模式和氣質，與其說是做生意，不如說更適合於製造產品。

他不強出頭，也不做作。

我們搭他的車下了山。對於車子的種種，我是外行，但是他的車子外觀嶄新堅固，坐起來很舒適。

「是一部很好的車喔。」

「我外甥的。」

胡先生用沙啞的嗓音，據實以告。正像那種昭和初年出生的人，有著質樸實在的氣質。

台東連市街都恬靜，行人也稀少。

在街尾的地方有一棟小型長屋，以前大概是鋪瓦的，不過現在是鋪著波浪鐵皮，看來像夠條件列入文化財的昭和初年的日本式長屋。

胡必重先生為什麼帶我們到這裡來，起先我不很明白，於是問道：

「這是什麼地方？」

「是上吊長屋。」

胡必重先生像個少年般露出微笑，那微笑看起來好像是他在對好友展示自己所珍藏的寶物一般。

「我們啊，」他喜形於色地說著：「小時候，都是這麼講的。經過這裡時，因為害怕，都是屏著氣息快跑過去的。」

「是有什麼人上吊過嗎？」

「也說不上什麼人，聽說是大恐慌後的事。」

昭和史是從大恐慌時代開始的。那時候有很多人自殺。如此說來，這棟上吊長屋，說不定可成為昭和史的歷史建築物哩。

昭和四年（一九二九），紐約華爾街的股票崩盤，由高層大樓「吐出」為數不少的自殺者，這情形很快蔓延到世界各地。像依賴對美輸出的日本，巨浪當頭，幾乎沉沒。

而在美國國內，前此的經濟火車頭產業，有汽車、電機、住宅建設等，這些都同樣陷入生產過剩，存貨堆積如山。這情形和現今的日本相似。

在恐慌之前，已經持續著不景氣與失業、工作不穩定的現象。購買力極端低落。

儘管在這種狀況下，卻只有經濟界像另一個國家般地強勢，不肯壓低物價。有人說此種情勢並非他們在有所思慮下所做的決策，而只是風氣使然而已。據稱有些掮客之流，還競相向公司提出不切實際的大話。

證券市場也輕浮動盪。交易所原本是企業體獲取資金的地方，但是卻超乎理性地——脫離經濟實態——興起一股異常的炒作股票熱潮。

大恐慌就是在那幻夢初醒時發生的。股價自空虛的頂點暴跌。

經濟恐慌之後，不論是全世界或日本，都像陷入地獄底層一般，冷酷的經濟蕭條、失業的社會現象，接踵而至。

「上吊長屋」就是那個時代的產物。

想像中那個「內地人」，一定是在內地（日本國內）過不下去了，漏夜逃來台灣，在這中央山脈下的一個寧靜小鎮，度過臨終末日吧。

這樁上吊事件，震驚了平靜的台東民眾。

大人們對不景氣的恐懼，可能也反映在兒童身上。胡必重少年經過長屋時，之所以會拚命衝過去，可說是時代的恐懼變成「鬼」的臉，而產生的嚇唬作用。

這裡有四棵老樹，枝葉茂密。依樹的老態看來，好像已經過了七、八十年歲月。

相信這是日治時代，政府為了種植路樹遺留下來的。那棟長屋，想必是違反了政府的都市設計而蓋的。如今，這長屋與樹都老了。

不過，正因為有了這幾棵老樹，使樹下長屋也像南畫裡的隱遁者庵堂，有了風雅韻味。

胡必重先生，畢業於戰前舊制中學的花蓮中學校。

講到教育制度，一旦那個時代過去，就不容易瞭解。舊制的五年制中學，如果是小縣，頂多也不過五、六所罷了❶。只需自那種學校畢業，在鄉村便是知識分子。

聽說他尊翁，日本時代任職於電力公司，所以一定對教育有所理解。

中學畢業後，他成為營林署的公務員。

「這是什麼樹？」

我問起遮蓋長屋房頂的樹。

「茄冬樹。」

因為我對樹的知識有限，話題就此打住了。

台東市，曾有過台東神社。

我們爬上那個丘陵地。

所謂日本的「國家神道」，是明治初期政權的產物。與這之前的神道不同，是沒有功德的。

剛剛建立國家不久的明治政府，看到歐美各國都成立於基督教體制之上，因而似乎覺得自己國內，尚欠缺那種內涵。

這就是「國家神道」的緣起。儘管如此，可是並沒有像五穀神那樣的功德，也談不上有什麼教義。

將這種信仰強行推廣到具有傳統信仰的台灣、朝鮮或南洋諸島，可說是毫無道理。台灣神社、台南神社就是例子。所以戰後它被一掃而光也是理所當然的。

根據《台灣大年表》的記載，台灣總督府在昭和十年（一九三五），公開徵求「敬神標

---

❶此處係指日本內地。日治時代整個台灣也僅有十來所而已。

語」。結果，入選首獎的不是台灣人，而是靜岡縣人士。那標語是「家家戶戶設神龕，光明美景在台灣」。

屬於縣級的台東神社，建築得比較晚，依上引年表有下列記述：昭和四年（一九二九）十二月二十七日，舉行上梁儀式，對當地人而言，可能沒有比這更不符合民俗感覺的。

國分直一先生的《台灣考古誌》中，也提到這一點。

前面提到，國分直一先生戰後被「留用」在台北待了幾年。

那期間，國分先生參加了長老教會牧師迪克遜夫人所主辦的聖經研究會。

> 迪克遜夫人因爲誤以爲我是中國人，所以在我面前，批評日治時代的總督政治與日本神社神道。由於她所批判的內容針針見血，使我也頷首細聽（中略）。回國日期快到的時候，我去辭行時向她說：我是日本人，爲了研究考古學，而留下來的。她連聲喔喔的，一句話也說不出來。

這話真是理所當然了。

日本人來到以前，台灣已經充滿文化。在這樣的地方，硬要引進日本人在明治以前都不熟悉的「國家神道」，實在是國家的怪異措施。

昭和十一年（一九三六），海軍預備役上將小林躋造被任命為台灣總督，輔佐的總務長官是叫森岡二朗的內務省官員。

根據昭和大學教授黃昭堂先生的《台灣總督府》（教育社）所述，在小林、森岡時代，特別強制推行神社參拜。

小林總督等人，斥責台灣的宗教爲迷信，以合祀「大國魂命」「大己貴命」「少彥名命」「北白川宮能久親王」的台灣神社爲首，在各地設置神社，強迫民眾參拜，還強行要求各個家庭祭祀伊勢大神宮的大麻（神牌），以取代祭祀祖先的神主牌。但是這種做法，不僅招致台灣人的惡評，還引起極大的反感。其實，哪裡有不伴隨迷信的宗教呢？

爬上石階盡頭，上面豎立著塗上紅色的牌樓（或稱華表）。上面有三個字：「忠烈祠」。

如今，這神社變成祭祀中華民國陣亡烈士的「祠」。應該說是完成了穩當的轉換。

戰前，在神社境內，立著為緬懷當地出身陣亡者而建立的「忠魂碑」。據說往昔這座台東神社也有過，但現在表面已被磨掉，改成不同的表彰碑。

在基石的銅版上，鑄刻了著名的胡適（一八九一～一九六二）博士的父親，曾任台東長官之事蹟的文章。胡必重先生滿懷親切地說：「胡適先生。」

胡適年輕時代遊學美國，深受杜威（John Dewey，一八五九～一九五二）哲學之影響，將中國古代思想，以近代哲學的觀點重新詮釋，別於大陸上的共產黨與國民黨，其思想上的成就，堪稱以一人而自成一個國度的地步。

他在台灣度過晚年。

話說回頭，我在鎮上聽說，昭和初年，舊台東神社境內立有一座銅像，而此人正是在台東弄得一身債務，半夜裡逃亡的人物。

趁夜逃跑，想必是經濟大恐慌之後景氣最蕭條的時代發生的。

這個低迷的景氣，給全世界帶來了嚴重的影響。由於史達林時代初期獲得成功，掀起了世界性的左派熱潮，另一方面，卻也引起世界各地的反彈——尤其在日本——強化了右傾化現象。在德國，希特勒的納粹躍升而成為國會第二大黨，也是大恐慌次年的事。

日本則有關東軍的參謀，獨斷妄行，發動滿洲事變。

從此進入戰爭時代，在日本國內，統治熱高漲。在台灣則是執行「皇民化政策」。這一切都可以說是驚濤駭浪。

當時，中國大陸也是不景氣。

有人在那種狀況下從中國大陸跑到台東來，想在台灣開創一番事業。

他向當地的人們借了許多錢，後來經營不善，半夜裡逃回大陸去了。

我走在神社內一面想著，不管台灣人再怎麼幽默，難道真會為一個漏夜逃跑的人立銅像？

走近一看，是座漂亮的銅像，就像鼓起的皮包一般充滿雄心的神情，和我在市街上聽到後胡亂猜想的，用手巾遮住半邊臉的樣子完全不同。

「他是蔣介石到台灣時，此地的首任長官。」

胡必重先生鄭重地為我指正。

時代在轉變。當蔣政權決定搬遷來台灣時，他身邊瞭解台灣的人太少。

——我非常瞭解台灣。

說這句話的就是這銅像人物，他光憑一句瞭解台灣，尤其是瞭解台東的說詞，就當上了台東的首任長官。在當地人們看來，他只不過是賴債潛逃的華僑罷了，而這就是所謂的亂世吧。

因經濟大恐慌，而引發浪濤翻騰，從希特勒、日本軍閥、蔣介石政權的退駐台灣等，甚至像一個小人物的這位仁兄，都納入我腦海裡的聯想之中。

「是在地人為追憶他生前的德澤，而豎起來的嗎？」

「不，好像是他兒子豎的吧。」

胡必重先生用若無其事的口氣說道。

儘管這是他的兒子以某種理由在表揚亡父，然而從另一種角度來看，它可說是二十世紀前半所豎立的一座很不錯的紀念碑。

寓意的文化

我們在台東山中的溫泉。

但見窗外群巒山色，與其說它是一幅水墨畫，倒不如說它更像一幅油畫。霧靄籠罩群山，那一片白，就像用大拇指沾上一大塊油彩塗上去一般地濃。

我正在思索台灣少數民族的問題。

明天就要下山了。胡必重先生要帶我去看住在平地的卑南（Puyuma）族長老「大野先生」。台灣東海岸的郊野，住著不少阿美族。比起阿美族，「大野先生」的卑南族，人口就少了。他們雖屬少數，但是團結力強。

「少數民族真好，人人都有威嚴。」

我跟編輯部的村井重俊兄，漫無邊際地這麼閒聊著。

也談到我個人的一個故事。就是教過我蒙古語的伍爾登巴德魯教授來到日本後，得了腎臟病的舊事。日本房子，比起草原上寒冬裡零下數十度的蒙古包還要冷。北海道出身的村井先生，深表同感地點頭說：

「本州的老式住家，冬天確實冷。」

本州、四國、九州、沖繩各地的房屋，結構上適合夏天的起居，一到冬天只好人人忍耐了。戰前的少年教育，必有耐寒訓練，如果叫冷，就會受大人責罵。可以說戰前的日本，存在著耐寒文化。

我在中學時代就聽說，蔣介石年輕時，很欽佩地這麼說過：

「日本人即使在寒冷的早上，也用冷水洗臉。」

他是浙江省人，明治四十年（一九〇七）畢業於保定軍官學校，後來到日本陸軍士官學校留學。

一九一〇年十月，他以實習軍官身分，在新潟縣高田野炮連隊服役。說不定他是在以大雪聞名的高田，看到以忍耐成了美德的日本百姓之生活情形，有感而發的吧！

當今的日本，再也沒有耐寒文化了。

接下來，我們來談談有關民族的話題吧。

在山裡看書，讀到一件令人驚奇的事。

倫敦有個維護世界人權的組織總部——MRG，它是 The Minority Rights Group的簡寫。

這個機構出版了由喬吉納・亞修華斯所編著的《世界少數民族》一書。

在日本則有辻野功與仲尾宏等人合譯，明石書店發行的《認識世界少數民族事典》。

這本書中，「台灣人」被編入「少數民族」項下。

榮登擁有世界數一數二的外匯存底，軍力又是世界排名第六的國家，其主要納稅人，居然被歸為少數民族。而且人口兩千萬住民，達瑞典的兩倍。

如果對「老台北」說：

「先生，聽說你是少數民族哩！」

那包准會讓他跳起來的。

下面，大家不妨來一段虛構的對話樂一樂。

「誰這麼講的？」

我猜「老台北」會先這麼問。聰明的人總是先聽聽人家怎麼說。

我回答說：

「是倫敦發行的少數民族事典這麼寫的。例如：亞洲有藏族、喀什米爾族，西亞的亞述（Assyria）人，歐洲是馴鹿游牧民族的拉普（Lapp）人，還有回教徒居多的土耳其境內，希臘正教會的人們也是……」

「達呼爾人也算嗎？」

「老台北」開口了。所謂的達斡爾族，是內蒙古的少數民族，一般認為是通古斯（Tungus）族和蒙古族的混血種，人口僅九萬四千。

「嗯，大興安嶺山中的鄂倫春（Orochon）人，當然也不例外。」

「我，可是代代相傳的漢族呢……」

「老台北」憮然答道。

稍後，他話鋒一轉，又說：

「當然也是台灣人，我以此為榮。」

誠然，台灣人在學問、藝術方面的才華，確實突出。

另外，他們還擁有組織美滿家庭的能力和珍惜親族的文化。這種漢族固有的能力，如今可能已超越中國大陸的中國人。

再者，他們在日治時代，歷經五十年間的法治社會，這一點比來自大陸的人以及在大陸的中國人，更富有現代化經驗。他們還具備超脫個人與家庭之層次，建設和樂社會的良識，凡此種種，是不是可以說，世界第一流的文明，正在台灣孕育中呢？

這樣的台灣人，竟然是「少數民族」。

看樣子，倫敦的ＭＲＧ總部，比起對人類文化學的關心，似乎更留心於現實上一個集團是否遭受另一個集團的迫害？當然，在考量人類幸福這一點上，這樣的做法無可置疑是非常重要的。

的確，台灣人是吃了虧過來的。

不僅日本統治時代受到二等國民的對待，而且在始自一九四五年的中華民國時代，只因是台灣土生土長的身世，就遭受與日治時代的同樣待遇。這真是天道何在呀！

日本統治時代，還算是法治的社會。

從大陸闖進來的中華民國，以凍結憲法、實施戒嚴令的非立憲姿態君臨台灣。台灣人無緣無故地被逮捕，未經審判即被殺害。難怪ＭＲＧ將台灣人分類為「少數民族」。

然而，如今不再是這樣的了。

山中的時光，緩緩地流逝。這篇原稿，也希望能夠在無風的房間裡，像線香的煙霧冉冉上升般地娓娓道來。

首先來談談民族吧。

全世界每四個人當中就有一個是漢族，再也沒有比這更龐大的民族了。漢民族的強烈特色，在於他們對文明的自信。譬如說，在有各種國籍人士的沙龍裡，好比有個在阿拉斯加從事土木工作的人站起來說：

——我是漢人。

他只要這麼自我介紹就夠了，不必再講什麼。而如果這名土木作業員有一副像超越時空般茫漠的面相的話，眾客中可能有人會聯想到老子也不一定。要是他對長輩又有過度周到的禮節，那無疑的，會讓人想起孔子。

——我是韓國人。

這種情形，他恐怕就會很熱切地做有關韓國文化的自我介紹。當然，日本人也是一樣。也許他會這麼開始說起吧。

——你可知道Sony新力牌？

但是，如果說：

「我是台灣人。」

遇到如此的情況，相信在座的人一定會不知如何反應。因為大部分的人，對於台灣所面對的苦惱，實在知道得有限。

若想簡明扼要地將台灣人只因生為台灣人而必須背負的共同課題歸納起來，那麼如《認識世界少數民族事典》的編者那樣，將它歸類於少數民族，或許是最為確切的方式吧。

台灣，究竟是清朝的國土，或是介於隸屬與非隸屬之間，混沌不清的「雜居地」？它可說是一個妾身未明的島嶼。

國際法上，明確知道台灣隸屬權的時期，是從一八九五年起五十年間，屬於日本國領土的年代。

但是，一九四五年，日本接受波茨坦宣言，無條件投降，從此放棄了台灣。波茨坦宣言中，界定日本主權所管轄的範圍是：

「本州、北海道、九州、四國暨聯合國所裁定的各小島。」

不用說，台灣不在範圍內。

如果這個時候，中華民國採取高度文明主義的態度，理應在台灣實施住民投票才是。由台灣人自己決定：是選擇中華民國，或是另選他途——比如說獨立。

但是當時，在大陸的中華民國蔣介石政權，根本沒有那種餘暇。

對蔣介石政權來說，侵略大陸的日軍撤離後，必須和比日軍更具敵意的中國共產黨對抗。別說要以文明的方式處理台灣問題，甚至稍有延遲很可能就會讓國內其他勢力把台灣給搶過去。

接著，他與中國共產黨對決失利，整個中華民國只好退到台灣來。

我正在台灣旅遊，並做報導。

行走間，不斷地感受到痛楚，而此種苦痛亦夾雜著假想的痛苦。

在山中，和村井重俊先生談到有關一九四五年的波茨坦宣言。

波茨坦是柏林郊外的地名。一九四五年七月二十六日，經由在該地會談的三位聯合國首腦協議後發布的，就是波茨坦宣言。

這三人，即美國總統杜魯門，英國首相邱吉爾和蘇聯總理史達林。會談結束，聯絡中華民國的蔣介石，獲其同意，宣言即告成立。在該宣言中列有：「佔領日本」之條款，載明在日本建立和平、安全、正義之新秩序為止，由聯合國軍隊佔領之。

這裡要重複一下：聯合國之中，也包括中華民國在內。

當時，假定中華民國軍隊也佔領日本列島中的例如九州或四國，從宣言條文的字義來看，也並沒有不妥之處。無須多言，事實上日本是由美國實質的單獨佔領。

話題回到《認識世界少數民族事典》，書中「台灣人」項下，提及戰後，台灣被接收之際，陳儀等人進行「無差別大量屠殺」。

假如陳儀——這話純屬幻想——以一個日本佔領軍司令官身分，在九州或四國進行同樣的勾當，依當時聯合國之方針來看，恐怕也不足為奇。

據伊藤潔先生《台灣》一書中所述，聯合國軍總司令部在停泊於東京灣的美國戰艦「密蘇里」號上，由日本國全權代表簽署投降文書後，發布第一號指令。其中，列有台灣與越南北部由蔣介石麾下的中國佔領之條文。

因此，顯然不可能由蔣介石政權佔領日本。再說，蔣介石本身，亦無此種意圖，何況大陸內部的情勢，實在也令他自顧不暇。

以上，是我充滿痛楚的閒話。

只不過是由於「老台北」和我，半世紀前都曾是日本國民，在這樣的共通感情下，想及彼此的戰後種種，信筆說出來罷了。

回到去年正月來此的話題。

一月十三日我離開台灣時，蔡焜燦先生伉儷，到台北中正國際機場送行。話別時，他說：

「今天是蔣經國的忌日。」

臉上有笑，但情感激起來，眼圈紅了。

我真是反應遲鈍，只想到蔡先生竟連別人的忌日都記得。

其實這番話意義很深。以前我也談過，蔣經國是蔣介石的兒子，也是「蔣王朝」的最後一個人。他因糖尿病惡化，於一九八八年一月十三日過世。

為了我的遲鈍，蔡氏不得不追加一句話：

「這天也是台灣人李登輝先生成為總統的日子。」

副總統的台灣人李登輝先生，依規定即日升任總統。這真是比革命更具意義的局面。

這一天也可說台灣人，不再是「少數民族」的日子。壓制消失，轉眼過了五年。這便是蔡焜燦先生，藉由「忌日」一詞而發的感慨。蔡先生他們的文化，是喜好寓意的。

原住民的怒吼

獵取人頭，固然是台灣原住民的舊習，但把它斥為奇風異俗，那只能說是「文明人」的優越感罷了。

當今之世也照樣有。在國家之間與不同民族之間，進行戰爭或恐怖手段，仍層出不窮。儘管不再獵取人頭，不過以殺人證實自己的勇氣或是作為對集團效忠的證據，這一點與古俗並無不同。

高砂族（原住民），以前也有過馘取首級的風俗。

住在平地的漢人，把高砂族出來外頭獵取人頭的行為稱作：「出草」這個詞，把為了獵取人頭，從草叢中縱躍出來的剽悍動作，表現得彷彿在眼前。十七世紀以來，平地的漢族對原住民的這種奇俗，始終苦無良策。

「夜晚不要出外走動，今夜裡，說不定山中有出草喔！」

這樣的會話，一定經常被交談著。

他們有時候也會襲擊陌生的平地人。

比台灣更南的東南亞各島嶼，也有這種風俗。大林太良關於婆羅州（Borneo）卡陽族砍人頭的記述，把文化這種看來模糊不清的東西，做了清晰鮮明的表達。

在東南亞曾有過死者之國。在這死者的國度裡，對新入境的死者們實施入境審查。最佳死者，都有標示其生前砍殺幾個人頭的刺青。讓審查官看過它之後，即可過關。依大林先生所述，獵取人頭乃是「良好的行為」（朝日新聞社主辦之展覽會圖錄《裝飾古墳之世界》）。

由標示獵取人頭數目的刺青，讓我想起第一次大戰時，德國空軍飛行員的事情。他們將擊落的英國飛機數，像刺青那樣地描在機身上。這件事被當作中世騎士的遺風，而多采多姿地加以故事化。

日本的鐮倉武士也是如此。到了室町時代，農民出身，被稱作「足輕」的低級武士出現，一旦包攬戰鬥，那些正統的武士們可就掃興了。

事實上，日本統治時代，日本人大多能夠把高砂族人重視榮譽的氣質，當作武士道來理解。

江戶時代，相傳在武士之家，即使是做母親的，也不會從兒子的枕頭邊走過。其理由仍流傳在當時的薩摩藩裡，即：「雖然是我兒子，但那可是將來必須在戰場上和敵將打照面的頭呀！」

如果說武士道就是以性命之對決為中心，從日常就鍛鍊自尊心的話，那麼原住民過去的文化便也與此極為相近。

不用多說，砍人頭的習俗，由於「文明」的滲透，很快地就革除了。

吳鳳的故事，是清朝時代的傳說。

台灣西部平原的嘉義，東鄰阿里山原住民的地界。就在那邊界線附近，清朝時代置有官設的通事（口譯者），其主要任務是承擔交易時的責任。記載裡說「招募通蕃語者任通事」，因此很可能去應徵的是出生於原住民社會，而後漢化的人。

清康熙五十七年（一七一八），通事當中，有個叫吳鳳的。他大概是「年少讀書，而曉大義」的人物。

官府命令吳鳳設法讓原住民停止獵取人頭。吳鳳夾在中間左右為難。因為原住民不想改變這種風俗。

關於吳鳳之死，有各種各樣的說法，在此不採。總歸一句，吳鳳死了，他的頭被砍下。吳鳳死後，天花流行，死了不少人，頭目們認為是吳鳳的報復，於是把頭殼大小的圓石頭埋在地下，大家互誓不再獵人頭。

可是，停止獵人頭的只是一部分，而一般的原住民之間，這種習俗仍然繼續。

日本統治時代，發生過多起原住民的大小叛亂事件。所有叛亂的原因，全部都是由於日本將他人的鄉里，據為殖民地所造成的。人靠自尊心而生存，把別人的故鄉佔為殖民地，猶如將生活在那地方的人們——他們每個個人，甚至子子孫孫——所引為自豪的自尊，用石頭敲碎一個人的脊骨般，予以擊碎。

霧社事件，是在日本統治時代，由原住民發動的最後一起大叛亂。按平凡社的《世界大百科事典》中該項的記載，這事件是昭和五年（一九三〇）十月二十七日發生的。

順便一提，霧社是當時的台中州山中的一個原住民大部落。霧社的人購買消費品，好像須長途跋涉，下山到東海岸的花蓮港市街。

霧社位於濁水溪上游，因那裡經常湧霧而得名。這些原住民大多數屬泰雅族。霧社的人們，在日本統治時（一八九五～一九四五），很早就給予協助。但在另一方面，他們又頑強地拒絕日本化，而成為日本官警的眼中釘。明治三十一年（一八九八），官警為要懲罰霧社而進行封鎖，嚴禁針、鹽之類的交易商品進入。簡言之，就是採取欺壓手段。

霧社的規模，比鄰近的部落大，青年人又勇敢，無異是山中「大國」。與鄰近他社之間，為了競相誇耀勇猛，互相頻頻「出草」。

儘管他們在明治末年歸順，卻仍舊固守山地文化，所受到的來自官府的不平等待遇，也一直未獲改善，他們的苦惱，到了事件發生前達到極點，這些在事件後的準公文書中亦有記述。

事件前，霧社已經有各種各樣的「文明」設施。相當於小學的霧社公學校，學生二百十人（其中漢人子弟五人），畢業生三百四十一人。警察分局一、郵局一、小學校（日本子弟讀的）一所。非原住民的人口，內地人一百五十七人，漢族一百一十一人。

其他的衛生設施，有公醫診療所和療養所各一。

還有產業指導所、養蠶指導所也各一處。

日本的台灣統治時代，日本人警察在政治的基層，權限很大，其中有些人仗恃著國家的威權，極盡作威作福之能事，這種情形在回憶錄之類的記述中屢見不鮮。當時，台灣人暗地裡管警察叫：「土皇帝」。

霧社事件，假如沒有原住民對警察們的反彈與憎惡——如果明治以來的警察，未曾不斷地傷害住民的自尊心——照理是不應該發生的。

此外，還有一個因素。

那就是：霧社出現了一個就像美國電影裡所描述的那種英雄式的，或者說是滿懷鬥爭心的頭目。

這人就是莫那・魯道。

有關霧社事件，我讀過的最近一本書，是一九八五年出版的《證言　霧社事件》（草風館發行）。

事件當時，雖還是少年，但也參加起義的阿威・赫拔哈先生❶，寫下了手記，生為日本人與原住民之子的林光明牧師，將他的草稿整理出來。

然後由台灣大學政治系教授許介鱗（台灣系）先生，以學術立場加以解說並編成書，是一本內容堅實的著作。編者許介鱗教授是一九三五年出生，所以通曉日語。許先生在「後記」中，談及敘述者阿威先生的為人，說道：「敘述戰前時，使用日語，講到戰後時，多用中國話。」

書中，也列入了他們三人的對談。

其中，阿威先生談了總頭目莫那・魯道，有謂：

「如果莫那・魯道不發動的話，事件還是不至於發生的。」

又說：

「他是曠世英雄，體格也非常高大。」

總頭目莫那的父親是個膽怯的人，可能也常常被當作消遣的對象。莫那於是發憤圖強，成了勇敢的人。

「從十三歲起參加獵取人頭，練就膽量。十五歲時，有一次在北港溪與敵人戰鬥，敵方有一個人在對岸被射倒，但沒有一個人過去砍首級。」

這時他跳進激流中，砍下了對岸死者的頭泅回來。

從年輕時起，每逢作戰，他都一馬當先，並且每次都會說：「誰也不准衝在我前面。打仗時，如果有人跑在我前面，我必定會殺他。前鋒非我莫屬。」他確乎是一名勇士，但也似不無誇耀武勇的性格。

有一次作戰，他的妹夫想跟他較勁，衝到前頭。他說到做到，射殺了這個妹夫。

他們原住民的奮起反抗，與明治初年的士族叛亂，尤其和明治九年（一八七六），因反對文明開化的明治政權而引發的熊本神風連之亂相似。首先，這都是被剝奪尊嚴者之叛亂。

---

❶前省議員高愛德。

其次，這兩個事件都沒有成功的展望。這一點，在抗爭之初大多數的人都心知肚明。

第三，儘管幾乎難有成功之機率，卻能夠有周詳的計畫，並且採取行動之前，均能嚴守祕密。

神風連的兩百人，襲擊可看作是明治政權在熊本之象徵的縣令與鎮台司令官，將他們殺害，但並沒有多思考事後的種種狀況。他們寧願走向自滅之路。

在霧社事件中，莫那・魯道所率領的山地壯丁約有三百人。昭和五年十月二十七日早晨，突然發動起義，殺進正要開運動會的霧社公學校校園。

只要是內地人（日本人），不分男女老幼，照殺不誤。他們口口聲聲喊：連小孩子也不要放過。據云也喊叫：「不要殺本島人（台灣人）！」

前述書中述說者阿威先生，雖然還是少年，但也揮舞棍棒，抓住一個婦人的頭髮。不用講，正要下毒手。

不料，那婦人卻用台灣話叫起來：「我啦，是我啦」，於是他把頭髮放了（同書）。在書中阿威先生談到：「……好在是棒棍。如果是蕃刀，抓到的同時，頭就飛啦。」

他們殺死了日本官民包括小孩在內，共一百三十四人。

不久，日本當局為了鎮壓，動員了軍隊。反抗的一方利用地形奮勇拚戰，然後敗亡。日本兵到達一處山洞附近時，看到反抗方的女人、小孩約一百四十人集體自殺。

全都是自縊。

當時，有一名原住民出身，名叫花岡一郎的年輕警官。他是台中師範畢業的才俊，卻未獲教職，而被派到故鄉霧社擔任乙種巡查之職。被日本官方認定為「模範」人物的他，竟然會加入抗爭行列，這事件暗示出事件的本質，給予日方莫大的衝擊。

花岡一郎在自宅赴死。他穿著飛白花紋藏青色和服，山地出身的太太也穿上堪稱為禮服的毛嗶嘰條紋和服，當作死亡的裝束。他先勒死她，接著殺了出生才一個半月的嬰兒，最後自己以蕃刀切腹。

花岡之死，可說是不留餘地地表露出這事件的本質，乃在乎維護生而為人的尊嚴。

順便一提，霧社的抗爭事件，除了兩、三個例外，都未馘取人頭。以往獵取人頭的場合，事後都要鄭重地將首級滌洗乾淨並給予厚遇，可是在這次事件中，都是殺了就算了。這其間的差異，究竟是為了希望能多砍殺呢，或者因為反抗的情緒太過激烈，以致根本就不屑將它納入獵人頭文化的祭禮？這一點實在無法明瞭。

總頭目莫那・魯道，在嶮峻山地集結敗兵，殺其家眷，然後獨自走入山中。據說過了不久，有槍聲傳出。他的屍體，一直未被發現。

大野先生

我們從山上下來。

走在小郊野（台東平原），回首一看，剛剛的那片群山，看起來就像遠山似的。那是因為山中雲靄在晴空中湧現，才令人有這種感覺。

乳白色的雲彩、田園、檳榔樹林，就像點描畫的明暗表現，美麗無比。被山所擋住的狹窄原野上，展現著另一系原住民卑南族的田園。

此地是卑南鄉。

我們看到了一塊標示：「下賓朗社區」，都是卑南族的居住區名稱。

道路兩旁的路樹，似乎是日治時代就有的，長成根部盡是瘤狀塊根的老樹。

「這是什麼樹呢？」

停了車我向胡必重先生請教。前面已提過，他年輕時是營林署的職員。

胡先生在掌心上寫出「木麻黃」。

「台灣東部的樹木都生氣蓬勃呀。」

我這麼說，胡必重先生微微頷首，隨即轉了別的話題說：

「原住民的眼睛很美哩。」

胡必重先生自己雖然是漢族，但是非常喜歡原住民。

他早年便和我們即將前往訪問的八十三歲卑南族酋長大野先生熟識，因此，大野先生便欣然答應和我見面。

「可以稱呼他『大野先生』是不是？」

戰後，不是由日本名改成中國式名字了嗎？

「可以啊。」

他說這一帶的人們也是這麼叫他，大野先生本人也喜歡人家這樣稱呼他。換句話說，就好像人們提到三越或伊勢丹這一類店號一般。

卑南族和阿美族，都住在平地。

兩族自古以來，不外是燒地農耕並從事獵捕的生活，但十九世紀以來，轉換為水田農業。因此，不管哪戶人家都和日本或中國、韓國的平常農家毫無兩樣。

要說這兩個族系，與其他原住民有什麼不同的習俗，那就是婚姻制度。女婿須入贅到女家，成為家中的勞動人口。這種招贅婚姻，也曾經存在於日本飛驒[1]白川村等各地。所以在這層意義上，那些日本人就好像是住在日本的台灣原住民。只是日本人很少被說成是「眼睛好美」的。

以人口來說，台灣東部平原，以阿美族較多，但在台東一帶，則是卑南族較有威勢。據說大野先生是首長，這「首長」的稱號是我任意取的，並不是行政上的職務。兼具德望、智力與勇氣的人，受到眾人推舉才能登上這個地位。

末成道男的《台灣阿美族之社會組織及其變化》一書中，使用了頭目這個詞。依該書所述，相傳有一次，代表各個族群的頭目兩人，在石溪這地方隔著小溪會談。也就是隔著像水溝的小溪，雙方站著談判。我們必須明瞭，這可不是密室談判。雙方的部下，站在兩位頭目背後。個個都低著頭，這是因為受到兩位頭目的人格威嚴震懾之故。

「『馬格多』，根本無法靠近啊。」

這個故事一直在他們之間流傳著。這裡的「馬格多」是阿美族語「羞愧」「心怯」的意思，想必是指沒敢抬頭來看的樣子。

這可不是逞威風故示威儀。我猜想這是因為兩個頭目以一身承擔他們族群的利害與他們族群所重視的榮譽，內心裡充溢著一旦有事時不惜捨命的決心，才會顯現出那種氣勢。以日本為例，只要聯想明治維新成立前後，西鄉隆盛在薩摩人之間的聲望，則相去不遠了。

大野先生在卑南族中，所處的就是這樣的地位。

國道的兩側，田野綿延著。大野先生的家，在國道的附近。

他的家與現今的日本房子沒什麼差別。兩根門柱間，有樸素的鐵柵式門扇，簡便地將屋地與外界隔開。

聽說大野先生是一名園藝家，進去一看，果然庭院裡就有果樹，翠綠茂密，一片生意盎然，處處有成叢的花草。這些果樹與花草，令人感受到主人的童心未泯。

這讓我忽然想起詩人窗・道雄（本名：石田道雄，一九〇九～二〇一四）的詩。他就是一位以不泯童心，深愛著台灣風土人情的人士。

聽說台灣有一種叫番石榴的果樹。果實成熟後，噗的一聲就掉落。詩題是〈番石榴掉落了〉。

噗，噗，掉下來了

庭院裡的番石榴熟了

❶今岐阜縣北部。

不分白天和晚上
噗，噗，掉下來了
白頭翁也不知從哪裡飛來了
嗶，嗶，啼叫著
把黃色的玉
噗，噗，扔下來了
（《窗・道雄全詩集》理論社出版）

在玄關處，有洋式的門扇。

我們被請入內，裡面是日洋合璧的會客室，牆壁上有一張容貌俊秀的青年戴著學士帽的相片，裝在相框裡。

「是他的公子。」

胡必重先生告訴我。說他的這位醫師兒子，在另一個市鎮的醫院當院長。

在大野家，予人印象最深的，首推大野夫人充滿智慧而高雅的笑容。

她身材高大，看起來還相當年輕。經我請問，她回答說：

「大正十年（一九二一）出生的。」

是字正腔圓的日語。這讓我覺得，彷彿置身東京老式的高級住宅區裡，正在訪問的感覺。

牆壁上還掛著兩幀他們伉儷年輕時的相片。夫人穿上淺藍的民族衣裝，是日本統治時代的。大野先生穿著上任之初的警察制服，另一張似乎是他升任一等警員之後照的，也是穿著整整齊齊的制服。

大野先生明治四十三年（一九一〇）出生，已經八十三歲。現在仍沒有閒著，每天到園裡。四周田園的草被除得乾乾淨淨的。畦上的泥土也細細地隆起著。

他的頭部格外的大，好像塞滿智慧，身子更壯得像能當一名業餘的相撲選手一般。

「為什麼戰後就辭去公職，改行做果樹園藝的工作呢？」

當我如此問起時，他以江戶腔般簡短卻又像柴刀劈柴般的明快說法，表示世事社會全變了。後來鄉人也曾推舉他當鄉長，他婉拒了。

之後，他栽培晚崙西亞種的柳丁，獲致成功。這種柑橘類，日本是在明治三十六年（一九〇三）引進的，雖經以和歌山縣為中心的園藝家苦心栽培，但因日本的溫度不足，無法栽種出優良品種。

大野先生是跑到當時雙方關係已經淡化的日本，向研究者請教栽種法的。他說大家都對他很親切。

他按照所學到的方法，在台東試種，獲得了很理想的成果。據稱，那是因為台東的氣候，與晚崙西亞種柳丁的最佳產地——美國的佛羅里達州——相似之故。順便一提，大野先生是台東農業學校畢業的。

大野先生強調，不管是從農業經營，或是居住條件來談，台東都是好地方，並說：

「北自北海道，南至沖繩以至台灣之間，台東是最好的地方。」

他用了這樣的表達方式。這時，北海道出身的編輯部同仁村井重俊先生，因為在台灣的一角，聽到故鄉的名字，突地抬起了臉，然後又俯下，忍俊不禁地笑了笑。他的這種笑法，是對對方具有相當好感時才會顯露出來的。

簡言之，大野先生的說法乃是談到戰前有關日本版圖時的慣用句，有時還會說：「北自庫頁島、北海道」。

不管怎樣，至少台東正是最適合晚崙西亞種柳丁生長的地區。

據說，大野先生年輕時，台東農學業校有不少茨城縣出身的老師。

大野先生還說：

「茨城縣的農民精神，真是了不起啊。」

的確是如此，茨城縣的農業價值，高居全日本第二位，僅次於北海道，農業人口也很多。被公認為農民文學的不朽作品，長塚節（一八七九～一九一五）的《土》，也是以這個縣的農村為舞台。

大野先生之所以志願當警察，是因為經濟不景氣的緣故。

「昭和五年（一九三〇），經濟確實很蕭條，所以我想當一名薪水階級。碰巧當時正在公開徵募警員，於是，我就去應徵了。僅僅要採用三名，卻有多達五百人報名。」

大野先生雖然也改口說是昭和八年，但應該是他二十歲或二十三歲的時候。

有風聲說身高不夠就會喪失資格。

「我的體格像隻不倒翁。」

但他是以第一名成績自農業學校畢業，又有農業學校校長的推薦書。而且學科考試也都不錯，結果被錄取了。

昭和初年，不分官民機構，中等學校（現高中）畢業的起薪，都是大約三十圓左右。大野先生當然也領了三十圓的月俸。

那個年代在東京這樣的收入是很不容易維持家計的，不過他說在台東，五圓就可以過日子。

「剩下二十五圓就存款。儲蓄越來越多了，就買了田地。」

這些田地，戰後成為園藝家的生活基礎。

他連續服務，後來晉升一等警員。月薪也調至一百圓，勤務則大多是內勤。

日本時代的台灣，比明治初年日本內地社會官尊民卑的情形更為徹底，警察即居於官的最基層。派出所的日本人警員，在各個村裡，被稱為「土皇帝」，前文已經提過了。譬如台灣的代表性文學家，故吳濁流先生的《泥濘》（社會思想社發行）一書中，村裡的警察以「大人」的尊稱登場，大擺臭官架子，相信大野先生該不是那副嘴臉吧！

試舉當年官尊民卑的一例，大阪律師公會所屬律師張有忠先生的自傳《我所愛的台灣、中國與日本》（勁草書房發行）這本書裡，即出現極為明顯的官尊民卑情景。

張有忠先生，一九一五年出生於台南州。昭和十五年（一九四〇），尚在東京帝大法學院就讀時，考取高等文官考試，昭和十七年，任職大阪地方法院法官。

任官不久即為了結婚而返鄉，在台南舉行婚禮。書裡有一段章節談到，他婚後與新娘一同走進台南火車站，在剪票口的警察，向他行舉手禮，不僅如此，所到之處，都受到警員們對待長官的禮儀，使新娘子大為驚訝。新娘子覺得不可思議便問起夫君，張有忠先生小聲回答說：「因為我是高等官。」

還是回過頭來談大野先生吧。

戰前，不管哪個府縣，警察是不攜帶武器的。他們雖在腰間繫著佩刀，但這佩刀並沒有刀刃，只是一種裝飾的配備而已。

「不論是面對什麼犯人，都是赤手空拳來應付。」

大野先生不夾雜手勢，很自然地談著。那年頭，即使是官警也必須有膽量與氣力。

過了不久，他從箱子裡拿出以紅、藍、黃等顏色的石子穿成的項鍊，掛在頸上。這串項鍊是「首長」的象徵。每逢戴上這項鍊去交涉時，就必須有赴死的決心。

唯恐打擾太久，我們便告辭了。

走出玄關，門口有隻狗等著，跟著大野先生走過來。是一隻像中型柴犬的雜種狗。據他夫人說，大野先生有一次去田裡工作時，因為牠纏著不走，所以就帶回來養的。

大野先生很疼愛這隻狗。

「叫什麼名字？」

我這麼一問，大野先生便吸了一口氣才說：

「牠叫波第。」

在日本，這是最普遍的古典式狗名，就像人名的花子與太郎那般。聽了這樣的回答，有一種難以形容的淒涼感襲上心頭。

大野先生送到大門外，才跟我們賦別。

歸途，我不斷地想，我邂逅了一個如今在日本已經很難找到的具有戰前氣質的日本人，而且恐怕不能再相逢的念頭，填滿胸中。這種落寞的感觸，讓我久久不知如何是好。

千金小姐

我對運動方面所知很少，儘管如此，但是戰前的甲子園大賽，台灣嘉義農林學校的棒球隊名聲卻從小耳熟能詳。

順便一提，舊制的中等學校，是小學校之後的課程，修業年限為五年，有中學校、女學校、商業學校、工業學校及農林學校等。戰後，全部改制為新制高校。

大阪神戶間的甲子園球場建造完成，是甲子年的大正十三年（一九二四），這一點可從球場名稱得知。這一年，已經舉辦過十屆的「全國中等學校棒球大會」（現・全國高中棒球冠軍大會），球賽就是在這座球場舉行，自此成為慣例。

此次旅遊，我曾經造訪嘉義市街，前文已談過。

嘉義農林，現已改制為農業專科學校，發展情形令人刮目相看。

小山崗上有很瀟灑的校舍，而山丘下，則是一座紅土與白線鮮明相映的運動場。

同行的永山義高先生，是台北出生的鹿兒島人。

當他看到這運動場時，放下行李，無言地脫掉上衣，走進跑道。不一會兒，彷彿有號令槍響了一般地——實際上並沒有槍聲——開始跑起來。他都已經是五十過半的歲數哩。

這當兒，正好開始下起毛毛細雨。

他毫不在乎地跑著。外行人也看得出，那是標準的跑姿，維持上半身挺直，只有兩腳充滿彈性地轉動著，正式十足運動健將的跑法。

他常常說：

「我是『灣生』呢。」

「灣生」一詞好像是指日本統治台灣的時代，在台灣出生的日本孩子之意。

他曾經說過，他雖然是灣生，但因為年幼時，就遭逢戰敗，因而有關台灣的記憶非常有限。所以每當兄姐們開始回憶台灣的往事時，他就會因無法參與話題而感到落寞。

看來，他可能是想藉由在當年的嘉義農林的運動場上跑步，來給追憶的細胞注入氧氣吧！

沒多久工夫，他回來了，默默地撿起上衣。

這一幕，隱約叫人領悟到，人類並非唯有靠語言，才能寫出詩篇來。

我們在台東原野。

這裡是早期以來卑南族所耕種的田野。往昔，從這塊土地出了嘉義農林的明星選手。日本統治時代，他的名字叫上松耕一，明治三十八年（一九〇五）出生，如果仍在世的話，都快九十歲了。

他從台東的卑南村落，到遙遠的嘉義農林學校就讀，必然是因為他在運動方面擁有出類拔萃的天分之故。

昭和六年（一九三一），上松少年的嘉義農林棒球隊，參加了甲子園的大賽，連戰皆勝，打進準決賽。他擔任的是游擊手。

畢業後，他進入橫濱專門學校（今神奈川大學）就讀，畢業之後，到嘉義的汽車公司服務。另一方面受邀指導母校嘉義農林的棒球隊。

上松耕一結婚後回到台東，創建多所以原住民為對象的學校。戰後，他的名字改為陳耕元。

他在距今三十多年前逝世。

我試著向搬行李到飯店房間的人問：

「你知道上松先生嗎？」

我一不小心竟用日語問了。這是由於這位五十左右歲數的人，不但面孔酷似日本人，而且連舉止都像。

「哦，您說的是『校長先生』吧？」

他輕快地回答，而且是用日本話。怎麼，原來是日本人啊！我在錯愕中脫口而出。

「我是高砂族。」

他又以老式的說法回答。正確的講法，應該是卑南族。

這人是陳正源先生，昭和十年（一九三五）出生的，算起來有十年間，和我同樣是日本人。他的日本名字叫川村正雄。

和陳正源先生在談話當中，我想起有人告訴過我，在老一輩的原住民之間，至今仍然使用著日語。因此，他十歲以前所講的語言，到如今仍然沒有生鏽。

陳先生在本地從事農業。

「上了歲數，為了使身體輕鬆些，所以才決定來飯店工作。」

為了「使身體輕鬆」，這真是美妙的說法。他在飯店的主要工作，是搬運行李。

總歸一句，昭和初年在甲子園揚名的明星球員，如今仍舊以「校長先生」之名，在台東的山野間，被人津津樂道地傳誦著，這真是了不得的事。

換個話題吧。正月在台北晉見李登輝總統時，他告訴我說：

「到了台東，務必見見陳建年先生才好。他是原住民。」

在這個市鎮我也聽胡必重先生等人講起，得知陳建年先生是當年嘉義農林「上松選手」的遺孤。現在他是等於日本地方議員的台灣省議會議員。

李登輝總統曾說過，希望老年時，到東部的山地當一名向原住民傳福音的牧師。如今，儘管這個宿願好像無法達成，不過他仍然是喜歡原住民的。

「必須從原住民之中產生縣長才行。」

李登輝總統也這樣說過。後來，我回國後不久，賴芳英小姐打電話告訴我，說陳建年先生經由選舉當選台東縣長。

這段時期他還不是縣長。

陳建年先生以省議會議員的頭銜來看還很年輕，在日本來說，就好像是青年會議所的會長一般。

我和他在飯店相會。

陳建年先生舉家蒞臨。

他說：「家父在我十一歲時就去世了。」

已故的上松選手——也就是「校長先生」的三個孫子也都同席。長子陳增蔚君（十八歲）、次女陳汶秀小姐（十三歲），長女陳瑩小姐（二十一歲）是高雄著名的文藻外語專科學校日本語科的學生。不用說也在座。

我撕了一張筆記紙，請他們三位寫上各自的名字。紙片傳回我的座位時，一看陳瑩小姐的筆跡，忍不住笑了起來。她在「瑩」這個不常見的字上注解：

「可不是螢火蟲的螢字喔。」

是用日文寫的。「瑩」字的意思，是「光潔閃亮的石頭」，是表示晶亮的形容詞。在日本，由於不是常用漢字，所以一定會有很多日本人錯認為「螢」字。

「陳瑩小姐，我明白了。」

當我向餐桌另一端的她這麼說的時候，她低下臉咯咯地笑起來。

看樣子，在陳家的血統裡，還保有運動神經發達、心靈活潑、愛開玩笑的遺傳因子。

座上的主角，是「可不是螢火蟲」的祖母蔡昭昭女士。

她是一九二一年出生的，都已過古稀之年，卻還擁有令人眼睛一亮的白皙皮膚，大大的眼珠，讓人聯想到瑩字般的澄澈晶瑩。

我因為讀過上個月（一九九三・三・八）的《中國時報》上一則影印資料，所以知道蔡昭昭女士高髮髻加蒙頭綢巾的純日式新娘裝扮姿影。

照片是戰時的昭和十八年（一九四三），在嘉義神社院內拍的。有住持僧侶、雙方家族和新郎新娘。這婚禮照片，可說是台灣那個年代的風俗資料。新郎上松耕一表情頗具深度。他穿了和式禮服，頭髮理得短短的，像是禪堂裡的雲行僧那般，很有男子氣概。

議員先生陳建年氏說：

「家母是嘉義的富家千金。」

蔡家是超級大地主，掌櫃的要去巡視田地時都是騎馬的。

她家是書香門第，雙親都有深厚的漢學素養。昭昭小姐自嘉義高等女學校畢業後，參加了日本內地學校的入學考試。雖然錄取，但因戰爭期間船舶不足，以致無法東渡。這個際遇，也使她挨近了她日後的命運。

昭昭女士說：

「畢業後，到嘉義農事試驗場服務，試驗場裡的田中先生、某某先生（沒聽清楚）全都是可敬的好人。」

在嘉義農林運動場上跑一圈的永山義高先生的父親，以前也在台北林業試驗場服務。而農事試驗場裡的人，則管昭昭小姐叫：「阿昭」。

她說大家都很喜歡她。

嘉義農事試驗場，與農林學校比鄰而居，在這種極高的機率之下，她順理成章地看到在運動場一角，指導棒球的上松耕一教練的丰采。這樣的機率，同樣地也支配了上松教練。

這就是說，她在服務單位的隔鄰，發現了英雄。

後來他們兩人，借用《中國時報》上的描述，便是：「墜入了『愛河』。」

不用說，很多人反對他倆結婚。然而幾經周折之後，末了就像照片的情景，在嘉義神社前舉行婚禮。《中國時報》的報導說：「千金小姐遠嫁山地情郎」。

我問：

「您和先生是用什麼話交談呢？」

她回答說：

「日本話。」

「那您先生和他雙親呢？」

「是用蕃話。」

她使用了這老舊的詞。

一九五八年，上松耕一為了參加學生的聚會，搭車外出，途中發生交通事故而去世，這幾乎可說是一位教育者的因公殉職。

他們結縭僅十四年而已。

宴席中，編輯部的村井重俊先生，似乎喜歡上了神情爽朗的陳建年先生。

「議員先生小時候，一定很頑皮吧。」

他向當媽媽的昭昭女士問一聲。她以動人的笑聲回答說：

「可真皮呢。」

建年先生念小學時，教室的黑板上寫有學校的注意事項。有一天，校方看到那些字全被擦掉，改寫成反向字體的文字，鬧得滿校風雨。

陳耕元老師（上松耕一）大發雷霆，回家後也向太太談起這件事，還說非把犯人抓出來不可。

「外子的個性幾乎和日本人一模一樣，非常討厭不正當的事情。只要是正當合理的事，他必定貫徹到底。」

她聽了這件事後，察覺到多半是寶貝兒子幹的好事。因為建年少年是左撇子，那個時候常常寫反向字玩。

她勸丈夫說：「不是有一首川柳短詩這麼講的嗎？『揪出小偷一看，竟是自家臭小子』。」

她並沒有明說犯人是建年少年，勸丈夫與其調查那件惡作劇，倒不如一笑置之豈不是來得更好嗎？

至於一板一眼的「校長先生」，如何處置這件案子，我倒未再追問。這段小插曲，該是建年少年按捺不住自己橫溢的聰明才智，才會把學校的注意事項改寫成反向字體。這樣的建年少年堪稱是出眾的。

能夠理解到這一層的媽媽，也實在了不起。我猜想，從嘉義的富家嫁到這遙遠台東山地的她，恐怕才是這一家族喜愛詼諧的泉源。

說到這裡，禁不住地想到那位「可不是螢火蟲」的陳瑩姑娘的機智，很明顯地是好的遺傳。

陳瑩姑娘的母親黃玉霞女士，彰化人，是一個智慧型美人。「娶美人妻似乎是父親的遺傳」，《中國時報》的報導文章裡這麼說著，並使用「羅曼蒂克」一詞總結。

宴會快終了時，昭昭女士突如其來地緩緩說：

「日本為什麼丟棄了台灣呢？」

如怨如訴地，且又是出自美人之口，一時有了非比尋常的氣氛，我沒來由地怔住了。

我個人對日本統治時代，日本以超乎國力的方式盡力經營台灣這一點，是給予肯定的。當然，這是在瞭解殖民地統治為國家最惡劣的行徑下的肯定。

進一步說，並非日本本身自願放棄台灣，而是自從昭和時期的經濟恐慌之後，對「滿洲」與中國所採擴張政策形成了惡果，終究在長達十五年的戰爭之後，不得不放棄的。是由於接受波茨坦宣言（一九四五年）而被迫放棄。這些史實，昭昭女士也是知道的。不過昭昭女士所說的放棄，或許是指一九七二年，田中角榮首相時的「日中邦交正常化」和「台、日斷交」也未可知。然而，這是基於世界與亞洲的現實考慮，不得已的權宜之計。

但是，在這全家福方式的宴席上，突然提出現代史的話題，我覺得實在不搭調，所以也就默然了。

可是，昭昭女士卻又再次提起：

「日本，為什麼放棄了台灣呢？」

她瞪著大眼睛這麼說。可以想像她發問的心情，是一種倫理感所使然的。

細加思量，若用一句話來概括她大半輩子的情操，便是宛如水中的玉般晶瑩剔透吧。在這樣的人面前，窮於應答，無疑該是上上之策。

花蓮的小石子

我們一行，正從台東朝目的地花蓮北上。

仍然是雲霧蒸騰的群山，色調就像織布畫似的濃稠。

我們的中型旅行車，駛入花蓮縣境後片刻，胡必重先生囑咐停車。我下車觀賞，只見眼前是一片綺麗如畫的山間水田風光。

「晴天的日子，從這一帶可以看到新高山（玉山）的白色山巔。」

在早期的年代，被認為是日本第一的這座高山，此刻真不巧，因為雲煙籠罩，而未能讓人一睹真面目。

路旁有小學的校門，大概是假日，看不到孩童們的蹤影。校園裡，但見豎著第二次世界大戰之後，來到這座島上持續頒布戒嚴令的人的銅像。

「假如火星人來到台灣，可能會因為這種金屬糞便太多，而大吃一驚吧。」

這話不是胡必重先生說的，而是台灣的幽默人士在哪個地方寫的笑料。

火星人會驚訝的，不光是台灣而已。其他國家亦有不少類似的銅像，追本溯源，可以說是二十世紀新興的意識形態國家所發明的咒具。

當掌權者欲向住民強行灌輸國家觀念時，只要鑄造一個人物的形象，大量複製，擺在人群聚集的場所即可。

他們相信，藉由那塑像的神威，一般住民就會成為只有單一理念電流流通其間的「人民」或「國民」。

其缺點是不具耐久性。

旅行車繼續北上。

半世紀前，在台灣曾經是小學生的田中準造先生，在車上談起他新營的童年往事。在此姑且命題為「電唱機」吧。

「在新營宿舍區，有電唱機的家庭只一家而已。小學六年級時，我每天都跑去聽。」

但是這一家與田中家交惡，大人之間不相來往。

「……因為是小孩子，不懂得這些，滿不在乎地去叨擾。在電唱機前一坐，簡直就像置身另一個世界。」

由於我自己沒有欣賞音樂的能力，所以覺得田中準造先生雖然小小年紀，已經非常不錯了。我打斷了他的話頭，問他是不是聽貝多芬或是莫札特那一類的？

「不、不，好比《愛染桂》啦，就是這些。」

回答之後，他自己也大笑起來。最近挺出來的大肚子，像蟬的鼓膜一般地顫動著。

接著話鋒一轉，變成遣返時的場面。

他說：那時候，僅有的只是身上的衣服，其他什麼也沒有。

當時，依照中華民國之命令，限定每個人衣服三套（可攜帶兩件行李，和手上能提的，以及千圓現金）。

由於運輸上的關係，出發的日期已經排定次序，而電唱機家的太太排在後面的一批。田中家是先出發的一組，後面一批的人前來送行，大家集合到新營車站。不管送的與被送的，都感到前途茫茫。套用社會科學的說法，就是「日本帝國主義」決算的景象。可是，對這名少年來說，有如貝殼類被去除了外殼般，失去了學校朋友及鄰居等這些外殼，剩下白白的肉身，無依又無靠。

擠進了車廂，不久火車喀咚一聲動起來了，就在這一瞬間，本來沒在送行人堆中的電唱機太太，邊跑邊喊地趕過來：

「田中太太！」

準造君的媽媽慌慌張張地由車窗伸出手來，電唱機太太握住那隻手，就那樣握著跑到月台的盡頭。

這一幕之後，小學六年級的準造君劇烈地哭起來，足足哭了一個鐘頭以上。所有的過往全部消逝了。

或許電唱機太太就是這名少年日常性的象徵，不過他倒說，當她漸離漸遠時，他感到自己的少年時代，就此結束。

旅行車即將駛進花蓮市區。

從地圖上看來，花蓮雖然是群山環抱，但仍有一片不算大的狹長平原，從車窗可以看到甘蔗園。

花蓮，戰前叫花蓮港。

這地區也有幾家糖廠，準造先生的尊翁田中清次先生（一八八九～一九七一），於明治末年或大正初年來到此地，在鹽水港製糖的花蓮港糖廠服務。

清次先生單身時代，公家宿舍的鄰居夫婦同樣是鹿兒島縣人，所以受到親切地相待。當時，特別是大藩所在地的縣，縣民意識極為強烈，外出他鄉時，都能互相照顧。

後來，他終於娶了鄰家太太的姪女為妻。

這位名叫久良的姪女，也就是成了準造君的媽媽的人。這名文靜溫和的女性，就憑著伯母的說媒，從鹿兒島縣的鄉下，來到遙遠的花蓮港，而且是姑娘家隻身的旅程。

從日本來的船，先抵達基隆港。

基隆到花蓮，有一天一班的定期船班往返。她轉搭這班船，冒著太平洋的浪濤，好不容易才來到花蓮。

據悉那是大正五年（一九一六）的事。當時的花蓮港既無棧橋也沒有碼頭，船隻停泊在近海處。

與陸地之間，用舢板來回接駁。這種舢板即使滑到岸邊碰撞大小石頭，腳底下還是海。阿美族的搬運工人，下水將人或行李、貨物，扛到岸上。

「真是嚇壞了。」

一九六一年以六十五歲之年病故的慈母，生前一次又一次地向這個么子，談起自己的「入台記」。

正好那年代的花蓮港照片，收錄於我在高雄飯店買到的《台灣懷舊》這本書裡。照片中，六十幾個原住民在海濱工作，的的確確令人感到他們的勇敢健壯。

再回到我們的旅程。

越過遙遠的山野，終於來到飯店前下車，由於疲累，好像喝醉了酒一般，整個身子都泛白了。

不料我在大廳前面，受到歡呼聲的迎接。儘管是飯店發給的服裝，但是三名阿美族的女性，戴著孔雀開屏的民族帽，胸前掛滿了綠白相間的大項鍊，黑上衣、紅套裝加上白褲子，猶如滿開的花朵般的盛裝，站在那裡。

中央那名女性的腳邊，放著中心挖空的橫木，那名女性用杖子搗捶時，發出小鼓般的聲音。

「砰、砰、砰。」

她們搗出聲音笑著。雖然知道是飯店的宣傳手法，但只因這些人是以前被稱為「高砂族」的阿美族，因此感到格外的親切。

內人借了杖子，朝著中空的橫木，搗了下去。

「將杖子輕輕地放下就行了。」

漂亮的日語，出自中間那名女性的口中，她並且示範，發出了很美的聲響。

「請試試吧！」

說著又將杖子交給內人，內人於是如法炮製。

「好極了。」

說著又笑了。問了她名字，她回答說：

「原田美智子。」

當然，她應該也有中國式的名字，但是知道我們是日本人，所以說出日本統治時代的戶籍名。另兩名女性則說了中國名字，她們都會講日語。

「噢，原來如此。」

我的腦子緩緩地轉了一圈。

「對呀，妳們都不年輕了吧？」

我這麼一說，她們就笑開了。我起初以為是年輕的姑娘們，但是會日語的一代，應該有相當年紀了。

原田女士說是昭和十五年（一九四〇）出生，也都五十好幾了。可是看起來還很年輕。

「妳從哪兒來的？」

「吉野村，騎機車來的。」

「騎機車啊？」

這讓我想起她們都過著好日子。

她們所住的吉野村在花蓮的郊外，是日本統治時代，政府經營的開拓移民村舊址。

翌日，我到市街與郊外散步。

花蓮與它四周的群山，自古以來就是原住民的天地。

漢民族來到台灣，是十七世紀之後的事，這一點已如前述。他們拓墾了西部的原野，可是因為懼怕原住民，不敢挨近東部的花蓮與附近地區。

清咸豐元年（一八五一），日本史上是「培理來航」事件的前兩年。台北附近的有錢人，募集兩千數百移民移居到此開墾。而後在清光緒二年（一八七六），亦即日本史明治九年，宜蘭人招募移民前來墾荒。都因中途受到挫折而有過一段興衰。

一八九五年開啟日本統治時代之初，設置花蓮港廳，當時的花蓮仍近乎是處女地。或許因為這個緣故，常常有台灣的人士告訴我說：

「一定要去花蓮走走。那邊的街頭，就像戰前的日本市街一樣。」

果然，當我在商店街閒逛時，恍若走進我們少年時代的街頭一角。還有，如果有人說這一帶，是山田洋次所導演的《男人真命苦》電影裡帝釋天（佛教守護神，十二天之一）古廟前的街頭場景，也不至於顯得不自然。

連榻榻米店都有。掛的是「安居疊席行」的招牌，地板上堆放著一大堆榻榻米、草蓆之類的東西。

當我好奇地站在店前時，一名附近的老婦人走出來，親切地說：

「這家是阿生的店哩。」

這完全與帝釋天廟前的人情相似。

楊楊米店的阿生也走出來了。他是大正六年（一九一七）生，名叫何金生。

「唉唷，阿生啊，原來還有個這麼響叮噹的名字呀。都認識幾十年了，還不知道你姓啥名叫什麼哩。」

她這麼調侃了楊楊米店老闆。我覺得這位老婦人，活像是戰前住在東京老街女學校出身的，安享晚年的老太太。

她說已八十高齡了，我請教了芳名。

「我叫夏鸞英，鸞是親鸞上人的鸞，我自己的房間，到現在還鋪著楊楊米呢？」

我應和著，老婦人也好像快活起來似的說：

「在這樣的地方站著談不太好吧，可不可以請大家到舍間喝喝茶？」

這麼一來，更叫人覺得置身在《男人真命苦》的電影世界中了。我們雖然沒能叨擾，但不管如何，在亞洲各地，往往被認為面目可憎的日本人，居然也能夠受到這麼親切的款待，不能不說令人銘感五內。

我們來到海岸邊。

嶄新的港口，堂堂展現在眼前，大型貨輪停靠在碼頭。

根據紀錄，這一帶的築港工程，始自昭和六年（一九三一）。

「以前的海灘都不見了嗎？」

我邊想著田中準造先生令慈，邊問了住在當地的作曲家林道生先生。

林道生先生就是帶領我們觀光花蓮市區的嚮導。

「有的。」

他帶我們到另一處海濱，那裡既沒有碼頭，也沒有棧橋。

整片海灘盡是些雙臂合抱大小的石頭，與無數的防波水泥樁。那是為了減弱波浪沖力的設施。

田中準造先生的令慈，隻身在此地登陸時，相信是更荒涼的景象。

稍後，準造先生與他夫人泉女士不見了。大家找了找，原來是在大約有小白熊大小的石頭堆裡撿小石子。

「這裡的小石子，就像玉一樣哩！」

準造先生靦腆地說。我在內心裡猜想：對他而言，說不定這些小石子當中，或許有老資格的石子，認識他年輕時的慈母，所以他才如此追尋的吧！

其後，我們見到了林道生先生的令慈。

她是台灣西部的彰化人。六歲時，因為父親事業失敗，舉家遷居花蓮。

「童稚的心靈彷彿覺得是來到天涯海角似的。」

她提起和準造先生的令慈相似的，在海濱體驗到的驚慌心情。

「從彰化來到基隆，夜裡搭上了船，第二天早上抵達那個海邊。到如今我還記得，那像是被流放到孤島般的悲傷。」

兩者都是大正時代的往事。

花蓮，實在是個好地方。只是絕大多數居民們，正因為他們的祖先都是這百年來的移居者，遷徙當初的辛酸血淚，至今猶存。準造先生也許就是想從那些小石子當中，找出那種悲傷吧。他撿起石子，一顆顆放進袋子裡。

太魯閣的雨

這一系列紀行，就在花蓮市街告終。

在花蓮，走了不少地方。路過日本統治時代的鐵道部宿舍前，遂走進日本人撤離時留下來的佛寺院內，也走訪了舊花蓮港神社。這座神社如今變成國民黨的忠烈祠了。本地作曲家林道生先生一面爬登石階，一面看著松樹說：

「日本人真是喜愛松樹呀。」

他道出極富寓意的話題。說來，在日本中世的畫卷裡倒確實幾乎都有松樹。這想必是當時住過花蓮的日本人，為了能夠接近日本式的景觀，而種了松樹。

我們在佛寺裡，與林道生先生的令慈見面。

她已八十五高齡，如前面所述，她是六歲時從彰化來到花蓮的，芳明鄭輕烟。

她先生過世了，骨灰寄厝在日本統治時代，曹洞宗（道元）派的禪寺，輕烟女士每星期來祭拜一次。

不知為了什麼緣故，輕烟女士引導我參觀了鋼筋混凝土的納骨塔。爬上好長好長的螺旋狀階梯，中層有她先生的遺骨。我們還是繼續往上爬。我覺得彷彿見到了全花蓮的死者，爬到頂端，差點上氣不接下氣。然後，就走下來了。雖然只如此，卻也興起肅然起敬的感覺。

「在這個市鎮，提起佛寺，至今仍然保留日語的說法，叫『おてら』（otera）。」

林道生先生這麼說。管佛教的建築叫「寺」，不用說這是漢民族創造的詞。

在古代中國，原本「寺」的意思，是指「對外關係之官廳」的建築物。佛像與佛經傳進中國時，由於沒有專用的建築物，只好暫時安置在官署廳舍的「寺」。往後，佛教建築物就被稱為「寺」。

把「寺」字唸做「テラ」（tera）的日語歷史相當久遠。如果說佛教是六世紀中葉，經由韓國百濟傳入日本時成立的，那麼可能原本是百濟語亦未可知。只是百濟語本身沒有留傳下來，因此無從比較。

另外一說認為「テラ」的語源，是由鄰近佛教發祥地印度的巴利（Pali）語（斯里蘭卡的佛典用語）的thera而來的。

若此說成立，那麼語言也有輪迴轉生現象。斯里蘭卡的古典語，還活在台灣的花蓮。

在院內，豎立著列有眾多捐贈者的揭示板。我抬頭看著揭示板，暫時以欣賞花蓮的台灣人姓名為樂。

林與陳最多，鄭、曾、趙、張、王、黃、李也不少。接下去，有吳、佘、洪、朱、謝、潘、邱、白、石、涂、徐、廖、劉、溫、唐、簡、賴、高、楊等等，以福建省與廣東省的姓氏居多。

全部都是十七世紀以後，從唐山（中國大陸）過來，在台灣開創新天地的人們的後裔。

在我這麼仰著頭看的時候，研究生賴芳英小姐說：

「台灣以前的人名（不是姓）當中，有時會有土裡土氣的名字。」

我起初不解她的意思。她又說：

「有阿字的名字很多。」

這個「阿」字，亦即魯迅的《阿Q正傳》的阿，加在稱呼前面，表示親近。相當於日本話的「ちゃん」（chan）。

這問題我想了半天，後來總算想通了。覺得賴小姐所講的土氣，可能就是傳統台灣社會的可貴處。順便談談，賴小姐的家族來到台灣已有三百年，她尊翁賴雲琛先生是第十九代，尊祖的名字叫阿安。

不僅是台灣如此，從前的社會很狹窄，人們在家族與村落中，譬如被叫阿△阿○，便終其一生。

這揭示板上眾多「芳名」中，也有不少阿字的名字。例如像是女性名字的阿秀、阿美、阿錦、阿雲、阿娥……

話說我們到花蓮的第二天，搭乘的計程車司機先生——看似五十來歲的男性——名字即叫阿水。

他是個精神飽滿的人，像一陣風似的開著車。不久我們來到一道圍牆邊，牆面上，畫了一幅大大的，用線描繪並塗上色彩的腳底圖。

「這是塗鴉嗎？」

「不，應該是大人畫的。」

一看，確實是標示著一塊一塊的腳底穴道。

「是做什麼的呢？」

「我想是善意吧。」

花蓮山中產大理石。其碎石片鋪在人行道的一側，赤腳走起來，一定會痛的。

「我明白了。」

簡言之，這就是腳底的指壓。這麼說來，那壁畫就如同阿水說的，正是出於一番好意。

花蓮現在的人口，聽說已有三十萬之多。儘管如此，就像村子裡叔叔摸摸姪兒頭頂的小社會那般的親切場面，仍然存在著。似乎可以說，如同加個「阿」字來作為戶籍名那樣，相互間共有著彼此的體溫。

可是，當我問他，你也做腳底健康法嗎？

他卻不屑一顧似的回答：

「我才沒那種閒工夫呢。」

他是一九三四年出生，日本戰敗時小學五年級，所以會說日語。

「從六年級開始學北京話。在漢字旁邊注上片假名學的。老師是中華民國的憲兵，腰間還佩帶著手槍呢。」

此次旅遊，可以說是從一九九三年正月開始的。

這一年的一月五日晚上八點，在李登輝總統官邸，承茶點招待。這些經過，前面已談及。

當晚，同席的何既明夫人後來說：

「……李登輝先生和他家人，個個都是那麼一本正經。」

我還記得她說這話時，微彎著腰身，多麼有趣似的，又多麼感佩似的。

在李登輝先生的會客室裡，大家聊得好快活。由於時間到了，我起身準備告辭，李登輝先生連忙制止。

「請再坐一會兒。」

可是打擾太晚，有礙他的健康，我於是說四月間我會再來，並表示：

「下次準備到東部的山地去看看。」

「那麼，四月時由我來當嚮導吧。」

他用舊制高校生的日語說。開玩笑，讓這樣的大人物來當嚮導，叫人怎麼承受得起。我這麼想著，同時，對於他這種與亞洲式威嚴作風相去不只十萬八千里的人品表現，感到驚異不已。

總之，我婉謝了。但是，他卻歪斜著頭說：

「可是，不瞭解（山地的）歷史……」

「不，不，我是住在日本的呀。」

日本是世界有數的書籍文化之國，這一點李登輝先生是知之甚稔的。只要讀相關書籍就會瞭解的呀。

為了這個緣故，正月以後，我每天閱讀有關台灣的書籍。從這個島被稱作「福爾摩沙」的大航海時代之紀錄，到荷蘭時代、鄭成功時代，以及清朝時期移民的西部平原之開拓，外加有關非漢民族的考古學、文化人類學的書，進而連日本統治時代的事、製糖業、風俗誌、考古學報告、有關台北帝大的書籍、各中學的同窗會誌、孫文傳、蔣介石傳、蔣經國傳、「中華民國」的渡台及其戒嚴令下的情況等等，連自費出版的自傳與手記之類，都加以閱讀。

得力於這些書本的助益，我自以為總算成了半個台灣人，而於四月間再來訪問。

在走訪之際，我對台灣產生了愛與危機感。

三百年來，人們靠自己的力氣活過來的這座孤島，正如日本曾經將它據為自己領土是一項錯誤那樣，站在人類尊嚴之立場而言，我想既有的任何一個國家，都不應該跨海過來佔有這個島。

理所當然的，這座島的主人，是以此島為生死之地的無數百姓。

在佛寺納骨塔接受供養的林道生先生之先父、他那位前去供養的慈母輕烟女士、開了三十六年計程車的阿水先生、畫腳底壁畫的人、榻榻米店的阿生，還有從吉野村騎機車來街上飯店上班的阿美族歐巴桑們，這島豈不是屬於這些人的嗎？

然而，在歷代的台灣，他們，也就是像名字上加了「阿」的那些人們，只不過是潛伏於台灣社會底下的水流罷了。

如今，水已經在地面上流動了。

在道道地地生於台灣的台灣人（本島人）這一點上面，與我在花蓮遇見的人們毫無兩樣的李登輝先生，成為這個國家的元首。

這是台灣有史以來破天荒的事，太值得慶幸了。故此當我在日本由報紙獲知這項消息時，覺得彷彿是夢幻一般，現實感極為稀薄。

「我可是正統的總統啊。」

前述正月的茶席上，當他本人一本正經地這麼說的時候，我忍不住地覺得可笑了。

確實的，沒有比這更正統了。一九八八年，前總統蔣經國病逝時，依憲法之規定，這位台北縣三芝鄉的農民子弟升級為總統，隔了兩年，國民黨臨時中央委員會全體會議，選出也是農業經濟學者的他為第八任總統。

這其間，連一聲槍響都沒有。

然而，一如世界上所有的國家，若依某種看法來看，便都含有幻想成分那樣地，他所擔任總統的中華民國，從外面看來，好像就要被自己空想裡的大空殼子壓碎了。

那就是：明明是在台灣島上，卻又硬說整個中國大陸是她的領土。

此種空想的共有者，形式上，是指與已故的蔣介石一起從大陸來的所謂「外省人」，以階層言，乃是戰後在這島上長期地享受一黨獨裁權力利益的人們。當然啦，如今這空想一如破碎的風箏竹骨，只剩下一副骨架。

李登輝先生繼承了這個「空想」，且居於巔峰。

不過，他比任何人都富於現實認識力。繼任總統的次年（一九八九），訪問新加坡時，李光耀總理稱他為：

「來自台灣的總統。」

這話把他在國際法上的地位，巧妙地表現出來。意思是說：你並不是中國的總統，而只是台灣的總統罷了。當記者群詢問他對這個稱呼的感想時，他笑著回答說：

「雖不滿意，但可以接受。」

記者群都滿懷善意地大笑起來。

乾脆——像我這樣的外國人，就好比想出破棋局的一著般的——降下「青天白日」旗（雖然已經是走入歷史的旗子），停用中華民國的國號，改為台灣共和國，豈不是可以一舉成為充滿現實感的國家了嗎？不過這種想法，未免對歷史包袱的束縛太遲鈍了吧。

這麼一來，說不定會引起「外省人」的大反彈，激起洶湧波濤亦未可知。

對這個本該是榻榻米店的阿生、司機阿水才是主人的國家而言，可以說，不能保證他們天壽的內亂，才是最壞的未來。

另一方面，在台灣，本島人之間有著猶如硝化甘油般的「台灣獨立」運動——只要在岩縫裡滴下幾滴，便可能讓整個岩山崩塌。

「台灣獨立，有百害而無一利。」

前述的正月旅遊時，李登輝先生於一月四日電視演說中，就曾發表此種內容的談話。的的確確，給鄉土意識這種可燃物點火的運動，或許會遺留下百年禍根也說不定。

我們於四月九日到花蓮市。次日，參觀了市區，還爬上了納骨塔。

當晚，李登輝先生蒞臨我們住宿的花蓮中信大飯店。總覺得他是一個言出必行的人，真是不可思議。

夫人曾文惠女士也同時光臨。聽說李登輝先生從年輕時代起就把自己讀書的感想，拿來和文惠女士互相談論，她，看來正是適合這種習慣的人。

這對夫妻唯一的愛子李憲文先生，年紀輕輕的，竟因為癌症去世了。

他的遺孀張月雲女士，和十二歲的孤女李坤儀小妹妹——小學六年級——也在一起。總歸一句，他該是為了使我不至於太介意，才這麼安排的，採取了家族旅行途中的方式。

花蓮，有太魯閣的斷崖絕壁與急流勝景。以前曾是原住民九族從事狩獵生活的山地。據悉，李登輝先生準備次日清晨，讓愛孫女李坤儀小妹妹，欣賞那邊的明媚風光。

「到了六十歲，希望在山地傳播福音。」

李登輝先生這話所指的山地，以象徵性的意義來說，大概就是指太魯閣的山岳吧。

我也受邀同赴太魯閣一遊，但我卻以與其尋幽探勝，不如享受晏起的任性話來加以婉拒，並得到他的諒解。

翌晨，我遲遲起床，窗外正下著雨。

忽然，我想起了李登輝先生和他家人所搭的車，正爬在斷崖微鑿的太魯閣坡道上。

這想像中的山雨，大得讓我覺得如果我是基督徒，真想祈求上帝保佑，然而爬駛而上的車子，就像《聖經》裡的人那樣的意志旺盛。

到了下午，畫家安野光雅他們，回到了飯店。畫家一行人，並非和李登輝先生家族，一塊兒爬上太魯閣山峰的。

畫家說：

「我們遇見了李登輝先生他們呢。」

據云畫家在山崖路旁稍寬處寫生時，雨勢變大，只好躲進車裡。雨轉小後走出車外，正好李登輝先生的座車下來了。

李登輝先生眼尖，似乎發現道路旁的人們，停車走了下來喊著：

「田中先生。」

站在大溪谷崖邊的田中準造先生，由於自己的名字竟被記住而大吃一驚。

只是這樣的經過。

其實，李登輝先生是在昨晚的餐桌上，才初次見到田中準造先生的。用餐之間，「準造少年與台灣的回憶」這如詩般的故事，成為談話的題材。

他或許是因為在山中，重逢那詩中少年而喜悅的吧，才會用那種令人心口一敞的聲音喊了那名字。這位長老的感性究竟如何，由此亦不難想像。

台灣的話題，就此做個結束，儘管我腦海裡的雨，至今仍下個不停。

對談 生在台灣的悲哀

李登輝 × 司馬遼太郎

前言

「您對台灣可真情有獨鍾嘛。」

總編輯穴吹史士先生如此調侃我，但作為一個人的深痛感受——說得冠冕堂皇便是惻隱之心——我是由衷地關切台灣的未來（不用說我更關切日本，但是有朝一日，日本終將從政治疲乏之中恢復過來吧。）

台灣，除了原住民之外，是十七世紀以後，由海上難民（boat people）所成立的無主之地，並以此度過過往歲月。恰如紀元前的日本列島，是亞洲的海上難民之國度。

始自一八九五年的五十年間，台灣屬於日本領土。借用梅棹忠夫先生的話來說，在那年代，日本是「多種族國家」。直到一九四五年與日本分離為止，生於斯受教於斯的台灣人，幾乎就是不折不扣的日本人，這一點，我們已漸漸淡忘了。連對近代日本筆下頗不留情的邱永漢先生，對於台灣島的這五十年，也有過如下的說法：

「倘非如此，則台灣仍然是像近鄰的海南島那樣的吧。」

台灣與日本分割之後，迎接了「中華民國」的闖入。

意外的，本島人（台灣人）遭受到強烈的壓制。後來，這一千數百萬的本島人，被總部設在倫敦的世界人權組織，以此一民族受到歧視與壓迫為理由，歸類為「少數民族」。

儘管他們本來是漢民族，卻因五十年的歷史，而成了與其他漢族不同——不同到足以使其遭受差別待遇——的另一民族。

「但願能夠使她成為一個可以讓人夜裡安心睡覺的國家。」

這是第一個本島人出生而成為統治者的李登輝博士的願望，並且這個願望至今依然繼續保持著。

戰後有一段時期，人們曾因「國家」所帶來的毫無理由的迫害，而膽顫心驚。那種時代已經告終。蔣家時代落幕，難以置信的是，本島人的李登輝先生成為總統。

這其間，只能說是奇蹟吧。沒有一發槍聲，更沒有權謀術數，就像顧客在百貨公司裡從一個攤位，轉到另一個攤位那樣自然地，由於蔣經國的死亡，同時也根據憲法的規定，副總統的他，升格為總統。這是一九八八年一月的事，也僅僅是六年之前的事。如果說，克萊歐（希臘神話中掌管歷史的女神）不論對哪個國家，都會微笑一次的話，那麼那時的台灣正好是碰上了。

他本人以前曾說想當一名牧師，「希望到山地去傳播福音」，這個願望並未實現。

台灣何其幸運，能夠擁有全世界教養最高，而且淡泊名利的元首。人們曾經疑慮像他這樣的人，處於既得利益者的外省人（來自大陸的人們）政界中，能否順利地經營國家政治，但是從這幾次恰如特技般的靈活營運，終於化解了人們這樣的不安。

這篇對談，準備當作《台灣紀行》的額外篇。最盼望的，莫過於讓中國大陸的人們，也有機會閱讀。

（司馬遼太郎記）

誕生在無主島上的文明國

司馬　今年，我在同窗會的酒席上，當著中國語、俄語、德語等教授們面前，談起了台灣的旅遊見聞。我的結論是：「台灣是個文明國家喔。」毋庸置疑，台灣擁有很多的尖端科技。我並不是說這就是文明，如果借用稍早年代的比喻來講，一到清晨五點，牛奶盒中就會有鮮奶放著。你不用自己養牛、擠奶，送牛乳的人也不必擔心在路上被游擊隊殺害，而能安全地送達。早上，報紙可以平安送到，讓你讀到全世界的資訊，我想這就是文明。

這些，台灣都已經有了，並且還正朝著充實之路邁進。如果說法國是建國一百幾十歲的國家，那麼民主台灣誕生才五、六年，還只是個嬰兒國家。比起密特朗先生，想來李登輝先生必是樂在其中，同時也艱苦備嘗吧。這該是因為您出生於台灣的緣故。

李　當我向內人提起，和司馬先生交談時，什麼話題才好呢？她說：「生為台灣人的悲哀吧」。於是兩人就談到《舊約聖經》裡的〈出埃及記〉。

司馬　那是因為出生地是上帝決定的吧。今天，我想和總統談談「出生地的苦楚」。譬如說，如果生在當今的波西米亞，那真是不得了。然而，我也想，如果真的生在波西米亞，那就努力去改善，這該是生而為人的尊嚴吧。

李　可是我會因無從為波西米亞略盡心力而感到苦楚。我也曾經有過生而為台灣人，卻沒有能夠為台灣做任何事的悲哀。

司馬　想起來，台灣這座島，似乎有過被認為不屬於任何人的時代。

我認為把別人的國家當作殖民地，就像在壓碎相當於背脊的民族自尊心一般，這樣的行為，是國家最大的惡。可是明治四年（一八七一），在台灣東海岸曾發生琉球人被殺事件。台灣到底是哪個國家的呢？明治政府為此煞費思量。當時受聘於明治政府的法國法律專家波亞索納德（Gustave Émil Boissonade，一八二五～一九一〇）報告說：台灣島乃無主之國。更早以前，美國外交官唐賢德・哈里斯（Townsend Harris，一八〇四～七八），到台灣旅行後，上書總統，建言可將東半部無主之地納為美國領土。

李　中日甲午（日清）戰爭敗給日本時，李鴻章最先割讓給日本的就是台灣。他的意思是台灣嘛，不要也罷，反正是化外之地。日本就是得到了也只是增加麻煩而已。就是這樣的感覺。

司馬　當時，日本政府宣告說，不願意的人盡可離去。以當年粗魯年代的日本來說，那已經算是對居民打了個還算像樣的招呼了。

李　願意入日本籍的人可以留下來。財產也完全承認。不高興的人，可在兩年之內回大陸去。

接下來是大戰結束。依據開羅宣言，日本從中國取得的土地，包括台灣在內，全部歸還中國。

司馬　實際上建設台灣的是十七世紀前後，從福建與廣東過來的人們，不是其他的任何人。

李　這一點我不便任意回答。因為目前我是中華民國總統。

日本政府將台灣歸還中華民國。中華民國政府由於在大陸的內戰戰敗而來到台灣。失去了一切，只剩下台灣。中國共產黨說台灣省是中華人民共和國的一省，這真是個怪異的夢吧，台灣與大陸，是不同的政府。目前，我只能說到這裡。

司馬　世上再沒有比「中華」這個詞更混淆不清的了。

李　中國一詞也混淆不清。

司馬　連「中國人」這個詞也是。聽說新加坡領導人李光耀先生去澳洲時，說過如下的話：「就像當今的澳洲人不認為自己是英國人那樣，我們也不是中國人，是新加坡人。」

德國人與瑞典人都是日耳曼民族。但是，德國人不會為了在瑞典銷售產品，而說「你我都同樣是日耳曼人呀」。西班牙人跑到法國也不會說：看在同是拉丁人的分上如何如何吧。

儘管同是漢民族，但是台灣是台灣人的國家才是。

國家的規模與「公」

李 一定要屬於台灣人，這是基本的觀點。十九世紀以來，雖然主權的問題一直被討論，但是主權這個詞，可說是危險的語彙。大陸主張主權，說中華人民共和國繼承了中華民國，因此權利歸其所有。

司馬 我覺得北京政府把那麼遼闊的版圖，搞得還算不錯，但是過去從未有市民社會與法治國家的經驗，所以才會發生天安門事件。他們說台灣是我們的。這是十九世紀以前，對領土、版圖和雜居地都還不能區別的時代的東方式想法。

李 如果有機會與江澤民先生見面，我希望對他說：「在談台灣政策與國家統一這些問題之前，先研究研究台灣是什麼，如何？」還要說，如果仍抱著統治台灣人民的想法，另一個二二八事件就會發生。

司馬 中國的高層之輩，恐怕從來也沒有從根源性與世界史的觀點，來思考過台灣到底是什麼吧。

中國將西藏納入國土，還有內蒙古也是，這些如果從住民的立場來看，實在是荒謬的事。毛澤東早期的少數民族政策，理念上倒還不錯，但實際上內蒙古與西藏的人民，似乎都非常痛苦，那種做法，假使還要強行施加於台灣，那在世界史上，恐怕會成為人類史的慘禍吧。

李　「台灣只要獨立，必定武力侵犯」，這類的老調，一再重彈。

司馬　但願一個地區經營出來的良好歷史，不致有外力一舉加以摧毀啊。

李　台灣如果宣布獨立，北京應該也會怕起來。說不定西藏與新疆也會跟著要求獨立。

司馬　明朝時代，是純粹的漢族國家規模。新疆維吾爾自治區、西藏、內蒙古等都不是中國的領土。到了異族王朝清代，才變成現在的版圖。

大陸政權，照說應該尊重民意才是。應該問問藏族、蒙族、維吾爾族各族人的意願。可是他們不去聽，也沒有這種思想，就把清朝的版圖全盤接收了。

一個國家是有適當規模的。大約像法國吧。它剛好和四川省差不多的大小，然而四川省永遠還是四川省。而法國卻產生了文明。光一個北京政府，要控制比整個歐洲更廣闊的地域，實在太勉強。不管怎麼做，都會成為粗暴的國內帝國主義。

李　當今大陸正在高唱民族主義。號稱五族，把新疆、西藏、蒙古各族，全部劃歸中華民族。我在想：北京如果老是想要締造大中華民族、大中華帝國，那亞洲真會不得了。

司馬　照那樣的理念來推論，那麼把使用漢字的日本，還有華僑人數很多的泰國與印尼等，都劃歸大中華帝國的話也不會有什麼矛盾。可是，漢民族王朝中具代表性的是宋與明，其後的王朝都是異族建立的。古代的唐、元、清各朝也是。周邊不時都有「在野黨」虎視眈眈，每當中國內部腐敗，異族王朝隨之而起，形成制衡狀態。當今沒有在野黨了，中國本身又將如何去追求自淨的能力呢？如果還是以大中華帝國自居，那必然會走向腐敗。

除此之外，中國又沒有天下為公的思想，即使毛澤東之後的人也沒有。中國歷代皇帝全都視天下乃私有物，毛澤東若未曾把國家視為私有，則不至於做出像無產階級文化大革命那種亂七八糟的勾當了。

鄧小平正在搞令人莫名其妙的社會主義市場經濟，把兩種全然不同的東西合而為一。我以為他是一個大的政治家，但所揭櫫的社會主義，到頭來無異於隱喻中國乃為鄧小平一個人所有。

如果說，這種矛盾也能夠大模大樣地推動，那也是中國人了不起的地方。但這同時也顯示孫文的「天下為公」的思想，根本就沒有生根。

我和台灣的青年朋友談話時感到非常驚訝。聽說在小學與國中的教育中，學生必須強記自古代的三皇五帝，到清朝最後皇帝宣統帝為止的名號。大家都背得很熟。我想這是沒有用的。

李　對，是沒什麼用。

司馬　李登輝先生您好像也有同感。

李　目前鄉土的教育加多了。我要求在國民教育的課程裡，加入更多台灣的歷史、台灣的地理，還有自己的根等。不教台灣的事物，光讓孩子記大陸的事情，這簡直是無聊透頂的教育。

台灣話與莎士比亞

司馬　這種發言，大約五年前在台灣是不行的。台灣轉變成新的國家了。

李　講台灣話就已經是了不得的事。像我兒子的年代，在學校如果說台語，就跟日治時代講台語要被處分一樣，會受罰的。只准許說中國話。我現在率先用台語講。非如此不可了。就是巡迴助選演說時，也都全部用台灣話講。

司馬　是用閩南語嗎？

李　對。台灣人想聽的，譬如到了雲林縣，就有那邊的鄉村語言。用那種農村的語言演講，一聽就懂。你用中國話說說看，根本聽不懂。用台語來說，就可以讓他們覺得這是會為我們設想的人。

司馬　英語裡頭，摻入了百分之七十以上的法語，不過據說詩裡用多了法語，就會令人感到生硬。但是如果用自古以來的英語寫詩，就很容易使人引起共鳴。

李　就像莎士比亞那樣吧。

司馬　拿日本的例子來說，京都第三高等學校的學寮寮歌「紅萌ゆる」（燃燒的紅），是以大和語作成的歌詞。而第一高等學校的「嗚呼玉杯に花うけて」（啊，玉杯盛著花朵）則是用漢語寫成的。有人說，還是「紅萌ゆる」較能敲動人心。台灣話就是台灣的大和語，所以好像容易打動人心。

李　以往掌握台灣權力的，全部是外來政權。最近我都可以坦然這麼說了。即使是國民黨，也是外來政權呀！那只是來統治台灣人的黨。必須將它變成台灣人的國民黨。從前，我們七十歲的這一代，夜裡都難以安安穩穩地睡覺。我不願讓後代子孫遭受此種境遇。

司馬　李登輝先生您二十二歲時，由日本人變成中華民國國民。聽說那年代，知識青年們都不能安心睡眠是嗎？像中華民國憲兵一類的會找上門來。如果聽到敲門聲，想探頭看個究竟，那就完了，一定要馬上逃。度過那段心驚膽顫的日子，好不容易才獲得了今天這種高水準的自由和法治。這是漢民族史無前例的，實在值得慶幸。

李　外省人也同樣是漢族，這一點當然沒錯。說起來只是先來後到之分別而已。大家一起來幹就好。台灣人也不必排斥他們。不過這一點倒相當困難。譬如說，為什麼前任行政院長不得不換人呢？這一點也是關聯到這個問題。

司馬　您指的是郝柏村先生吧。他是道行老到的軍人出身政治人物，就像中國自古以來就有難以應付的角色。真不曉得像個牧師的李登輝先生您要怎樣才能使那種角色離開權力中心，教人捏了一把冷汗，不過總算功德圓滿了。

李　我的任期還有兩年三個月，總希望能夠建設一個「公」的國家、社會。我與交通部長談話時，聽到他說中正國際機場的擴充工程，不如預期的順利。目前若勉強著手推動第二期工程，或許會引起像成田機場那樣的事件。加上又有噪音問題，可能附近居民的反對會更加強烈，這些該如何對應呢？

如今在台灣，社區——也就是日本的「團地」活動頗為盛行。往日被壓抑過來的人民，希望大家各憑自由意志，投入國家建設、社會建設之行列。為了這個，首先須在社區裡商討日常的各項共同問題。諸如家庭事務、女性的社會參與等等。為了防範小偷進入，大家來守望相助。

好比機場的問題，也是一再和當地居民溝通。以機場為中心有兩個村，把這兩村的都市計畫重新規劃，並整備機場內部。從機場的清潔工作，到飛機的行李之搬運，乃至餐廳的經營，統統交給當地人去辦理，重要的是，讓大家有「機場是我們的」的想法。

我將修改憲法，完成所有的民主改革；最後則是總統直接民選。如此一來，台灣人就滿意了。

這些都實現以後，台灣的重大政治性問題，也就迎刃而解。

北京的掌權者，對台灣感到頭痛的，有下列三個問題。

首先是台灣的民主化。只要徹底地推行民主化，便不可能僅僅靠國共兩黨領導者的會談，來決定國家前途，也不容許未經雙方人民同意而擅作決定。現在還有心懷叵測之輩，竟然寫信給鄧小平要求切莫放棄武力犯台。

司馬　這種賣國賊行為我也時有所聞。台灣，真是不得了啊。

李　其次是我的外交。不僅是已訪問過的東南亞三國，今後我還會繼續跑。甚至讓全世界感到意外的國家也都要去。至於日本和美國，留到最後再說吧。

我儘管是國家元首，但原本就是經濟學者與農業學者。我能提供經濟援助，也可以互相討論。舉例說吧，像對菲律賓羅慕斯總統、印尼蘇哈托總統來說，農村問題都是最傷腦筋的事。我呢，農業問題我是專家。在台灣，如果要談豬肉的問題，沒有人談得過我（笑）。所以也不必是李總統，而是以李博士和他們談。頭銜嘛，無所謂。累積了這種實質外交，不就可以自然而然地，讓國際間理解到台灣對世界所扮演的角色嗎？

第三，過去採的是「大陸軍主義」，只擁有一堆戰車。最近，買了不少直升戰鬥機與戰鬥機。有了這些空軍軍力，今後三十年間，台灣的空軍不成問題。這種軍事戰略結構的變化，讓中國共產黨感到頭痛了。

司馬　戰車是落伍了，尤其是防衛像台灣這種到處水田地帶的地方。這種話題，實在有點讓人覺得危言聳聽。

李 我每兩週都舉行一次軍事會議，有些專家大吃一驚，李登輝總統學習軍事知識，為何能夠這麼快速呢？聽說他們還稱我是軍事天才。（笑）

成為蔣經國的接班人

司馬 當您閒暇時，最希望好好閱讀的是什麼書呢？

李 最近，買了岩波書局的《社會科學的方法》叢書。我不時在思索著，我現在做的事，理論上可以成立嗎？是否有歷史意義？說來，我想研究的，是生物學，甚至想到台灣大學去旁聽。此外，也希望再讀一些哲學與歷史。

退休之後，希望能夠不用國家來照顧，住在自己的家。因為我有自己的儲蓄及內人的陪嫁金。

司馬 還有剩嗎？（笑）

李 內人接受了日本教育，所以精記家計簿。因此，我可以無後顧之憂安心工作。

——（編輯部）日本教育派上用場了嗎？

李 殖民地時代，日本所留下來的東西太多了。我認為如果只是一味批判，不能以更科學的觀點來評價，是無法理解歷史的。

——（編輯部）像李登輝先生您這種人物的出現，是偶然的嗎？

司馬 應該說善於把握住這種偶然的，是蔣經國先生吧。

李 當農業問題出現困難的時候，我被叫過去了。我猜想，可能是因為我這個人，只會想想日本的學問啦、農業問題啦，政治上的事，好像一點也不感興趣的緣故吧。

司馬 蔣經國先生這個人，我雖然不太清楚，不過他在最後，想要讓李登輝先生當副總統，這一點是確實的。

李 有三年九個月期間，他當總統，我是副總統。那時期，一個禮拜見面一、兩次，在他生病後，有時候一個月只會面一次，當時的談話內容，我都做了筆記記錄下來。這些，目前還不能發表。

只是，蔣經國先生是否打算讓我當他的接班人，這一點並不明確。

司馬 原來如此。

李 他雖然病成那個樣子，但仍沒想到自己就要走完人生旅程。因此，並沒有像臨終的父親給兒子留下種種話那樣留下片言隻字。

司馬 是曖昧不明嘍！

李 是曖昧不明。在當時那種政治環境中，假使蔣經國先生稍露口風，那我可能早就被踩扁了。我也一樣，絕口不提由誰來接任總統。

我連是否競選連任也不說出來，我想蔣經國先生當年也是有這層顧慮。

司馬　不過，李登輝先生您是一介學者，卻深諳政治的個中三昧。不愧是政治家，同時又懂政治策略，連一些黑漆漆的部分都能洞燭。

李　這是因為我從小就相當機警。總在思索著如何收斂自己。對啦，日本不是有一句話嗎？「吃閒飯的，第三碗要靜悄悄地遞出碗來。」❶

司馬　聽說中國大陸在鬧文化大革命時，北京飯店的服務生分成兩派，有的佔據了樓梯，有的佔據走廊，大幹了一場。

於是周恩來先生到了。由於中國不是法治國家，所以會發生怪事。區區一家飯店裡的武鬥，竟然需要總理來解決。周恩來先生聽取了兩邊的說法後說：雙方都言之成理，不過也都不對。

「哪裡不對？」

「客人們不是還沒吃飯嗎？」

先讓武鬥的雙方都沾沾自喜，然後再來尋求解決之道，這就是政治吧。

---

❶日本由女主人在旁盛飯。

〈出埃及記〉與台灣人之命運

李　我沒有槍，拳頭又小，在國民黨裡頭也沒有派系。儘管這樣，我之所以能支撐到今天這個局面，靠的是存在我心裡的人民的聲音。台灣人民對我有所期望。我必須堅持下去，我常常這麼想。

司馬　政治學的學者應該拿李登輝先生來作為研究主題才是。就像您所說的，沒有派系、也沒有錢、沒有欲望，有的只是一個李登輝博士而已。雖然政治學者常常說，政治不能靠書生之論來做，那是更齷齪的。不過像您這樣的人，再做兩年半任期，若能留下漂亮的成績，那麼在世界政治學上，相信會成為研究的新題材吧。終歸一句，實在是極珍貴的存在。

——（編輯部）開頭曾提到〈出埃及記〉的話題，是不是意味著台灣已經邁出步子迎向新時代了呢？

李　對，已經出發了。今後，摩西與人民都會很辛苦。不過不管如何，已經出發就是了。對啦，當我想到眾多的台灣人被犧牲的二二八事件時，〈出埃及記〉就是個結論。

司馬　在執筆寫《台灣紀行》時，我曾經思考過一個問題。

幕府末期，在越後❷的長岡藩，有位名叫河井繼之助的藩老。長岡藩是個只有七萬石俸祿的小藩。河井為探索新時代的藩形象，遍遊全日本訪求名師，最後發現到隱居於岡山縣深山中的前藩老山田方谷，受教數月。即將回去長岡時，他讚美山田說：「若由恩師擔任三井的總掌櫃，一定勝任愉快。」受到推崇的老師也甚感欣慰。江戶最末期在岡山的山間，師生兩人暢談武士社會即將告終，商人社會就要來臨。河井回鄉後，全力革新藩政，希望能建立像歐洲盧森堡大公國那樣的藩。他打算不與德川幕府維持關係，與薩摩、長州兩大藩也不發生關聯，採取武裝中立的方式。然而，可惜的是，到頭來還是被時代的暴力性狂流沖垮了。這是日本史上的一大損失。

那個時代，河井繼之助幾乎可說是唯一有過新國家藍圖的人物——坂本龍馬❸也擁有過——但是這樣的人卻被歷史所遺忘。我在執筆期間，不時都在想著，希望台灣的命運，不至於步上那樣的下場，台灣無疑應該成為人類的典範才是。

❷日本古國名，今新潟縣。
❸江戶幕府末期志士，一八三六～六七年。

日文系 056

街道漫步台灣紀行

作者—司馬遼太郎
譯者—李金松
出版者—大田出版有限公司
台北市一〇四四五中山北路二段二十六巷二號二樓
E-mail—titan@morningstar.com.tw http://www.titan3.com.tw
編輯部專線—（02）2562-1383 傳眞：（02）2581-8761
總編輯—莊培園
副總編輯—蔡鳳儀
行銷編輯—陳映璇／黃凱玉
行政編輯—林珈羽
校對—黃薇霓
內頁設計—陳柔含

初刷—二〇二一年八月一日 定價：四五〇元

網路書店—http://www.morningstar.com.tw 晨星網路書店
TEL：04-2359-5819 FAX：04-2359-5493
購書E-mail—service@morningstar.com.tw
郵政劃撥—15060393（知己圖書股份有限公司）
印刷—上好印刷股份有限公司
國際書碼—978-986-179-645-1 CIP：861.67/110008508

國家圖書館出版品預行編目資料

街道漫步台灣紀行／司馬遼太郎著；李金松譯.
——初版——臺北市：大田，2021.08
面；公分.——（日文系；056）
ISBN 978-986-179-645-1（平裝）
861.67　　110008508